TANT QUE NOUS SOMMES VIVANTS

ANNE-LAURE BONDOUX

TANT QUE NOUS SOMMES VIVANTS

GALLIMARD JEUNESSE

Couverture d'Hélène Druvert

Aux ouvrières et aux ouvriers de ma famille.
Aux générations de femmes et d'hommes
dont je suis née.

« Un feu brûlant vous brûle, mais un feu éteint
ne vous éteint pas »
Terrain vague, Sandro Veronesi

PROLOGUE

Nous avions connu des siècles de grandeur, de fortune et de pouvoir. Des temps héroïques où nos usines produisaient à plein régime, où nos villes se déployaient jusqu'aux pieds des montagnes et jetaient leurs ponts par-dessus les fleuves. Nos richesses débordaient alors de nos maisons, gonflaient nos yeux, nos ventres, nos poches, tandis que nos enfants, à peine nés, étaient déjà rassasiés.

À ce moment sublime de notre histoire, nous n'avions peur de rien. Autour de nous, des plaines fertiles s'étendaient à perte de vue. Nos drapeaux flottaient, conquérants, aux sommets des hautes tours que nous avions bâties, et aveuglés par l'éclat de notre propre triomphe, nous avions la certitude que chaque pierre posée demeurerait là pour l'éternité.

Mais un jour, les vents tournèrent, emportant avec eux nos anciennes gloires.

Des sommes colossales se mirent à changer de main, mille fois par seconde. Des empires que nous avions crus immuables s'effondrèrent, tandis que d'autres s'engendraient, loin de nos frontières. Dans une accélération imprévue, la fortune que nous pensions acquise nous échappa.

Nos villes, autrefois si grasses, devinrent sèches et laides.

Les unes après les autres, nos usines cessèrent de produire, précipitant sur les routes des armées d'ouvriers aux mains vides.

Dans les ports, dans les gares, nos cargaisons et nos trains restèrent à quai.

Nos banques fermèrent, puis ce furent nos petits commerces, nos grands hôtels, nos stades, nos théâtres.

Bientôt, nos enfants eurent faim, et comme chacun redoutait de perdre le peu qui lui restait, la peur nous enveloppa de son haleine glaciale. Plus de drapeaux, plus de désirs, plus de rêves : le feu qui nous avait habités s'était éteint, et notre communauté se replia sur elle-même.

Une époque nouvelle commença. Un temps sans panache ni projet, où plus personne (pas même le vieux Melkior) ne devinait l'avenir.

Nous attendions quelque chose, mais nous ne savions pas quoi.

Ceux qui travaillaient encore se levaient chaque matin aussi fatigués que la veille, et s'endormaient chaque soir sans révolte. Telles des bêtes engourdies par le froid, nous retenions notre souffle et les battements de nos cœurs : nous ne vivions plus qu'à moitié.

Pourtant, au milieu du renoncement général, certains eurent l'audace de tomber amoureux. Les plus fous d'entre eux s'aimèrent.

Bo et Hama furent de ceux-là.

Les témoins de leur rencontre s'en souviennent, demandez-leur : ils vous raconteront alors l'étrange impression qui s'empara de tous, lorsque Bo entra, un matin d'hiver, dans la salle des machines.

PREMIÈRE PARTIE

1

LE BRUIT ET LE SILENCE

La sirène venait de retentir, annonçant l'aube. Cent ouvriers, hommes et femmes, s'apprêtaient à prendre leur poste, tandis que cent autres, qui avaient travaillé la nuit entière, quittaient lentement leurs machines.

Notre Usine – la dernière en activité à des milliers de kilomètres à la ronde – fabriquait du matériel de guerre. Il y régnait un bruit permanent : poutrelles de métal qu'on cogne, qu'on perce, qu'on coupe, grincements des treuils et des palans, souffle des pneumatiques et bourdonnement des moteurs. Tout cela se répercutait contre les piliers qui soutenaient l'immense voûte de la salle des machines.

Dans quel but travaillions-nous ? Pour quelle guerre ? Nous l'ignorions.

Nous obéissions seulement à des règles confuses, offrant la force de nos bras à d'invisibles capitaines d'industrie qui ne parlaient pas notre langue. Seul comptait le salaire que nous touchions à la fin de la semaine.

Hama faisait partie de l'équipe de nuit. Le visage gris de fatigue, les mains raides, la nuque douloureuse, elle venait d'enlever ses gants et son casque de protection quand Bo s'avança dans l'allée centrale, entre les rangées de meuleuses et les laminoirs. Elle resta figée tandis qu'il marchait vers elle, massif, avec cette démarche nonchalante qui ne nous était pas encore familière. (Embauché la veille, nous apprendrions plus tard que Bo venait du Nord, d'une de ces communautés de forgerons que le manque jetait sur les routes.)

Quand ils furent face à face, le vacarme sembla s'atténuer, comme si la neige avait soudain recouvert les fours, les ponts roulants, les poches à coulées, les extrudeuses. Plus personne ne poinçonnait, plus personne n'ajustait ni ne soudait ; nous avions du coton dans les oreilles.

Sous nos yeux, leurs mains se frôlèrent.

Un sourire d'enfant illumina le visage de Hama, et un frisson secoua la grande carcasse de Bo. Nous aurions juré assister à des retrouvailles.

Cela ne dura qu'un instant, quelques secondes fragiles, gracieuses, volées à l'entêtante nécessité de l'Usine. Mais cela suffit à nous rappeler une chose essentielle : le feu qui brûlait dans le ventre de nos fourneaux brûlait encore dans nos veines. Contrairement à ce que nous croyions, nous n'étions pas morts.

Bo et Hama se revirent ainsi chaque matin, au moment du changement d'équipe. À peine la sirène retentissait-elle que Bo pénétrait sous la voûte, avec ses outils et son casque. Il courait presque. Aussitôt, Hama se tournait vers lui, ouvrant les bras pour l'accueillir, et la fatigue de la nuit s'envolait.

Leurs visages rayonnaient ; nous en restions éblouis.

Le premier dimanche où on les aperçut ensemble, c'était le long du fleuve, sur la promenade. Sous un ciel lessivé par les pluies, ils marchaient main dans la main, elle toute petite contre son épaule. Un chien errant leur avait emboîté le pas. Ils riaient. À leurs gestes, on devinait sans peine qu'ils avaient passé la nuit dans le même lit, et à leurs yeux, qu'ils n'y avaient pas beaucoup dormi.

On les revit, le dimanche suivant, sur la Grand-Place, toujours suivis par ce chien errant, un petit roquet couleur charbon, à qui il manquait une oreille.

Un vent de nord givrait les flaques ; le matin même, on avait ramassé deux types congelés sous un porche. Pour se tenir chaud, la plupart des ouvriers de l'Usine s'étaient rassemblés dans les cafés qui bordaient la place, coude à coude au comptoir. Et ça buvait des canons, ça jouait aux cartes, ça lançait des paris et des fléchettes sur le mur du fond. À travers la vitrine, dans un monde à part, Bo et Hama couraient.

Libres, têtes nues, ils avaient converti la Grand-Place en terrain de jeu, sans se soucier du froid ni du vent. Ils tournoyaient, s'enlaçaient, se séparaient, avant de s'étreindre encore, tandis que le chien cavalait de l'un à l'autre en jappant. Le manteau sombre de Hama semblait danser avec l'anorak rouge de Bo.

À un moment, on vit Bo escalader le socle de la statue érigée au milieu de la place. Hama s'était arrêtée. Elle l'observait.

Cette statue, à laquelle personne ne prêtait plus attention, représentait un cavalier en armes, un général quelconque assis sur sa monture, sabre au clair, et recouvert depuis longtemps d'une solide couche de fiente. Agile et souple, Bo grimpa jusqu'au sommet. Là, il se mit debout et, en équilibre sur les épaules du général, les mains en porte-voix, il cria le nom de Hama dans les bourrasques. On l'entendit jusqu'au fond des cafés, malgré le bruit des percolateurs et des pompes à bière. On l'entendit jusque dans nos os.

– Hamaaa, Hamaaaa…

Elle, toute menue, les joues brillantes, sautillait de plaisir au pied de la statue.

Soudain, il perdit l'équilibre. Elle bondit en tendant les bras vers lui, comme si elle avait pu, avec son corps d'oiseau, amortir la chute d'un costaud pareil.

Bo se rattrapa au sabre du général, et se balança un instant dans les airs, malicieux, avant d'éclater de rire. Vexée, Hama grogna et fit mine de bouder. Mais les fâcheries des amoureux ne durent pas ; celle-ci passa, aussi brève qu'une ondée de printemps.

Enfin, Bo se décida à descendre. On le vit glisser doucement le long de la pierre grise, et l'éclat de son anorak fit une larme rouge sur la joue du cheval.

C'est alors que le vieux Melkior, qui buvait un bock au comptoir, sentit ses yeux piquer sous la broussaille de ses sourcils. Il toussa. Il cracha, et tapa le sol avec sa canne. Deux fois.

Un silence inquiet plana sur la salle. Pendant un instant, les joueurs de fléchettes n'osèrent plus bouger.

– Arrête ça, Melkior ! gronda le patron du café. La dernière fois que tu nous as annoncé une catastrophe, il s'est rien passé de pire que d'habitude…

Il se pencha vers le vieux, et lui servit une autre bière.

– Viens pas gâcher notre dimanche, lui recommanda-t-il. C'est tout ce qui nous reste.

Melkior posa sa canne contre le comptoir. Ses yeux perdirent tout éclat, les picotements disparurent mais ses mains tremblaient quand il voulut saisir son bock. On l'entendit murmurer :

– D'abord, le bruit. Ensuite, le silence. L'un révèle l'autre… Vous verrez !

Puis il se tourna vers la vitrine, avec son air de sphinx, et il resta là, à contempler le ciel poudreux.

Quand Bo et Hama quittèrent la Grand-Place, la nuit tombait, l'air était violet. Le lendemain, l'Usine assoupie ronflerait de nouveau, pompant notre air et notre sang. Une brume de tristesse tomba sur les buveurs. Certains se mirent à fredonner des chansons sentimentales, en regrettant de ne pas avoir, eux aussi, un amour à partager. En ces temps troublés, nous n'étions plus habitués au bonheur. À peine capables d'en rêver.

C'est peu après que Titine-Grosses-Pattes décida de rouvrir son cabaret.

La patronne n'était plus toute jeune et son établissement,

fermé depuis au moins dix ans, aurait eu besoin d'un sacré coup de peinture. Mais la Titine avait conservé le sens des affaires : flairant notre envie de nous divertir, elle passa la serpillière, secoua les tapis, rembourra quelques fauteuils, rappela une poignée d'artistes au chômage, et fit savoir que le *Castor Blagueur* accueillerait la clientèle, chaque jour de la semaine, de dix-neuf heures jusqu'à l'aube – thé dansant le dimanche après-midi.

L'information fit le tour de l'Usine en un clin d'œil. Dès le premier soir, les ouvriers et les ouvrières de l'équipe de jour se bousculèrent dans la petite rue pavée, à l'entrée du *Castor*.

Bo, qui venait de laisser Hama seule devant sa machine, se traîna avec les autres jusqu'à la devanture, histoire de dire. Il supportait de moins en moins les longues séparations, ces semaines entières sans Hama, et le lit vide où il se réfugiait en attendant le dimanche pour, enfin, se pelotonner contre elle. Il avait demandé au contremaître s'il était possible de changer d'équipe, mais les règles de l'Usine n'étaient pas faites pour plaire aux amoureux : voilà ce qu'on lui avait répondu. Il se traînait donc, morose, les mains dans les poches, quand deux de ses camarades le tirèrent par la manche.

– Allez, Bo ! Viens !

– On va s'amuser ! Hama ferait pareil si elle pouvait !

Selon son habitude, Bo souriait, mais avec cet air absent qu'il avait désormais lorsqu'il était loin d'elle.

– Merci, les gars, mais j'ai pas envie. Je préfère rentrer à la m…

– T'as qu'à rester juste un petit peu ! le coupa Ness. Un plat chaud, un bock, pis après t'es libre…

– Libre comme l'oiseau, confirma Malakie. Pose tes fesses par là, et arrête de soupirer.

Ness et Malakie avaient pris Bo en amitié ; pas question de le laisser seul avec son cafard. Sans lui donner le temps de finir sa phrase, ils le poussèrent derrière les tentures du *Castor Blagueur*.

Bo était de toute façon trop épuisé pour résister. Il se serra donc entre ses copains, sur une banquette au cuir craquelé, tandis que trois bocks atterrissaient sur le guéridon en Formica.

N'ayant jamais mis les pieds dans un cabaret (là d'où venait Bo, il n'y avait rien pour se distraire), il observa la salle avec curiosité. C'était un lieu étroit et chaleureux, éclairé par un lustre antique qui se balançait dans les courants d'air en menaçant d'arracher la moitié du plafond. Les lattes du parquet grinçaient sous les pas des serveuses, quatre ou cinq danseuses à la retraite venues donner le coup de main à Titine, et qui chaloupaient au milieu des tables bancales. Des affiches punaisées aux murs, des photos d'acteurs aux dents trop blanches, des plantes en pot et, tout au fond, un rideau flasque dissimulant une scène de la taille d'un mouchoir de poche.

– À Titine-Grosses-Pattes ! cria quelqu'un par-dessus le brouhaha des conversations.

Bo imita Ness et Malakie qui levaient leurs bocks, et toute la salle trinqua gaiement à la santé de la patronne.

– Ti-tine ! Ti-tine ! Ti-tine ! scandèrent les anciens, en frappant dans leurs mains.

La patronne ne se fit pas prier bien longtemps. Un rond

de lumière s'élargit sur la scène et l'ombre d'une silhouette apparut derrière le rideau. Quand il s'ouvrit, Bo comprit pourquoi Titine-Grosses-Pattes avait hérité d'un si curieux surnom. Plus fardée qu'au cirque, vêtue d'un manteau de fourrure, une femme sans âge entra dans la lumière : ses jambes étaient gainées d'épaisses structures métalliques articulées aux genoux, et qui lui donnaient la démarche d'un automate. Elle souriait, pareille à une reine saluant la foule du haut de son balcon.

– Ah, mes cocos chéris ! s'exclama-t-elle d'une voix rauque. Vous m'avez bien manqué ! Vous pensiez qu'on m'avait fichue à la morgue avant l'heure ? Eh bien, non ! La Titine est increvable, mettez-vous ça dans le crâne !

En guise de preuve, elle leva une de ses jambes, et fit quelques pas d'un french cancan mécanique qui déclencha un tonnerre de rires dans la salle.

– Mes cocos chéris, je vous ai préparé des réjouissances ! reprit-elle. Alors, soyez les bienvenus au *Castor*, oubliez vos soucis, et ouvrez vos mirettes !

Sous les applaudissements, elle fit une révérence grotesque, avant de disparaître en coulisses. Bo resta bouche bée.

– À ce qu'on raconte, lui expliqua Malakie, elle était acrobate quand elle était jeune.

– Trapéziste, précisa Ness, le nez dans sa bière. On l'appelait la Tsarine.

– L'impératrice des airs ! fit Malakie en levant un doigt vers le plafond.

– Un jour, son partenaire n'a pas réussi à la rattraper,

expliqua Ness. Après ça, la Tsarine est devenue Titine-Grosses-Pattes.

Bo posa ses grandes mains de travailleur à plat sur ses cuisses, et tenta d'imaginer ce que ça lui ferait de perdre l'usage de ses jambes.

– Eh ! Fais pas cette tête, coco chéri ! rigola Ness. Bois un coup, et profite !

Il désigna la scène où venaient d'apparaître deux types couverts de paille, vêtus de salopettes boueuses et munis de fourches. Deux hommes strictement identiques, qui se tenaient au garde-à-vous face au public avec des têtes d'ahuris. Ils avaient déployé une bannière contre le mur du fond, sur laquelle on pouvait lire, en lettres brillantes : « Les frères Siam, paysans illusionnistes ».

– On va rire, souffla Ness à l'oreille de Bo.

Bo resta au *Castor Blagueur* jusqu'au milieu de la nuit.

Quand il rentra enfin chez lui, le ventre plein et l'esprit troublé par la bière, il avait l'impression d'avoir fait un voyage dans un monde parallèle. Car là d'où il venait, personne ne marchait sur les mains, et personne n'avalait son chapeau en faisant des claquettes.

Il se coucha tout habillé sur le lit, et fixa le plafond, en essayant de se remémorer ce qu'il avait vu pour ne pas en oublier une miette. Il finit par s'endormir, le sourire aux lèvres, comme un tout petit enfant, tandis que la voix rauque de Titine-Grosses-Pattes l'accompagnait dans ses rêves : « Bonne nuit, mes cocos chéris ! »

Quelques heures plus tard, les yeux encore gonflés de

sommeil, il alla prendre son poste à l'Usine. Le baiser rapide qu'il échangea avec Hama laissa sur ses lèvres un goût plus amer que jamais, et lorsqu'il la vit s'éloigner vers le vestiaire, il crut que son cœur quittait sa poitrine. Il voulut crier son nom, mais déjà, le bruit des meuleuses envahissait la salle, et l'Usine vibrait à la cadence des marteaux-pilons.

Bo enfonça son casque sur ses oreilles et se mit à chanter en espérant couvrir le vacarme. Mais rien à faire : le cœur de l'Usine battait plus fort que celui des amoureux.

Le dimanche venu, Bo fit de son mieux pour décrire à Hama les numéros du cabaret.

Il commença par sauter, tout nu à travers la chambre, en essayant de s'habiller aussi vite que Pan et Vlan, les deux transformistes. Il tenta de reproduire les contorsions de la môme Guimauve, les pas de danse et les pitreries du ventriloque Bretelle. Il esquissa le french cancan de Titine-Grosses-Pattes, il mima les figures ahuries des jumeaux illusionnistes, et finit par casser trois assiettes en voulant imiter la jongleuse naine. Assise au milieu des draps, Hama criait « bravo ! » en pleurant de rire. Il n'empêche que ça n'avait pas le même charme.

– J'aurais tant voulu que tu sois avec moi pour voir ça ! soupira Bo en revenant se blottir contre elle. Ce n'est pas juste.

Il embrassa ses joues, son front, sa bouche, puis se tourna vers le plafond.

Hama se pencha au-dessus de lui.

Pendant un moment, elle regarda passer les idées noires sur le front de Bo.

Elle avait, elle aussi, quelque chose à lui raconter, mais elle voulait choisir le bon moment. Là, ce n'était pas le bon moment.

– Et si tu m'emmenais au thé dansant ? proposa-t-elle. Au moins, je verrai la salle ! Et la nuit, quand je serai seule devant ma machine, je pourrai t'imaginer là-bas, avec Ness et Malakie. Qu'est-ce que tu en dis ?

Bo la dévisagea. La beauté et la jeunesse de Hama méritaient tellement mieux que le bruit assourdissant de l'Usine ! Leur amour méritait tellement plus que ces heures volées ! Pour la première fois de sa vie, Bo se sentait en désaccord avec ce qu'on lui avait appris dans sa communauté : couler le métal, mouler, fondre, calciner, tremper, emboutir des tôles, des billettes, des poutres… Il n'avait plus envie de travailler six jours sur sept. Ses grandes mains d'ouvrier aspiraient à fabriquer autre chose que des pièces pour des engins de guerre : elles avaient envie d'apprendre à jongler, à faire virevolter des kilomètres de rubans multicolores, à faire naître des papillons !

Et plus que tout, ses mains désiraient parcourir, sans fin, les paysages inscrits sur le corps de Hama.

Elle lui pinça la joue et murmura :

– À moi de te montrer un tour de magie.

Elle agrippa l'édredon sous lequel ils étaient enlacés, et, d'un geste théâtral, tira dessus.

– Et hop ! fit-elle en jetant tout par terre.

Elle bondit sur le plancher en tirant Bo par la main.

– Allez, viens ! On ne va pas passer notre dimanche à regarder le plafond : j'ai envie de danser !

Un instant plus tard, essoufflés d'avoir couru à travers les rues de la ville, ils entraient au *Castor Blagueur*. Ils se faufilèrent derrière les tentures, et la chaleur les enveloppa en même temps que la musique.

Sur la scène, un tuba ventripotent, un joueur de bugle, un batteur, deux joueurs d'ukulélé et un pianiste fatigué produisaient un mélange de fanfare et de samba des îles. Une seule minute de cette joyeuse cacophonie suffisait pour comprendre que les musiciens de Titine-Grosses-Pattes n'étaient pas des virtuoses (le pianiste était par ailleurs contremaître à l'Usine), mais ils y mettaient du cœur, c'était le principal.

Bo ôta son anorak rouge, et Hama son manteau.

Bien qu'elle soit née dans notre ville, Hama était trop jeune pour avoir connu le cabaret à la grande époque. Les yeux brillants, elle découvrit le comptoir au zinc patiné, les tables bancales, les plantes et les affiches jaunies, et elle serra le bras de Bo.

– C'est encore mieux que ce que j'imaginais !

Une foule bondissante se pressait au pied de la scène, sans se soucier du lustre qui tanguait au-dessus des têtes. Au moment où l'orchestre attaquait un vieux standard de rock, Bo aperçut Ness et Malakie, manches de chemise roulées au-dessus du coude, occupés à faire tourbillonner des demoiselles au milieu de la piste. Il allait leur faire signe, quand le vieux Melkior surgit.

– L'ombre et la lumière ! s'écria-t-il en brandissant sa canne sous son nez. Le jour et la nuit ! L'un révèle l'autre !

Bo se raidit. Les rares fois où il avait aperçu Melkior, il

ne l'avait pas aimé. L'éclat de son regard, surtout, le mettait mal à l'aise. Mais Hama, qui connaissait les excentricités du vieux, se mit à rire. Elle repoussa doucement la canne.

– Comment allez-vous, Melkior ? demanda-t-elle.

Elle s'approcha, enjôleuse.

– Je parie que vous veniez danser ici dans votre jeunesse et que vous faisiez tourner la tête des filles, je me trompe ?

Les yeux du vieil homme changèrent de couleur.

– Allez, racontez-moi ! insista-t-elle. Vous aviez des amoureuses ?

– Des amoureuses ? s'esclaffa le vieux, subitement radouci. Bien sûr !

– Combien ? Dites !

Melkior fit signe à Hama de se pencher et chuchota quelques mots à son oreille, que Bo n'entendit pas.

– Oh ? Tant que ça ? pouffa Hama.

Le vieux hocha la tête, puis il désigna Bo.

– J'étais presque aussi bien bâti que ton cavalier, assura-t-il. Si tu m'avais vu, tu te serais jetée à mon cou !

Hama enroula ses bras autour des épaules du vieil homme et claqua deux bises sur ses joues ridées.

– Voilà qui est fait ! dit-elle en riant. A-t-on gagné le droit de passer, maintenant ?

La figure de Melkior devint rouge coquelicot ; cela faisait sans doute longtemps qu'une jolie fille ne l'avait pas embrassé ! Il poussa un soupir avant de s'écarter.

– C'est ça, allez danser… Que l'amour vous protège !

Il s'éloigna en marmonnant :

– Le bruit et le silence… L'ombre et la lumière… L'amour

et la haine… L'un révèle l'autre ! Puis, il disparut en titubant entre les danseurs, vers le fond du cabaret.

– Ness et Malakie m'avaient averti, fit Bo en réprimant un tremblement. Il est complètement fou !

– Bah, il n'est pas méchant, le rassura Hama. Quand j'étais petite, mon père me racontait que Melkior avait un don… On dit que, depuis, il l'a perdu.

– J'espère, murmura Bo.

Comme nous tous, Bo avait ses secrets et des souvenirs tristes qu'il tentait d'oublier. Parmi ceux-là, il y en avait un, surtout, qu'il aurait voulu rayer de sa mémoire, et que la présence de Melkior venait de déranger. Un souvenir qui remontait loin dans son enfance, et qui planait sur sa vie : l'ombre d'un rapace.

– Allez, viens ! lança Hama pour le sortir de ses pensées. Allons danser !

Bo frotta ses grandes mains d'ouvrier, les passa sur son visage, et sourit. Puis il souleva Hama dans ses bras, et l'emmena rejoindre Ness et Malakie au milieu de la piste ; l'ombre du rapace avait disparu.

– Enfin, vous voilà ! s'exclama Ness. Ça fait des heures qu'on vous attend !

– Vous avez l'air de deux marmottes sortant du terrier, ajouta Malakie avec un clin d'œil appuyé. Regardez-moi ça ! L'amour rend bête, je vous jure !

Bo et Hama échangèrent un sourire complice ; c'est vrai qu'ils n'avaient même pas pris le temps de se coiffer, et Bo avait boutonné sa chemise sens devant dimanche, mais quelle importance ?

Sur la scène, le joueur de bugle transpirait à grosses gouttes, le batteur avait perdu sa cravate, le ventre du tuba débordait de sa ceinture, et les deux amateurs d'ukulélé, déchaînés, grattaient leurs quatre cordes comme s'ils avaient voulu y mettre le feu ; la fête battait son plein.

– Mademoiselle Marmotte m'accordera-t-elle cette danse ? fit Bo en s'inclinant jusqu'à terre.

– À condition que vous ne m'écrasiez pas les pattes, répondit Hama en s'offrant tout entière.

Cet après-midi-là, entre deux rocks et deux biguines, Hama faillit dévoiler à Bo ce qu'elle gardait pour elle depuis plusieurs semaines. Les murs du cabaret tournoyaient, ses oreilles bourdonnaient, elle avait l'impression d'être un peu ivre. Chaque fois qu'elle frôlait le torse de Bo, son cœur s'emballait, et elle se demandait : « Est-ce le bon moment ? » Mais il y avait trop de monde autour d'eux, et pour couvrir le tintamarre de l'orchestre, il aurait fallu crier. Or, ce que Hama voulait dire à Bo, elle avait envie de le dire très doucement, de le chuchoter.

Et surtout, elle avait un peu peur.

« Demain, se promit-elle. Je lui dirai demain... Ou dimanche prochain. Rien ne presse. »

C'est ainsi qu'une semaine s'écoula.

Puis une autre, et encore une autre, sans que Hama dise rien.

Elle ne trouvait jamais le moment propice, s'inventant mille excuses pour attendre encore. Elle était à la fois impatiente de partager son secret, et effrayée à l'idée des changements qui allaient suivre. Tant qu'elle se taisait (croyait-elle), les choses restaient à leur place, dans une immobilité rassurante.

Bo se levait à l'aube, elle au crépuscule. Ils vivaient à l'envers l'un de l'autre, pendant que l'Usine fonctionnait sans interruption, avalant des tonnes de métal que les ouvriers transformaient en culs d'obus, en carlingues, en canons…

Dans son immense frustration, Bo comparait l'Usine à un ogre qui dévorait tout, y compris leurs plus belles années. Il se mettait en colère contre des choses abstraites : le système, les lois, l'écrasante nécessité de l'argent.

Hama l'écoutait, attendant que la tempête se calme, puis elle demandait :

– Tu as une autre idée pour gagner notre pain ?

Jusqu'ici, Bo n'en n'avait pas. Mais il en cherchait.

Chaque soir, à son retour de l'Usine, Bo trouvait de petits mots disposés çà et là dans la chambre par Hama.

Sur la table :

Mon amour, ne fais pas cette tête d'enterrement… Il y a un reste de soupe à la viande sur le bord de la fenêtre. Régale-toi.

Laissé sur l'oreiller :

Mon cœur, j'ai rêvé de toi et ça m'a mise de bonne humeur. J'ai versé trois gouttes de mon parfum sur les draps pour que, toi aussi, tu rêves de moi. Bonne nuit !

Épinglé au revers d'une chemise propre :

Mon Bo, j'espère que tu la porteras pour m'emmener danser dimanche… N'oublie pas de donner à manger au chien. Je ne sais pas ce qu'il a ces temps-ci, il est affamé !

En soupirant, Bo remplissait la gamelle du petit roquet couleur charbon qui, à force, avait fini par se faire adopter. Puis, debout près de la fenêtre, il mangeait la soupe, les yeux dans le vague. Lorsque, enfin, il se glissait sous les draps parfumés, c'était pour se tourner et se retourner, pendant des heures.

Dans le noir, les yeux grands ouverts, Bo s'interrogeait sur le sens de l'existence, et sur ce qu'il voulait vraiment. Il n'est jamais facile de savoir ce que l'on souhaite vraiment, surtout lorsqu'on a peur de trouver des réponses, et les idées se cognaient comme des mouches à l'intérieur de son crâne.

Quand il n'en pouvait plus, Bo rallumait la lampe.

Avec ses mains, il projetait des ombres chinoises sur les murs. Loups, hiboux, éléphants. C'était sa mère qui lui avait appris, tout petit, à peupler ainsi sa solitude. Lièvres, cygnes, crocodiles ; en recréant la ménagerie familière de son enfance, il parvenait peu à peu à s'apaiser. Mais dès qu'il éteignait, les pensées reprenaient leur danse folle, et le sommeil s'enfuyait.

Alors, certaines nuits, renonçant pour de bon à dormir, il se relevait, se rhabillait, et sortait pour marcher au hasard.

Quoi qu'il fasse, ses pas le ramenaient vers la petite rue pavée, au cabaret de Titine-Grosses-Pattes.

Bo s'asseyait au premier rang, son observatoire. De là, il décortiquait les gestes habiles du mage Cornelio et des frères Siam, en tentant de percer le mystère de leurs tours. Comment faisaient-ils pour extraire de leurs bouches ces kyrielles de rubans ? Comment faisaient-ils pour pondre autant d'œufs ? Comment faisaient-ils pour que les cartes obéissent à leur volonté ? Et les chapeaux ? Les colombes ?

– Y a un truc, affirmait Malakie lorsqu'il retrouvait Bo, concentré, au premier rang.

– D'accord, mais quel truc ?

Bien sûr, Malakie n'en savait pas davantage que n'importe qui.

– J'ai envie d'apprendre, disait Bo.

– Tu n'es pas magicien, objectait Malakie. Tu es seulement ouvrier, comme nous autres.

Bo regardait ses grandes mains. Elles étaient douées pour façonner le métal, pour souder, pour cramper, pour ébarber. Elles l'étaient aussi pour les ombres chinoises. Alors pourquoi pas pour la magie ?

– Tu te vois travailler à l'Usine jusqu'à la fin de tes jours ? demandait Bo à Malakie.

– Les temps sont durs, j'ai bien peur qu'on nous flanque à la porte avant, répondait invariablement l'autre, la mine sombre. Qu'est-ce qu'on fera, alors ?

– On partira, disait Bo qui l'avait déjà fait.

– Pour aller où ? s'inquiétait Malakie.

– J'en sais rien… vers les montagnes ? Vers l'océan !

Malakie haussait les épaules. Il n'avait jamais aimé l'eau, et rien qu'à cette idée, il avait envie d'une autre bière.

Quand arrivait le numéro de la jongleuse naine, Bo mettait fin à la conversation. Fasciné, il s'imaginait à la place de l'artiste, dans les postures les plus savantes, la tête en bas, les pieds en l'air, en train de faire voltiger des coupes en cristal ou des bulles de savon.

– Taillé comme tu es, je te verrais mieux jongler avec des enclumes ! le charriait Ness, les soirs où il le rejoignait.

– Pourquoi pas ? souriait Bo.

Enclumes ou cristal, c'était pareil. Ce qui plaisait à Bo, c'était la fantaisie du cabaret, son insouciance, sa poésie. Une fois dans leur rond de lumière, les artistes semblaient échapper à toutes les pesanteurs et obéir à d'autres lois, d'autres nécessités que celles qui régissaient le quotidien des ouvriers. Bo admirait leur insolente liberté. Et quand la bière finissait par lui brouiller l'esprit, il se voyait sur une scène flottante, voguant à la surface d'un océan jaune, avec Hama en costume de danseuse, et le chien charbon qu'ils auraient dressé pour sauter à travers des cerceaux...

Les heures de la nuit s'égrenaient ainsi, au rythme des chansons, des applaudissements, des rires. De temps en temps, Titine-Grosses-Pattes surgissait au milieu des spectateurs, acrobate déglinguée, perchée sur ses jambes mécaniques.

– Alors, mes cocos chéris ? On s'amuse ?

Oui, on s'amusait.

Et selon certains avis, on s'amusa encore plus le soir où il y eut une bagarre.

C'était un mardi, et la salle était comble.

Au milieu du numéro des transformistes, on entendit soudain des cris en coulisses. Le pianiste (et contremaître à l'Usine) fit aussitôt irruption sur la scène, le nez en sang.

– Arrêtez ce fou ! hurla-t-il. Il veut m'assassiner !

À la stupéfaction de tous, le vieux Melkior jaillit à son tour de derrière le rideau, les yeux pleins de feu. Les duettistes Pan et Vlan n'eurent pas le temps d'intervenir : le vieux se jeta en avant et assena un nouveau coup de canne sur les doigts du pianiste effaré.

Du premier rang où il était assis, Bo sauta sur la scène, suivi de Ness et Malakie. À eux trois, ils parvinrent à ceinturer Melkior, tandis que le contremaître mangeait ses mains en piaillant de douleur.

Dans la salle, les spectateurs prirent parti : certains voulaient envoyer le vieux à l'asile, tandis que d'autres se réjouissaient d'être débarrassés du médiocre pianiste, et l'ambiance tourna rapidement au vinaigre. Il y eut une bousculade, des insultes assez moches, des bocks s'écrasèrent sur les affiches punaisées aux murs, quelques chaises finirent dans les tentures, et une plante en pot traversa la salle de part en part.

Il fallut l'intervention de Titine-Grosses-Pattes, et qu'elle menace de fermer illico le *Castor* si on s'avisait de continuer, pour que le calme revienne. Puis, d'une voix de général d'artillerie, elle ordonna qu'on flanque Melkior dehors.

Bo, qui était resté sur la scène, poussa le vieux vers la sortie. Sans ménagement, il lui fit passer la porte et l'air glacial de la nuit s'engouffra sous sa chemise, lui hérissant les poils des bras. Avant de disparaître dans la nuit, Melkior se retourna vers Bo en levant sa canne.

– Le bruit et le silence…, grogna-t-il entre ses dents. À l'aube ou au crépuscule… L'un révèle l'autre… tu verras !

Quand Bo regagna sa place près de Ness et Malakie, ce n'était plus l'air froid qui le faisait frissonner.

– Et si ce vieux fou avait raison ? murmura-t-il.

– Raison de quoi ? s'étonna Malakie.

– On dirait qu'il veut nous mettre en garde contre...

– Rien du tout ! l'interrompit Ness. Depuis le temps qu'il nous annonce les pires malheurs, le seul changement qu'on a vu... c'est toi !

– Et la réouverture du *Castor* ! ajouta Malakie. Moi, j'appelle ça des bénédictions !

– Allez va, oublie Melkior, le convainquit Ness. Le spectacle continue !

Pour clore l'incident, Titine avait ordonné qu'on fasse mousser les bocks. On nettoya les dégâts et, dans la tournée générale, la salle retrouva bientôt son ambiance bon enfant ; plus personne ne voulut casser la figure à personne.

Pan et Vlan, un peu plus pâles que d'habitude, reprirent leur numéro de transformistes.

Quant au pianiste, il s'en tira avec une bonne frousse, un nez tuméfié et trois doigts cassés.

Le lendemain et les jours d'après, le vieux Melkior resta invisible. Les clients du *Castor Blagueur* ne pensèrent plus à ses sinistres prophéties (l'ombre et la lumière, le bruit et le silence, ça ne voulait rien dire !) et pour une fois qu'on s'amusait, on n'avait pas envie de s'embarrasser avec de vieilles peurs.

Cependant, Bo rentrait chez lui de plus en plus tard et de plus en plus ivre.

Il s'écroulait parfois sur le lit pour dormir une heure. Mais parfois, il avait juste le temps de se débarbouiller au robinet, d'avaler un café brûlant, de remplir la gamelle du chien (Hama avait raison, il était affamé en permanence, celui-là !), et de claquer la porte pour être à l'Usine au moment où retentissait la sirène.

Cela dura comme ça, jusqu'au matin où il ne se réveilla pas à temps.

Nous étions à l'époque des derniers grands froids, épuisés par une longue période de températures négatives, et par ce vent du nord coriace qui fouette les os et amasse les congères au bord des trottoirs. Durant la nuit, la neige était tombée en abondance sur la ville, et l'haleine des cheminées flottait en écharpes au-dessus de nos maisons, évoquant mille drapeaux blancs que nous aurions agités dans l'espoir d'une trêve. Mais rien à faire, le printemps tardait.

À son retour du cabaret, Bo était tellement ivre qu'il tituba à travers la chambre, jusqu'au lit. Il ne vit pas le petit mot que Hama avait punaisé sur le montant en bois, et sans réfléchir, il retira ses chaussures. Pour s'allonger un instant. *Juste un instant.*

Il enfouit la tête sous l'oreiller, et se laissa prendre par un sommeil si lourd qu'il n'entendit pas le réveil, ni même japper le chien qui réclamait sa gamelle.

Les premières lueurs de l'aube irisèrent la fenêtre de la chambre où le givre avait dessiné des étoiles, et une flaque de jour laiteuse gagna le lit ; Bo ne bougea pas.

Quand la sirène de l'Usine lança sa longue plainte, il dormait toujours, loin de tout, le corps dans du ciment.

Dans la salle des machines, c'était l'heure du changement d'équipe. Hama avait ôté ses gants, son casque de protection, et, selon son habitude, elle attendait Bo, les bras déjà ouverts. Elle aimait tant ce moment où il apparaissait, immense et nonchalant, parmi la foule des ouvriers ! Elle aimait tant le voir presser le pas, puis courir vers elle pour l'enlacer ! Pour rien au monde, elle n'aurait voulu rater ce rendez-vous.

Mais ce matin-là, Bo n'arrivait pas, et Hama commença à s'impatienter.

Ses collègues de l'équipe de nuit rassemblèrent leurs outils, et s'acheminèrent lentement vers les vestiaires. Au passage, certains lui adressèrent des regards interrogatifs auxquels elle répondit par un sourire. Bo était en retard, rien de grave. Nul doute qu'il allait surgir, les cheveux en pétard, d'un instant à l'autre.

Les mouleurs de l'équipe de jour prirent leurs postes.

Puis les tôliers, les ajusteurs, les soudeurs. Et toujours pas de Bo.

Jusqu'ici, le contremaître n'avait rien remarqué, mais il n'allait pas tarder à s'apercevoir que quelque chose clochait dans la travée.

Vaguement inquiète, Hama se résolut à attendre Bo en poursuivant sa tâche ; de toute façon, elle ne pouvait pas laisser son poste vacant. Elle remit donc son casque, ses gants et le laminoir en marche.

Elle allait passer une billette entre les cylindres de la machine, quand elle entendit des hommes crier au fond de la salle. Elle eut à peine le temps d'entendre les mots « départ de feu ! », « hangar »... Un ébranlement se produisit en bout de chaîne, quelque chose d'énorme se fracassa dans des gerbes d'étincelles, le sol trembla, et une formidable détonation secoua l'Usine.

Bo fut réveillé par un bruit mat, suivi d'un fracas de verre brisé. Aussitôt après, des éclats tranchants volèrent à travers la chambre, et il sentit la piqûre de dizaines de flèches lui lacérer la peau. Il bondit hors du lit, hébété, et se coupa les pieds dans les brisures qui jonchaient le sol.

Les vitres venaient d'être soufflées ; le vent chargé de neige s'engouffrait par rafales dans la chambre, faisant valser les rideaux, les papiers posés çà et là, et charriant une odeur chimique nauséabonde. Le chien hurla. Au loin, un épais nuage enflait par-dessus les toits.

« L'Usine ! » songea Bo. Et aussitôt, un cri déforma sa bouche :

– Hamaaaa !

Il devint comme fou.

Les pieds nus et ensanglantés, il courut jusqu'à la porte, dévala les marches de l'escalier quatre à quatre, et se précipita à l'extérieur.

De la Grand-Place jusqu'au fleuve, tout était dévasté, arraché, démoli ; Bo ne reconnaissait pas les rues. Le mur d'enceinte de l'Usine s'était effondré, recouvrant la neige d'un amas de gravats noirs qui barrait l'accès. Des plaques de tôle, projetées par le souffle, étaient venues s'encastrer en travers des maisons voisines, comme des haches dans des billots. Au milieu d'un brouillard de fumée, des habitants en guenilles essayaient de fuir, tandis que d'autres restaient plantés au milieu de leurs cuisines à ciel ouvert, une tasse de café encore tiède entre les mains. Certains avaient du sang sur le visage, d'autres un masque de stupeur plus effrayant que n'importe quelle blessure. Il n'y avait plus une seule vitre intacte, il neigeait des cendres, et l'odeur qui s'échappait de l'Usine faisait vomir les chats.

À ce stade de la catastrophe, personne ne criait, personne ne parlait. Les rescapés ressemblaient à des personnages évadés d'un théâtre de marionnettes. Seul le feu grondait, et de temps à autre, dans un bruit sourd, des paquets de neige chutaient des toits.

Arrivé au plus près de l'entrée, bloqué par les éboulis, Bo cessa de courir. Depuis le moment où l'explosion l'avait tiré du sommeil et jusqu'à ce moment où, pieds nus dans la neige sale, il contemplait le quartier ravagé, il n'avait pensé qu'à Hama. À présent, il réalisait que le changement d'équipe avait eu lieu, que le jour s'était levé sans lui, et qu'il aurait dû se trouver dans l'Usine en flammes plutôt qu'à l'extérieur.

Une boule de rage se dilata dans son ventre. Il n'avait pas pris la relève de Hama ! *Il dormait !* Il dormait pendant que la catastrophe se produisait !

Sans tenir compte du danger, il entreprit d'escalader l'empilement de gravats. Il s'écorcha les mains sur les blocs de béton hérissés de tiges tordues, glissa plusieurs fois, manqua de se briser poignets et chevilles, mais la rage était plus vive que la douleur. Il dormait ! Nom de Dieu, il dormait !

Quand il parvint au sommet, les premières sirènes résonnèrent dans le lointain, et une clameur s'éleva au-dessus de la ville. Les secours, enfin !

En équilibre sur les éboulis, Bo se redressa. Effaré, il découvrit ce qu'il y avait de l'autre côté : un paysage de lune.

De notre Usine – la dernière en activité à des milliers de kilomètres à la ronde – ne restaient que quelques pans de mur, la base d'une cheminée de refroidissement et, entre ciel et terre, pareil à un pendu accroché à une branche, une poche de coulée stoppée net au milieu d'un pont roulant. Tout le reste, la voûte, les rangées de meuleuses et les laminoirs, les vestiaires, les hangars de stockage, avait été pulvérisé. Entre les foyers d'incendies – masses informes d'où s'échappaient des fumées puantes – on apercevait un cratère béant.

Du haut des éboulis, Bo chancela. Le cratère était là, devant ses yeux, et symétriquement là, comme une plaie au milieu de sa poitrine.

– Hama, murmura-t-il.

Après le choc, la ville tout entière se mobilisa autour des décombres de l'Usine. De partout, les gens affluèrent vers le centre de la catastrophe, et des chaînes humaines s'organisèrent pour déblayer les accès, pierre après pierre. Pour éteindre les brasiers, on se passait des seaux remplis de neige. On cherchait des outils dans les caves des maisons, des pelles, des pioches, des masses, n'importe quoi qui permette d'ouvrir un chemin de la largeur d'une ambulance.

On brancha des pompes et des générateurs le long du fleuve. Depuis l'hôpital, on achemina des civières, des couvertures, des poches de sang, des masques à oxygène, tandis que médecins et infirmières accouraient sur les lieux.

Sur les ordres d'un curé, on sonna le tocsin dans une église des environs.

On vit bientôt des enfants, des femmes, des personnes âgées s'agglutiner aux abords de l'Usine, et hurler les noms de leurs proches. Un cordon de police s'était formé pour les empêcher d'entrer ; il fallait laisser travailler les secours, il fallait attendre. Mais les familles désespérées refusaient d'attendre, et des petits enfants réussirent à se glisser entre les jambes des forces de l'ordre.

– Trouve ton père ! leur criaient les mères. Dis-moi qu'il est en vie !

Bo resta une éternité devant ce paysage, sans pouvoir bouger. Ce qu'il voyait se fossilisait dans ses yeux : le cratère, la poche, les restes déchiquetés de la salle des machines, et les silhouettes errantes de ceux qui commençaient à soulever les poutres, à retourner les tôles. Mais en vérité, c'était surtout ce qu'il ne voyait pas qui le paralysait : il ne voyait pas Hama. Cette absence le plongeait dans une épouvante si ancienne qu'il avait l'impression d'être sorti de son corps. Il n'était plus l'ouvrier costaud et nonchalant que nous connaissions, mais un petit garçon de six ans qui attend au bord d'un chemin. Un enfant hypnotisé par le vol d'un rapace. La même émotion violente le clouait là, debout sur les éboulis : la même terreur que celle qui l'avait empoigné, vingt ans plus tôt.

Soudain, une voix l'interpella et il se retourna. Un homme casqué gravissait lentement les blocs de béton, en traînant derrière lui le rouleau d'une lance à incendie.

– Passez ça de l'autre côté !

Bo dévisagea l'homme sans comprendre.

– Attrapez ça, je vous dis ! Et descendez avec ! Vite !

Dans un état second, Bo saisit le rouleau que l'homme lui tendait. Il le laissa se dévider, et dégringola de l'autre côté, pendant que le pompier, arrivé au sommet du tas de gravats, criait des ordres en direction de ses collègues. Peu après, Bo sentit vibrer la lance entre ses mains.

– Directement sur les flammes ! lui ordonna le pompier. Tenez bon !

La puissance du flot manqua le faire partir à la renverse ; Bo dut s'agenouiller. Devant lui, à quelques dizaines de mètres, les flammes dévoraient un morceau de charpente. Il se releva et, cramponné à sa lance, marcha droit dessus.

Lorsqu'il entra dans la fournaise, il eut l'impression que sa peau se décollait de ses os. Si Hama était morte, se dit-il, il pouvait bien mourir aussi.

Bientôt, une dizaine de lances encerclèrent l'incendie, crachant une eau brune pompée dans le fleuve, et qui se répandait en flaques boueuses autour des ruines.

Il recommençait à neiger sur la ville.

Les gyrophares battaient la mesure d'un temps qui ne s'écoulait plus et nous avions le sentiment d'avoir été arrachés du réel. Nous redoutions le moment où les enfants reviendraient vers leurs mères pour leur dire qu'elles étaient veuves. Car alors, le temps s'écoulerait de nouveau, et plus rien ne serait comme avant.

Bo ne sentait plus ses pieds ni ses mains, ni même l'odeur chimique qui s'échappait des cuves endommagées. La lance sous son bras, il luttait contre les flammes et contre le désespoir qui incendiait sa poitrine. Au milieu des ruines inondées, dans un silence d'église, les secouristes cherchaient des survivants. Bo les suivait des yeux : il les voyait s'attrouper, s'agiter, puis faire venir une civière qu'ils emportaient ensuite vers une tente dressée à la va-vite le long d'un remblai. Alors, abandonnant sa lance, il courait derrière eux.

Sous les couvertures, il entrevoyait des corps. Des visages noircis. Des cheveux roussis. Des regards vides.

Et chaque fois, ce coup terrible dans le ventre : était-ce Hama ?

Non, ce n'était pas elle.

Il retournait à son poste, jusqu'à ce qu'il repère un autre attroupement, une autre civière.

Les brancardiers déposaient les morts à l'extérieur de la tente, où deux volontaires se chargeaient de les mettre dans des sacs. À l'intérieur, on entassait les blessés.

Après une attente insupportable, c'est parmi eux que Bo retrouva Hama.

Quand il la reconnut, pâle et sans connaissance sur la civière, il tomba à genoux. Un souffle fragile faisait frémir ses lèvres. Son visage était intact.

– Qu'est-ce que vous faites là ? le bouscula une infirmière. Poussez-vous ! Vous gênez !

– Mais… c'est Hama…, bredouilla Bo.

– Elle a besoin de soins, poussez-vous.

Bo recula. La tente était sombre, encombrée, pleine de boue et de gémissements. Il resta dans un coin pendant qu'une femme en blouse de médecin s'occupait de Hama. Cela dura longtemps.

Au-dehors, on entendit vrombir des moteurs, et l'effervescence gagna soudain les équipes qui s'activaient sous la tente : enfin, les ambulances se frayaient un chemin !

Quand le médecin se redressa, Bo comprit que Hama allait être évacuée. Il se précipita sur la femme en blouse qui, déjà, se penchait vers un autre blessé.

– La jeune fille..., souffla Bo. Celle que vous venez de voir...

– Ça ira, répondit le médecin sans le regarder. Elle va vivre.

C'était tout ce qu'il voulait entendre.

Il se rua derrière la civière, et eut à peine le temps de la voir disparaître au fond d'une ambulance dont les portes se refermèrent aussitôt.

« Elle va vivre ! » se répéta-t-il.

L'ambulance démarra.

Bo la regarda s'éloigner, et les larmes qu'il retenait depuis des heures (des années, peut-être ?) coulèrent enfin sur ses joues. Le long du remblai, derrière lui, dans un alignement lugubre, gisaient ceux que personne n'avait pu sauver.

2

LE VIDE ET LE PLEIN

Ce jour-là, sur les cent ouvriers présents au moment de l'explosion, on compta cinquante-trois morts et quarante-cinq blessés.

Les corps de deux ouvrières, qu'on avait cru disparus à jamais, furent découverts huit jours après sur les rives du fleuve ; le souffle les avait projetés à travers les airs, à des centaines de mètres de l'Usine.

Les enterrements succédèrent aux enterrements.

Pendant des semaines, nos vies ne furent plus dédiées qu'à pleurer nos morts et à fleurir des tombes. Nous avions perdu une mère, un père, un fils ou une fille, un mari ou une femme, des voisins, des amis. Nous avions aussi perdu notre travail, notre salaire, notre maison parfois. Notre quotidien, tous nos repères.

À l'endroit où se dressaient autrefois les cheminées de l'Usine, il n'y avait plus qu'un morceau de ciel vide. Ce vide, nous le portions à l'intérieur de nous, comme un vertige permanent. Les gens faisaient des syncopes, d'autres des chutes inexplicables. Certains se plaignaient de surdité, de saignements, de migraines à se taper la tête contre les murs, d'absences, de somnolences. On parlait à voix basse d'empoisonnement et de maladies bizarres dues aux émanations de produits chimiques.

En dehors du cimetière, l'hôpital devint l'endroit le plus fréquenté de la ville. On s'y croisait, on venait y chercher du réconfort, on y pleurait, on y riait, on y échangeait les nouvelles des uns et des autres. On s'y précipitait parfois, en pleine nuit, pour soigner un mal dont on ignorait la cause, ou éloigner un cauchemar qui nous empêchait de respirer. Des médecins aux yeux lourds soignaient nos oreilles, nos pieds, nos dos, mais ils restaient impuissants à guérir la peur qui nous avait colonisés.

Dans les écoles, nos enfants se mirent à dessiner des monstres, des bonshommes sans tête, des soleils énormes, ou des maisons fendues en deux, qui faisaient penser à des fruits trop mûrs.

Les cafés de la Grand-Place, dont les vitrines s'étaient désintégrées sous l'impact, ne servaient plus personne. Il y avait du verre pilé partout ; jusque dans les arrière-salles, on avait l'impression de marcher sur du sucre. Les habitués et les joueurs de fléchettes traînaient sur la place comme des âmes en peine, levant des yeux incrédules vers la statue du général qui, dans la déflagration, avait perdu un bras et son sabre.

Les mieux informés racontaient qu'au moment du drame, le lustre du *Castor Blagueur* était tombé en emportant la moitié du plafond – de toute façon, il ne tenait plus qu'à un fil. Titine-Grosses-Pattes avait baissé son rideau : plus de spectacle, plus de thé dansant. Les deux amateurs d'ukulélé et le contremaître, pianiste de l'orchestre, faisaient partie des victimes ; le cœur n'y était plus.

Lorsqu'on s'interrogeait sur le sort de Melkior, c'était en toute discrétion, entre deux portes, avec la crainte de réveiller un nouveau malheur. Depuis le fameux soir de la bagarre, nul ne l'avait aperçu.

Trois jours après la catastrophe, Hama entrouvrit les yeux. La morphine calmait ses douleurs ; elle ne sentait plus son corps. Elle avait l'impression de flotter au milieu d'une piscine. Sous les cils de ses paupières, elle observa les murs nus, et écouta les sons qui lui parvenaient. Des roulements de chariot, des voix lointaines, des chuintements d'ascenseur, des tintements indistincts, des plaintes, des pleurs… Puis elle sombra de nouveau dans un sommeil artificiel, sans comprendre où elle était, ni ce qui lui était arrivé.

Quand elle remonta à la surface pour de bon, il faisait jour et Bo était près d'elle. Il dormait, assis dans un fauteuil, le visage rouge, marqué d'une multitude de coupures qui commençaient à cicatriser.

– Tu t'es battu avec un rasoir sauvage ? lui demanda Hama.

En entendant sa voix, Bo se réveilla en sursaut. Il dévisagea Hama avec un tel mélange d'effroi et de soulagement qu'elle se mit à rire.

– Tu verrais ta tête ! lui dit-elle. On dirait que tu as dormi dans un grille-pain !

Bo, qui avait perdu le sens de l'humour, ne trouva rien à

répondre. Ébahi, il approcha ses mains du visage de Hama, et les larmes parlèrent pour lui.

– Qu'est-ce que tu... ? fit Hama, troublée.

Depuis des mois qu'elle le connaissait, elle l'avait vu pensif, préoccupé, gai ou en colère, mais jamais elle ne l'avait vu pleurer.

Elle réalisa brutalement que le lit où elle était couchée n'était pas *leur* lit, que le drap qui la recouvrait jusqu'au menton n'était pas leur drap, et que cette chambre n'était pas leur chambre. Elle voulut attraper les mains de Bo, mais il lui bloqua aussitôt les deux bras pour l'en empêcher.

– Attends ! lui dit-il.

Hama ne lutta pas.

Ce qu'elle lisait dans le regard de Bo l'avait pétrifiée.

Par où commencer ? se demanda Bo. Par le pire ou par le moins pire ? Et comment distinguer le pire du moins pire ?

– Tu es vivante, dit-il sur un ton vaguement interrogatif.

Puis il sourit, et il répéta la même chose, plusieurs fois, avec davantage de conviction : tu es vivante, tu es vivante, tu es vivante...

Hama sentit une bouffée de chaleur lui piquer les joues, mais le reste de son corps demeurait insensible. Ses pensées se mirent à traverser follement son crâne. Cela était-il extraordinaire qu'elle soit vivante ? Quel jour étions-nous ? Et où était-elle ? Et pourquoi...

– Attends ! la supplia encore Bo. Je vais t'expliquer, mais n'oublie à aucun moment le plus important : tu es vivante et nous sommes ensemble. D'accord ?

– D'accord, murmura Hama.

Bo prit une respiration.

– Il y a eu un accident à l'Usine, commença-t-il.

Il lui raconta les choses telles qu'il les avait vécues, les unes après les autres, depuis le bruit terrifiant qui l'avait tiré du sommeil, jusqu'au moment où il l'avait découverte sur une civière, parmi les blessés.

Hama l'écouta sans l'interrompre. Elle ne se souvenait de presque rien, sauf de son inquiétude en ne le voyant pas arriver pour la relève, et, peut-être, d'un éclair qui avait illuminé la salle des machines... En revanche, elle se souvenait avec précision du petit mot qu'elle avait écrit pour lui, la veille au soir. Un mot qui disait :

Mon amour, vivement dimanche ! J'ai quelque chose à te dire et pour ça, j'aimerais qu'on soit tranquilles. On pourrait aller se promener au bord du fleuve plutôt qu'au thé dansant, qu'en penses-tu ? J'ai mis le reste du gratin sur le bord de la fenêtre. Fais de beaux rêves. Ne t'inquiète pas.

Elle avait punaisé le papier sur le montant du lit en pensant que Bo le trouverait. L'avait-il lu ?

Elle se mordit les lèvres et scruta les traits de son visage tandis qu'il poursuivait son récit d'une voix atone :

– Beaucoup d'ouvriers sont morts, dit-il. Beaucoup d'autres sont gravement blessés. On ne sait pas comment le feu a pris dans les hangars de stockage.

L'esprit de Hama tournait à vide, son cerveau patinait comme les roues d'une voiture dans la neige.

– Ness et Malakie sont ici, lui annonça Bo. Dans une chambre à l'étage du dessus. Au service des grands brûlés.

– Et moi ? finit par demander Hama. Je suis dans quel service ?

Il la regarda longuement avec l'air de celui qui se penche au bord d'un gouffre.

– Dans quel service ? répéta Hama d'une voix plus forte.

– …

Puisque Bo n'arrivait pas à lui répondre, elle interrogea son propre corps. Où avait-il mal ? Où était-il meurtri ? Elle baissa les yeux. Sous le drap qui la couvrait jusqu'au menton, elle devina la forme de ses deux pieds, de ses deux jambes. Elle se concentra pour les faire bouger, et après quelques efforts, elle y parvint. Elle voulut sentir son bassin, son ventre, son dos, et malgré l'engourdissement provoqué par la morphine, elle réussit à contracter ses muscles. D'abord une fesse, puis les abdominaux, et l'autre fesse. Quand elle fit mine de soulever ses bras, Bo pâlit.

– Hama…, dit-il en basculant vers elle. Oh… Hama…

Elle repoussa le drap.

C'est alors que la douleur monta, fulgurante.

Les secouristes qui avaient récupéré Hama au milieu des décombres l'avaient découverte inconsciente, les mains prises entre les cylindres du laminoir. Il était trop tard : la machine lui avait broyé les os. Mais en la protégeant du souffle de l'explosion, elle lui avait également sauvé la vie, voilà ce qu'ils avaient expliqué à Bo. C'était, selon eux, « un mal pour un bien ».

Quand Bo lui répéta ces paroles maladroites, Hama resta hébétée. Son silence dura de longues secondes, pendant qu'à l'intérieur d'elle montait une vague puissante. Soudain, la fureur la submergea, et elle se mit à hurler :

– Mes mains ! Mes mains !

Des infirmières surgirent dans la chambre. Elles trouvèrent Hama debout, hors d'elle, la perfusion arrachée, brandissant ses poignets bandés sous les yeux de Bo.

– Un mal pour un bien ? vociférait-elle. Quel bien ? Dis-le-moi ! Quel bien, Bo ?

Plaqué contre le mur, il la regardait sans pouvoir répondre. Elle lui arrivait à peine à l'épaule, elle était considérablement affaiblie et amaigrie, mais sa colère aurait pu anéantir une armée.

Les infirmières l'attrapèrent par les épaules et l'obligèrent à s'allonger. Hama se débattit de toute sa rage, jusqu'à ce que les sanglots la terrassent.

– Va-t'en ! hurla-t-elle à Bo. Va-t'en !

Ces mots s'enfoncèrent comme des lames de couteau dans le cœur de Bo. Il quitta la chambre à reculons, défait, persuadé que Hama le détestait autant qu'il se haïssait lui-même.

Pendant les jours et les semaines qui suivirent, Hama se mura dans sa douleur.

Refusant de parler.

Refusant de manger.

Refusant de se lever.

Refusant de voir Bo.

C'était, d'après les médecins, une réaction possible après le choc.

Il fallait respecter son silence, et patienter.

Bo revint chaque matin attendre dans le couloir. Il guettait l'infirmière de jour.

– Comment va-t-elle ? lui demandait-il lorsqu'elle sortait de la chambre.

L'infirmière lui montrait des courbes de température, les résultats d'examens, des chiffres qui ne lui disaient rien.

– Est-ce qu'elle accepte de me voir ?

– Elle préfère rester seule, répondait l'infirmière. Elle a besoin de temps. Revenez demain.

Bo revenait le soir même. Il interrogeait l'infirmière de nuit :

– Comment va-t-elle ? Est-ce qu'elle accepte de me voir ?

L'infirmière de nuit lui répondait la même chose :

– Elle préfère rester seule. Elle a besoin de temps. Revenez demain.

Bo quittait l'hôpital, abattu.

Une fois dehors, ravalant une envie de pleurer, il tournait son visage vers le ciel et essayait simplement de respirer. Il aurait voulu prendre la douleur de Hama. Il aurait voulu arracher ses propres mains pour les lui offrir. Être indemne était pour lui la pire des punitions.

Les pluies de printemps arrivèrent, transformant nos rues en cours d'eau grisâtres où flottaient des morceaux de plastique, des bouts de bois, des lambeaux de tissu, des éclats de métal rouillés, des boîtes de conserve, mille fragments qui s'enfuyaient vers les égouts. Les enfants s'amusèrent à les collecter, et fabriquèrent des bateaux à l'aide de ce bric à brac coloré. Nos caniveaux virent alors fleurir de drôles de régates, des courses de pirogues, des épreuves de navigation aux règles farfelues, qui égayaient un peu nos jours sombres.

Partout en ville, c'était le règne de la débrouille. Les familles sans abri s'étaient regroupées pour survivre, quitte à s'entasser dans de minuscules espaces, sous des bâches, dans des cabanons. On faisait du troc, on s'arrangeait, on cultivait des champignons dans les caves des maisons abandonnées, des chicons, des salsifis, des oignons qu'on faisait bouillir entre voisins. La nuit, on improvisait des braseros dans des lessiveuses cabossées et on suspendait des lanternes dans les ruelles, qui donnaient à notre misère des allures de fête.

Ceux qui avaient encore du travail travaillaient pour ceux qui n'en avaient plus, et ceux qui n'avaient plus de travail s'en inventaient. C'est ainsi que Bo, désœuvré et malheureux, commença à traîner vers les ruines de l'Usine.

Interdite par les autorités, la zone était désormais cernée de hautes palissades, et gardiennée par des maîtres-chiens. Depuis l'explosion, Bo n'avait plus absorbé une goutte d'alcool (plus jamais, se jurait-il), mais ses insomnies le poursuivaient avec plus de fureur qu'une meute de bouledogues. Alors la nuit venue, quitte à se faire attaquer par les molosses, il sortait et se dirigeait vers la zone interdite. Sans doute avait-il besoin, pendant que Hama souffrait, de se frotter à des choses dangereuses pour se sentir vivant.

Il avait déniché, dans une maison effondrée, une échelle

et de la corde à bateau dont il se servait pour franchir les palissades. Une fois de l'autre côté, l'aventure commençait.

Marchant contre le vent pour éviter que les chiens reniflent son odeur, il s'avançait en zigzaguant d'un tas de ferraille à un autre tas de ferraille. À tâtons, sans faire de bruit, il ramassait des tôles, des plaques, des tiges, des moules et des coquilles, de la grenaille, des ressorts, des châssis, des clous tordus, toutes sortes de scories carbonisées par la catastrophe.

Il les choisissait soigneusement, dans le noir, du bout des doigts. Ces rebuts n'avaient aucune valeur, mais il les rangeait précieusement dans un sac à bretelles qu'il arrimait à son large dos, les plaques et les tôles de grande taille ficelées par-dessus.

Il écoutait les bruits de la nuit avec une attention d'animal traqué. La ronde des maîtres-chiens passait parfois à quelques mètres de lui ; il attendait, dissimulé dans des trous, des renfoncements, sans respirer. Puis il se risquait à découvert, et courait vers la palissade, le cœur battant, le front trempé de sueur. Il s'agrippait à la corde, remontait tout le long en se blessant avec des échardes, enjambait les planches, et lorsqu'il atterrissait de l'autre côté, alourdi de son chargement, il se sentait bizarrement plus léger.

Il rentrait déposer ses trésors sur le plancher de la chambre, avant de s'enfoncer dans un sommeil bref.

Pendant ce temps, ramassée sur elle-même, Hama essayait d'apprivoiser la douleur et la perte. Ce nouveau corps, avec lequel elle allait devoir vivre, lui semblait appartenir à quelqu'un d'autre. À longueur de journée, elle contemplait ses poignets enroulés dans les bandages. Elle avait l'impression de sentir ses paumes, d'éprouver des fourmillements au bout des doigts, mais ce n'était qu'une illusion, un tour de magie cruel que lui infligeait son cerveau.

Elle dressait la liste des choses qu'elle ne pourrait plus jamais faire, et c'était une liste atroce, interminable. Sans ses mains, elle n'était plus rien.

Elle savait que Bo attendait matin et soir de l'autre côté de la porte. Elle l'imaginait tout seul dans le couloir, désemparé. Ça lui brisait le cœur, mais comment supporter qu'il la voie *comme ça* ? Impossible de croire qu'il pourrait l'aimer encore ; elle préférait attendre qu'il se décourage.

– Et que se passera-t-il quand il ne viendra plus ? lui demanda un soir l'infirmière de nuit, en préparant une piqûre d'antidouleur.

– Je me sentirai libre, répondit Hama.

– Libre de quoi ?

Hama eut envie de crier : « Libre de mourir ! Foutez-moi la paix ! »

L'infirmière lui fit la piqûre, et Hama se tourna vers le mur. Penser qu'elle pouvait mourir la soulageait un peu. C'était la seule façon qu'elle trouvait de se révolter contre le destin, elle qui ne s'était jamais plainte, elle qui s'était toujours résignée à son sort.

Avec patience, l'infirmière de jour défaisait et refaisait ses pansements. Elle lui caressait le front, les cheveux, la lavait, la nourrissait, lui parlait. Hama l'adorait et la détestait, exactement comme elle avait adoré et détesté sa propre mère.

– Où est-elle, votre mère ? l'interrogea l'infirmière un matin, en changeant les draps du lit.

– Je n'en sais rien, et je m'en moque, grogna Hama. Elle s'est enfuie de la maison quand j'avais douze ans. Personne ne l'a jamais revue.

– Et votre père ? continua l'infirmière en lui démêlant les cheveux.

– Mon père…, soupira Hama. Il ne sait même plus comment il s'appelle. La dernière fois que je lui ai rendu visite, il ne m'a pas reconnue.

Hama gloussa en se rendant compte qu'elle ne se reconnaissait plus elle-même.

– Tel père, telle fille, murmura-t-elle.

– Allons ! Vous devriez vous regarder dans un miroir, lui conseilla l'infirmière. Vous verriez comme vous êtes jolie.

Hama eut envie de l'étrangler. Mais avec quelles mains ?

Elle la fusilla du regard, et se tourna vers le mur.

– Et si vous sortiez de votre chambre ? lui suggéra l'infirmière de nuit. Vous pourriez marcher un peu : vous avez toujours vos deux jambes, n'est-ce pas ?

Ses jambes ? Et alors ? Est-ce qu'on mange avec ses jambes ? Est-ce qu'on écrit des mots d'amour avec ses jambes ? Est-ce qu'on travaille le métal avec ses jambes ? Est-ce qu'on fait des caresses avec ses jambes ?

Hama eut envie de mordre l'infirmière de nuit. Parfois, dans des accès de désespoir, elle se mordait l'intérieur des joues jusqu'à se faire saigner.

– Et l'enfant ? lui dit, un beau jour, l'infirmière de jour. Vous pensez à lui ?

Ce fut le coup de grâce.

Dans un torrent de larmes, Hama se laissa enfin aller : sa colère et sa révolte fondirent, aussitôt remplacées par une peur immense et un chagrin sans nom. L'infirmière enroula ses bras autour d'elle pour la consoler. Elle la berça.

– Là, là...Tout ira bien.

Au milieu de ses sanglots, Hama songea à la vie minuscule qu'elle portait en elle depuis trois mois, et qui restait accrochée dans son ventre contre vents et marées. Elle pensa à Bo qui ne se doutait de rien.

– N'attendez pas trop pour le lui annoncer, lui conseilla l'infirmière. Les bonnes nouvelles sont si rares, ces temps-ci !

– Ce n'est pas une bonne nouvelle, se défendit Hama en hoquetant.

– Bien sûr que si, puisque c'est un enfant de l'amour ! sourit l'infirmière.

Hama se calma et s'enroula sur elle-même. Tant que l'enfant restait dans son ventre, elle pouvait le porter. Mais après ?

Au fil des escapades nocturnes de Bo, la chambre se changea en dépotoir. De la cuisine à la salle d'eau, il y avait de la tôle partout : derrière le lit, derrière les portes, au-dessus de l'armoire, sous l'armoire, et jusque dans le four, où Bo n'avait plus rien à cuire. Dérangé dans ses habitudes, le chien couleur charbon tournait en rond au milieu des choses, et grognait hargneusement quand Bo l'approchait.

– Toi non plus, tu ne m'aimes plus, constatait Bo, un peu amer. Eh bien, personne ne t'oblige à rester : la porte est ouverte !

Têtu, le roquet continuait de grogner, et trouvait refuge sous le lit, manifestement décidé à camper là. De façon surprenante, il grossissait toujours ; Bo supposait qu'il devait chiper sa nourriture dans le voisinage.

– Tu te demandes pourquoi je ramasse tous ces trucs, hein ? lui disait-il encore. Tu penses que je deviens fou ?

En vérité, Bo s'occupait comme il pouvait. Il amassait, il accumulait, en essayant de remplir le vide laissé par Hama.

Mais un soir, alors qu'il revenait de l'hôpital le cœur gros, il contempla le fourbi et il en eut assez. Avec brusquerie, il dégagea la table, et repoussa tout dans un coin.

Il regarda ses mains abîmées par le froid, la pluie, les échardes, les coupures. Ses mains qu'il aurait tant voulu offrir à Hama.

Il se souvint de sa mère et des ombres chinoises, avant ce fameux jour où, assis sur le bord du chemin, il avait suivi des yeux le vol du rapace.

Il se souvint aussi de ses années d'apprentissage auprès des forgerons de son village, de ces centaines d'heures passées dans le rougeoiement de la forge, à travailler le métal incandescent. Il se souvint des vieux maîtres qui lui avaient transmis la patience, le savoir-faire, les gestes justes et précis : l'art de transformer la matière brute en merveilles.

C'est à ce moment-là qu'il sut ce qu'il devait faire.

Il respira à pleins poumons, et alla chercher ses outils.

Quelque temps après, au soulagement de tous, les cafés de la Grand-Place achevèrent de réparer leurs vitrines et rouvrirent enfin leurs portes à la clientèle. Les joueurs de cartes et de fléchettes se rassemblèrent dans les arrière-salles, tandis que les buveurs se serraient le long des comptoirs. On aurait pu croire que tout était rentré dans l'ordre, mais il suffisait de jeter un regard au milieu de la place, vers la statue, pour s'apercevoir que non. Cassé net au niveau du coude, le bras du général désarmé était devenu le triste symbole de notre impuissance.

– Vous vous rappelez le jour où Bo l'a escaladée jusqu'en haut ? fit l'un des buveurs.

Chacun s'en souvenait. Cela s'était passé au début de l'hiver, pourtant un siècle semblait s'être écoulé depuis.

– C'est ce jour-là que Melkior a frappé le sol avec sa canne, ajouta un autre buveur. J'y étais ! Je l'ai entendu quand il a parlé pour la première fois du bruit et du silence…

Plusieurs joueurs de fléchettes hochèrent gravement la tête.

– Le bruit et le silence…, répéta l'un d'eux. Bon sang ! Il avait vu juste, le vieux !

– Ce jour-là, Bo portait un anorak rouge, rappela un ancien soudeur. Quand il est redescendu de son perchoir, j'ai même cru que le cheval pleurait du sang.

– C'était peut-être un signe ? suggéra le patron en actionnant sa pompe à bière.

Il n'en fallut pas davantage pour qu'autour des bocks, les esprits s'échauffent. On énuméra les fois où Melkior avait prononcé ses obscures prédictions, jusqu'au soir de la bagarre chez Titine-Grosses-Pattes.

– C'est Bo qui est monté sur la scène pour ceinturer le vieux ! s'écria un buveur en levant un doigt accusateur.

– Exact ! renchérit un autre. Et il s'est dépêché de le traîner dehors. Comme s'il avait eu peur qu'il en dise trop.

On refit l'histoire, point par point, avec une excitation grandissante ; c'était mieux que d'emboîter les pièces d'un puzzle. Il y avait d'abord eu le coup de foudre entre Bo et Hama : cette histoire d'amour ne s'accordait pas avec la dureté des temps, elle nous avait ramolli la couenne ! Puis, il y avait eu la réouverture du *Castor Blagueur*, les tours de magie, les danseuses, les chansons, toutes ces fantaisies qui nous avaient distraits de l'essentiel. Et enfin cet hiver interminable, ce froid intense, cette neige inhabituelle. Et les crises prophétiques de Melkior... D'ailleurs, Bo n'était-il pas le dernier à l'avoir vu ?

– Finalement, on était tranquilles jusqu'au jour où il est arrivé à l'Usine, résuma un des joueurs de cartes.

– J'ai rien contre Bo, affirma le patron du café. Mais il faut reconnaître que depuis qu'il est là, plus rien ne se passe normalement.

– Le plus étrange, c'est qu'il n'était pas à son poste au moment de l'explosion, reprit le joueur de cartes. Je ne dis pas qu'il l'a fait exprès, mais...

Les habitués restèrent songeurs.

– On ne sait rien de lui, dans le fond, fit observer un lanceur de fléchettes. On sait seulement qu'il vient du Nord.

– Ils sont tous arriérés, là-bas, commenta un autre. Des nomades, des guérisseurs, et je ne sais quoi encore comme fumistes !

– Bo a peut-être le mauvais œil, lança le patron.

Ces mots firent peser un lourd silence sur la salle. Depuis

tant d'années que nous assistions à notre déclin, nous étions prêts à croire n'importe quoi pour expliquer les causes de nos malheurs. Et surtout, il nous fallait une tête à qui faire porter le chapeau. Nous venions de la trouver.

Ignorant les rumeurs qui commençaient à courir en ville à son sujet, Bo s'était isolé dans la chambre.

Depuis l'explosion, il n'avait pas pris la peine de remplacer les vitres brisées. Heure après heure, derrière sa fenêtre calfeutrée de tôles, il découpait, soudait, martelait, vissait, ciselait sans répit, perdant peu à peu la notion des jours et des nuits. Son projet l'absorbait tant qu'il en oubliait même d'avoir faim. Mais il n'oubliait pas Hama. Au contraire ! Même s'il avait renoncé à ses visites quotidiennes à l'hôpital, chaque geste qu'il faisait était un geste pour elle, vers elle ; une façon de l'aimer à distance, et d'abolir le silence.

Entre ses mains, les structures prenaient forme les unes après les autres, et les rebuts calcinés de l'Usine se métamorphosaient : de grossières plaques de métal devenaient dentelle, les tiges filetées devenaient roseaux, la grenaille se transformait en flocons de neige, et les clous tordus en fleurs.

C'est en déplaçant les dernières tôles entreposées dans la cuisine, qu'il découvrit un bout de papier égaré entre les lattes du plancher. Il le ramassa, le déplia sous la lumière crue du plafonnier, et ses mains se mirent à trembler quand il reconnut l'écriture de Hama :

Mon amour, vivement dimanche ! J'ai quelque chose à te dire et pour ça, j'aimerais qu'on soit tranquilles. On pourrait aller se promener au bord du fleuve plutôt qu'au thé dansant, qu'en penses-tu? J'ai mis le reste du gratin sur le bord de la fenêtre. Fais de beaux rêves. Ne t'inquiète pas.

L'émotion fut si vive que Bo eut l'impression de manquer d'air. Il se tourna vers la fenêtre aveugle, se demandant soudain pourquoi il l'avait condamnée. Il se précipita pour arracher les tôles clouées à même le châssis et, pour la première fois depuis longtemps, ouvrit en grand.

En même temps qu'un flot de lumière, l'air frais et humide du matin vint déposer une caresse sur son visage. Il respira si fort que ses poumons lui firent mal.

À moitié sonné, il se pencha. Le plat était toujours en équilibre sur le rebord, comme si le temps s'était arrêté le matin de l'explosion, sauf que le gratin n'était plus qu'une bouillie moisie, pleine d'éclats de verre flottant dans une mare de pluie sale.

Mon amour, vivement dimanche! J'ai quelque chose à te dire...

Au-delà des toits, Bo contempla notre ville, les habitations enchevêtrées, les rues étroites, et le vide laissé par l'Usine. Il aperçut, le long du fleuve, les arbres de la promenade et leurs cimes enveloppées d'une sorte de vapeur vert tendre. Il réalisa que le printemps était arrivé.

Mon amour, vivement dimanche! J'ai quelque chose à te dire...

Il sourit, et se retourna vers la chambre. Son travail était pratiquement achevé, mais la pièce disparaissait sous un capharnaüm épouvantable, ça ne pouvait plus durer.

Troquant son fer à souder contre chiffons et brosses, il entama un nettoyage frénétique. Il balaya, dépoussiéra, récura, tant et si bien qu'il en eut le vertige. Lorsqu'il s'écroula sur le lit, il sentit son estomac gargouiller. Depuis quand n'avait-il rien avalé ? Depuis quand vivait-il comme un insecte entre les parois obscures de la chambre ?

Il siffla pour appeler le chien. Une éternité qu'il ne l'avait pas vu.

– Allez, montre-toi ! lança-t-il d'une voix enjouée. Aujourd'hui est un grand jour !

Il siffla encore.

– Arrête de bouder ! On sort !

Malgré ses appels répétés, le roquet demeura invisible. Lentement, Bo se releva.

– Tant pis pour toi, j'irai en promenade tout seul !

Son reflet dans le miroir de la salle d'eau lui fit presque peur. Il avait les traits creusés, la barbe hirsute, la peau cireuse ; hors de question que Hama le voie dans un état pareil.

Il prit une douche, se coupa les ongles, se rasa consciencieusement, enfila des vêtements propres, et se sentit mieux.

Au-dessus du lavabo, il trouva le flacon dont Hama se servait pour parfumer les draps. Il en restait quelques gouttes. Il s'en frotta les poignets, et se regarda une dernière fois dans le miroir.

J'ai quelque chose à te dire et pour ça, j'aimerais qu'on soit tranquilles...

Bo essayait de ne rien supposer, de ne rien imaginer. Il voulait simplement croire que la découverte du morceau de papier était un signe que Hama lui envoyait : le signe que le temps des retrouvailles était enfin venu.

Il reboucha le flacon de parfum, et sortit.

Bo courut jusqu'à l'hôpital. Déterminé, il traversa le hall, passa les couloirs, et entra dans la chambre de Hama. Sans frapper.

Elle se tenait debout près du lit, coiffée et maquillée, vêtue de son manteau sombre, tandis qu'à genoux devant elle, l'infirmière de jour nouait les lacets de ses chaussures. L'une et l'autre sursautèrent en voyant surgir Bo.

– Tu es prête ? demanda-t-il avec un sourire.

De surprise, Hama ne trouva rien à dire. Elle laissa Bo s'approcher d'elle. Sa large silhouette, sa démarche nonchalante… Ce fut le même éblouissement, la même évidence que le matin où il s'était présenté à l'Usine pour la première fois.

Avec une infinie douceur, il passa un bras autour de ses épaules.

– C'est le jour idéal pour une promenade, dit-il. Je t'emmène au bord du fleuve.

Le fleuve reflétait un ciel gris et bousculé où s'amusaient quelques mouettes. Le long de la promenade déserte, les saules pleureurs et les peupliers commençaient à bourgeonner ; leurs ramures frissonnaient dans le vent frais.

Bo n'avait pas desserré son étreinte. Il tenait Hama par les épaules, comme s'il redoutait qu'elle ne s'envole, et ils marchaient en silence, étonnés d'être ensemble après cette longue séparation, ne sachant par où commencer.

En vérité, cela faisait trois jours que Hama se préparait à

sortir de l'hôpital dans l'espoir de voir Bo. Trois jours qu'elle demandait à l'infirmière de l'aider à s'habiller, à se faire belle. Trois jours qu'elle s'aventurait dans les couloirs, prenait l'ascenseur, franchissait le hall, puis rebroussait chemin avant même d'avoir mis le nez dehors, malade d'angoisse à l'idée de parcourir les rues de la ville jusqu'à l'immeuble, de monter l'escalier, et de trouver la chambre vide... Depuis qu'il ne venait plus à l'hôpital, elle s'était tant de fois imaginé la disparition de Bo !

Arrivés à la hauteur du vieil embarcadère, ils ralentirent le pas. Le ponton en bois s'avançait en travers du courant sur des pilotis vermoulus ; tout au bout, des barques abandonnées finissaient de pourrir dans la vase. C'était un paysage triste et doux, qui donnait envie de s'asseoir ou de s'enfuir très loin.

– Quand j'étais petite, dit enfin Hama, je venais ici avec mes parents. L'été, il y avait un loueur de barques. J'adorais ça.

– J'en réparerai une pour toi, dit Bo.

Hama sentit les larmes lui monter aux yeux. Elle tendit les bras devant elle, et les manches de son manteau remontèrent, découvrant ses poignets pudiquement recouverts par une paire de gants.

– Je ne pourrai plus jamais prendre les rames, murmura-t-elle.

– Je ramerai pour toi, se dépêcha de répondre Bo.

Il contempla les gants aux doigts informes. Il approcha ses mains, et osa une caresse à l'endroit où Hama souffrait. Elle tressaillit, mais ne recula pas.

– Je ne pourrai plus jamais serrer tes mains dans les

miennes, dit-elle. Je ne pourrai plus jamais passer mes doigts dans tes cheveux. Je ne pourrai plus jamais t'écrire. Ni faire la cuisine, ni m'habiller sans l'aide de quelqu'un. Je ne pourrai plus fabriquer quoi que ce soit. Je ne pourrai plus tourner une poignée de porte, ni les pages d'un livre, ni appuyer sur un bouton, ni ramasser quelque chose. Je ne pourrai plus faire mon travail d'ouvrière. Je ne pourrai plus jamais t'offrir ce que j'aimerais t'offrir…

Tout le temps que dura cette énumération, il la regarda en face, bouleversé. Jamais il n'essaya de l'interrompre, ni d'empêcher ses larmes de couler ; il l'écouta jusqu'au bout, respectant son chagrin et sa solitude. Lorsqu'elle s'essouffla, il approcha sa bouche de son visage, et embrassa délicatement sa joue. Il but les larmes salées qui roulaient dessus, puis il se redressa.

– Quand j'étais petit, dit-il, un garçon du village m'avait prêté son vélo. Je m'entraînais à en faire sans les mains. Je suis tombé pas mal de fois ! Mais finalement, j'ai compris comment garder l'équilibre, et j'y suis arrivé.

Hama avait cessé de pleurer. Elle fronçait les sourcils.

– Nous aussi, on va tomber, reprit-il. On aura des bosses et des bleus. Mais on trouvera le bon équilibre. Je crois qu'on peut aimer sans les mains, Hama.

Elle resta immobile devant lui, toute petite et tremblante, comprenant qu'il n'avait pas l'intention de disparaître de sa vie. C'était une étrange sensation pour elle qui avait été abandonnée par sa mère du jour au lendemain. Ça supposait qu'elle lui fasse entièrement confiance. C'était un risque qu'elle n'avait jamais pris avec personne.

Elle allait ouvrir la bouche, mais il continua :

– Ce matin, dit-il, j'ai trouvé le petit mot que tu m'avais laissé la veille de l'accident. Il s'était envolé dans les courants d'air. Il était resté coincé entre les lames du parquet.

Hama eut l'impression que son cœur allait trouer sa poitrine.

Dans le ciel, les nuages passaient à toute allure, et les premières gouttes d'une averse vinrent troubler les eaux du fleuve. Elle regarda les barques immobiles dans la vase, et elle essaya, en vain, de se rappeler le visage de sa mère. Depuis qu'elle sentait grossir l'enfant dans son ventre, elle luttait contre une peur déraisonnable. Mais la vie était peut-être plus simple qu'elle ne le croyait ? Simple comme ce fleuve ? Simple comme une pluie de printemps ?

Elle leva les yeux vers Bo qui, patient, attendait qu'elle parle. Elle comprit qu'il était temps de partager son secret. À l'évidence, il n'y aurait pas de meilleur moment.

3

L'OMBRE ET LA LUMIÈRE

Ce jour-là, au bord du fleuve, Bo et Hama se firent une promesse folle : tant qu'ils seraient vivants, ils ne se quitteraient plus jamais.

Après la promenade, ils rentrèrent chez eux, dans cette petite chambre qui avait vu naître leur amour, et qui, bientôt, verrait naître leur enfant.

Bo remplaça les carreaux de la fenêtre.

Il mit des bûches dans le poêle.

Il se débrouilla pour trouver, chez des voisins, des œufs et quelques oignons à bouillir. Puis, sur la table débarrassée des outils et des plaques de tôle, il dressa une nappe et alluma une bougie.

Hama vint s'asseoir près de lui.

Une seule assiette pour deux, une seule fourchette pour deux.

– Un festin de retrouvailles, dit-il.

Il lui tendit chaque bouchée, en faisant le pitre pour éviter de pleurer.

Il pleura quand même. Elle aussi. Ils avaient tant de raisons de pleurer ensemble – de joie et de chagrin, de peur et de fatigue.

C'était la deuxième fois, en l'espace de quelques mois, qu'ils tombaient amoureux l'un de l'autre.

– Je veux te montrer quelque chose, dit Bo quand ils n'eurent plus de larmes. Va t'asseoir sur le lit.

Hama obéit sans poser de question. Elle se blottit sous l'édredon, et attendit.

Bo poussa la table le long du mur, et souffla la bougie, plongeant la pièce dans la pénombre.

– J'ai fait quelques essais, mais ce n'est pas complètement au point, commenta-t-il. Je vais améliorer le système petit à petit. Ferme les yeux, s'il te plaît.

Hama ferma les yeux.

Elle l'entendit déplacer des choses, traîner un meuble, débrancher et rebrancher une prise. Sous l'édredon, elle se sentait à l'abri, en sécurité. Elle posa ses poignets sur son ventre, en essayant d'imaginer comment serait leur enfant. Elle souhaitait de tout cœur qu'il ressemble à Bo, qu'il soit aussi grand et aussi fort. Qu'il ait deux belles mains valides.

– Tu peux ouvrir les yeux.

Hama ne vit d'abord rien. Puis, Bo alluma la lampe.

Il l'avait placée de façon à ce qu'elle éclaire l'arrière d'un grand cadre métallique en travers duquel il avait tendu une toile. À l'intérieur de ce cadre apparut, en ombres chinoises, un incroyable décor : des toitures de maisons enchevêtrées avec leurs pignons et la découpe des fenêtres, des ruelles étroites où se perdaient de fragiles silhouettes ciselées, et au fond de la perspective, on reconnaissait, intactes et droites sur le ciel en toile peinte, les cheminées de l'Usine. Hama poussa un cri de surprise lorsqu'elles se mirent à cracher des volutes de fumée.

– Ça alors ! Comment fais-tu ?

Accroupi sous le cadre, Bo soufflait de la vapeur à travers un astucieux système de tubes. D'une main, il actionna de minuscules poulies, et Hama vit surgir dans un coin l'ombre d'un personnage articulé, qui se déplaça dans le décor. Au bout de son bras, il agitait une canne.

– C'est Melkior ! s'écria-t-elle.

Bo tira sur une ficelle, et la canne retomba. Deux fois.

– L'ombre et la lumière ! fit-il en maquillant sa voix. Le jour et la nuit ! Le bruit et le silence ! L'un révèle l'autre !

Sous l'édredon, Hama eut un frisson. Ce que Bo avait fabriqué lui semblait tellement merveilleux qu'elle en avait la respiration coupée. À l'intérieur du cadre, la dentelle du métal révélait un monde en négatif, poétique et délicat, un espace miniature plus fascinant que n'importe quel cinéma sur grand écran.

– Comment trouves-tu mon théâtre d'ombres ? lui demanda Bo, inquiet de son silence.

Il lâcha la ficelle, le tube, et sortit de sa cachette pour rejoindre Hama. Elle était immobile contre l'oreiller, les yeux écarquillés.

– Ça ne te plaît pas ?

Hama se mit à rire.

– Tu en as fabriqué d'autres ? demanda-t-elle.

– Oui, répondit Bo. Avec des plaques de tôle et plein de trucs que j'ai ramassés sur le site de l'Usine. Ça te plaît ou non ?

– Combien de décors as-tu ? Combien de personnages ?

– Plusieurs. Chaque scène raconte un moment de notre histoire, jusqu'au jour de la catastrophe.

Elle le regarda avec une admiration infinie.

– Tu es devenu un magicien, murmura-t-elle.

– Ça te plaît, alors ?

– Bien sûr que ça me plaît ! Je n'ai jamais rien vu d'aussi beau !

Il poussa un soupir de soulagement, et s'allongea près d'elle, osant à peine l'effleurer.

– J'ai inventé ça en t'attendant, dit-il. La silhouette qui m'a donné le plus de mal, c'est celle qui te ressemble. Il va falloir que j'en fabrique une autre, puisque la nouvelle Hama va bientôt avoir un gros ventre.

– Plus de mains, et un gros ventre, soupira-t-elle. Tu crois qu'il faut toujours perdre une part de soi pour que la vie continue ?

Bo demeura immobile contre elle, profondément troublé. L'ombre du rapace planait de nouveau dans sa mémoire. Il n'avait jamais pu trouver de mots assez forts pour décrire ce qu'il avait ressenti ce jour-là, enfant, assis sur le bord du chemin. Les émotions étaient inscrites en lui, aussi secrètes que des hiéroglyphes au cœur d'une pyramide.

– Un jour, je te raconterai quelque chose, finit-il par répondre.

– Pourquoi pas maintenant ? demanda Hama en bâillant.

– Parce que c'est long à expliquer et qu'il est tard. Regarde : tu dors déjà.

– Non..., protesta-t-elle.

Et dans un sourire, elle s'endormit.

Avec le printemps, notre deuil s'allégea, et la ville commença à panser ses plaies. On vit passer en procession de gigantesques engins de chantier qui franchirent les palissades et entamèrent le nettoyage de la zone interdite. Ils démolirent les pans de murs branlants, déplacèrent des tonnes de terre et de boue, concassèrent les charpentes effondrées, emportèrent la poche à coulée, et rebouchèrent le cratère en coulant une dalle par-dessus. Les maisons des alentours furent rasées, et peu à peu, les traces de notre drame s'effacèrent. À la place de l'Usine, il ne resta bientôt qu'une esplanade stérile, où les autorités décidèrent d'ériger un monument aux morts.

Dans cette perspective, une cérémonie fut programmée.

Autour de la Grand-Place, dans les cafés, chacun émit un avis sur ce qu'il fallait faire ou ne pas faire lors de cette cérémonie (jouer de la musique ou pas, faire une minute de silence ou pas, prononcer des discours ou pas), et cela donna lieu à des disputes mémorables. Il n'y eut qu'un seul point sur lequel tout le monde tomba d'accord : on ne voulait pas voir Bo ce jour-là. D'une manière générale, on ne voulait plus avoir affaire à lui.

– Le problème, souligna un ancien soudeur, c'est Hama. Comment lui dire ce qu'on pense de Bo sans lui faire de la peine ?

– Il faut qu'elle regarde les choses en face, répondit un joueur de cartes. Elle a déjà perdu ses mains à cause de lui, qu'est-ce qu'il lui faut de plus ?

– L'amour est aveugle, énonça un troisième. Elle ne comprendra pas.

– Si son père pouvait lui parler, il lui dirait comme nous, soupira l'ancien soudeur. J'ai travaillé avec lui à l'Usine, dans le temps. C'était un type bien.

– Personne n'a jamais su pourquoi sa femme était partie, rappela un autre ancien. Une mère de famille ! Du jour au lendemain, sans crier gare !

– Elle n'a pas eu la vie facile, la petite, intervint un joueur de fléchettes. C'est pour ça qu'on était heureux de la voir heureuse.

– Tout se paye, trancha le patron du café. Par les temps qui courent, on ne peut pas se permettre de vouloir le bonheur.

L'assemblée opina, et quelques pensées philosophiques fusèrent, que chacun médita en descendant des bocks. Depuis l'explosion, nous avions repris nos habitudes craintives : aux grandes joies de l'existence, qui s'accompagnaient aussi de grandes peines, nos esprits paresseux préféraient le confort médiocre d'une vie sans risque. Or, l'amour de Bo et Hama nous semblait plus dangereux que les explosifs stockés dans les hangars de l'Usine.

– Imaginez qu'ils fassent un gosse, ces deux-là ! s'exclama un buveur. Ce serait le pompon !

Bo et Hama avaient jalousement gardé leur secret ; seuls

les médecins et les infirmières de l'hôpital savaient que Hama était enceinte, cela ne regardait personne d'autre.

Ils demeuraient la plupart du temps dans la chambre, reclus, ne sortant que pour trouver de quoi manger, pour rendre de brèves visites à Ness et Malakie dont l'état s'améliorait lentement, ou pour une promenade le long du fleuve où Hama espérait retrouver le chien couleur charbon. C'était là qu'ils l'avaient vu la première fois, peut-être se cachait-il quelque part dans les broussailles, avec les rats musqués ?

– C'est ma faute s'il s'est enfui, disait Bo. Je ne me suis pas occupé de lui.

– Ce n'était pas vraiment notre chien, le consolait Hama. Il était libre d'aller où il voulait.

Elle sifflait quand même, à tout hasard, s'arrêtant brusquement lorsqu'elle entendait du bruit dans la végétation. Mais ce n'était qu'un gros merle ou un campagnol.

Ils achevaient souvent leur promenade par une halte près de l'ancien embarcadère, et Bo s'aventurait sur le ponton vermoulu pour examiner les barques. Dès qu'il aurait terminé son théâtre d'ombres, il en tirerait une de la vase pour la réparer, promis.

– J'aimerais que mon fils apprenne à ramer, dit-il un jour.

– Et si c'est une fille ? demanda Hama, un peu surprise.

– Eh bien, fit Bo en riant, elle apprendra à ramer plus vite que son frère !

Hama sourit, et regarda Bo exécuter quelques acrobaties sur le bord du ponton. Il faisait de son mieux pour la distraire, pour lui arracher un rire, pour lui rendre sa légèreté, mais depuis qu'elle avait ouvert les yeux dans la chambre d'hôpital, elle avait l'impression d'avoir vieilli de cent ans. Elle avait peur de devenir une maman triste pour son enfant, une maman fatiguée qui aurait envie de disparaître du jour au lendemain, sans un mot.

– Je me sens tellement inutile ! cria-t-elle subitement. L'Usine me manque ! Je ne ressemble à rien ! Je suis devenue… un simple contenant. Un vase ! Un pot !

Un pot dont la seule fonction était de maintenir au chaud la vie qui se développait dans son ventre ; cette impuissance la mettait en rage.

– Ce n'est pas l'Usine qui te manque, rectifia Bo. Ce sont tes mains.

– Elles me manquent atrocement, admit Hama d'une voix tremblante. Tu sais, quand j'étais petite, j'étais toujours en train de fabriquer quelque chose. Des cocottes en papier, des robes en carton, des colliers. Maintenant, je ne fais plus rien ! J'attends.

– Attendre un enfant, c'est déjà beaucoup, dit Bo.

– D'accord, mais après ? Je ne vais pas passer ma vie à attendre ! Je suis une ouvrière, Bo ! Si je pouvais encore choisir, je…

Elle s'étrangla.

– Tu ? demanda Bo en plissant les yeux.

Hama se mit à piétiner la berge, donnant des coups de talon dans les mottes boueuses.

– Si c'était possible, cria-t-elle, je renoncerais à cet enfant en échange d'une seule de mes mains !

Elle continua de taper du pied en poussant des cris douloureux, tandis que Bo l'observait, à distance, désemparé.

Depuis l'accident, les colères de Hama survenaient à tout moment, comme des tempêtes imprévisibles qui, souvent, s'achevaient dans les larmes. Face à tant de détresse, Bo lui avait demandé si elle souhaitait vraiment garder l'enfant : il n'était peut-être pas encore trop tard pour avorter. Cette phrase avait mis fin à la crise de larmes, et Hama avait pris le temps de réfléchir tandis que des émotions contradictoires bousculaient les traits de son visage. Au bout d'un long silence, elle s'était remise à pleurer.

– Qu'est-ce qu'il y a ? avait murmuré Bo, déconfit.

– C'est toi ! avait-elle explosé. C'est toi qui ne veux pas de notre enfant !

– Mais si ! s'était-il défendu.

– Alors pourquoi parles-tu d'avortement ? avait sangloté Hama, en se recroquevillant sur elle-même.

– Mais... Je veux juste que tu te sentes libre.

– Libre ? avait-elle hurlé en agitant ses poignets mutilés sous ses yeux.

Bo n'avait plus rien dit.

À présent, il se rendait compte qu'aimer Hama était le plus délicat et le plus risqué des numéros de voltige : pour y arriver, il fallait réunir la souplesse de la môme Guimauve, l'adresse de la jongleuse naine, l'humour du ventriloque Bretelle, et la précision du mage Cornelio. Quand bien même il posséderait toutes ces qualités, il n'était pas certain de réussir à aimer Hama sans se fracasser au sol, comme la Tsarine.

– Et si nous rendions visite à Titine-Grosses-Pattes ? lui proposa-t-il soudain.

– Tu sais bien que le *Castor* est fermé, fit-elle en haussant les épaules.

– Et alors ? Tu sais bien que Titine est *increvable* ! rétorqua-t-il.

Il se souvint du french cancan de l'ancienne trapéziste, le premier soir où il l'avait vue, impériale, dans son rond de lumière. Il se souvint de sa démarche mécanique, de sa vitalité magnifique, et tout se mit en place dans sa tête.

– Tu peux courir ? demanda-t-il à Hama.

Elle le dévisagea sans comprendre. Courir ? Pourquoi courir ?

– Parce que nous sommes vivants, Hama ! s'écria Bo en sautant du ponton pour la rejoindre sur la berge.

Il se précipita vers elle, ouvrit les bras, la saisit par la taille, la souleva du sol, et se mit à tournoyer sur lui-même en riant à gorge déployée.

– Nous sommes vivants et ensemble, Hama ! Il ne faut jamais oublier ça ! Tes mains te manquent, tu es enceinte, tu as peur, mais tu es belle, tu es jeune, et tu peux courir !

Tourbillonnant entre les bras de Bo, Hama sentit une énergie puissante la traverser de part en part, comme une flèche. Sa joie était si intense, si communicative qu'elle se mit à rire avec lui.

– Je peux courir ! cria-t-elle. Oui ! Je peux courir !

Il la déposa dans l'herbe, et attrapa son bras. Ses yeux pétillaient.

– Prête ?

– Prête !

Laissant derrière eux le ponton et ses barques immobiles, ils s'élancèrent à toutes jambes en direction du cabaret.

Le quartier où se trouvait *Le Castor Blagueur* avait été épargné par l'explosion. Les façades avaient conservé leurs volets, les toits leurs tuiles, et aucun des arbres du boulevard n'avait été déraciné. Pourtant, comme partout dans notre ville, l'air y était lourd d'inquiétude. Terrés au fond de leurs boutiques, les commerçants couvaient leur marchandise avec des jalousies de poules, les restaurants ne servaient plus, les affiches pâlissaient aux frontons des cinémas, les poubelles s'entassaient dans les arrière-cours, et les rares passants marchaient la tête dans leurs cols, sursautant si on avait le malheur de leur dire bonjour.

Arrivés au coin de la rue pavée, Bo et Hama ralentirent le pas. Ils reprirent leur souffle, et s'approchèrent de la devanture du cabaret. Les lourdes tentures étaient tirées devant la porte. Aucun écriteau.

Hama recula et leva les yeux vers les fenêtres en ogive qui surplombaient l'enseigne. Elle eut froid, réprima un frisson, et regretta subitement d'être venue. Le jour finissait. Ne valait-il pas mieux rentrer à la maison ? Elle s'apprêtait à en faire la suggestion à Bo, quand il se mit à tambouriner à la porte du *Castor*.

– Eh oh ! Y a quelqu'un ?

Il attendit un instant, avant de frapper de plus belle.

– On voudrait voir Titine-Grosses-Pattes ! Y a quelqu'un ?

Un silence sinistre répondit à son appel, et Hama fit la grimace.

– Elle n'habite peut-être pas sur place, fit-elle. On reviendra une autre fois ?

Bo secoua la tête, et recommença à tambouriner.

– C'est nous ! Bo et Hama !

Des visages apparurent aux vitres des immeubles voisins. Embarrassée par le raffut de Bo, Hama se mit à danser d'un pied sur l'autre.

– Tu vois bien qu'il n'y a personne, dit-elle. Allons-nous-en.

– Ouvrez ! insista Bo. On voudrait voir la Tsarine !

Il y eut encore un silence, suivi bientôt d'un bruit de verrous et de cliquetis métalliques. En deux enjambées rapides, Hama rejoignit Bo. Devant eux, la porte du *Castor* s'entrebâilla.

– Qu'est-ce que vous voulez ? demanda une voix d'homme.

– Parler à la Tsarine. Enfin… à Titine, répondit Bo. Elle nous connaît.

– Moi aussi, je vous connais, fit l'homme derrière les rideaux.

Une main brune écarta les tentures, et une canne se faufila entre les pans de velours.

– L'ombre et la lumière, récita l'homme. L'amour et la haine… l'un révèle l'autre…

Bo tressaillit, perdant brusquement toute assurance. Le voyant si pâle et mal à l'aise, Hama s'enhardit.

– Contente de vous retrouver, Melkior ! lança-t-elle. Si je vous disais combien d'amoureuses vous avez eues dans votre jeunesse, vous nous laisseriez entrer ?

– Tu t'en souviens ? s'étonna la voix.

Il y avait, dans son intonation, une douceur inattendue. Hama se pencha vers le rideau pour murmurer quelque chose que Bo n'entendit pas. Elle se redressa, la canne disparut, et un courant d'air fit trembler les tentures.

Hama se tourna vers Bo avec un sourire satisfait. Puis, sans attendre qu'il se décide, elle passa de l'autre côté.

Il régnait à l'intérieur une obscurité de catacombes. Allumées de part et d'autre de la scène, deux chandelles permettaient quand même de distinguer le zinc luisant du bar, un fouillis de tables et de chaises empilées le long du mur, et sur le parquet de danse, les débris du plafond arrachés par la chute du lustre.

– Comme c'est triste ! constata Hama.

– La vie est comme ça, répondit la voix de Melkior. Tantôt triste, tantôt joyeuse.

– L'ombre et la lumière, n'est-ce pas ? fit Hama d'une voix sourde.

Bo tenta, en vain, de localiser le vieux. Il l'entendait clopiner, avec sa canne qui raclait le plancher.

– Où est Titine ? demanda-t-il. Où est la Tsarine ?

Melkior craqua une allumette. La flamme éclaira soudain la moitié de son visage, et l'ombre de ses sourcils se projeta, énorme, sur le plafond. Puis, Bo et Hama virent rougir le fourneau de la pipe qu'il venait d'allumer.

– Suivez-moi, leur dit-il en recrachant la fumée.

Hama glissa son bras sous celui de Bo, et ils avancèrent vers la scène, guidés par la lueur rougeoyante. Devant eux, Melkior poussa une porte étroite qui donnait sur les coulisses.

– Attention aux accessoires, précisa-t-il.

Bo et Hama se faufilèrent au milieu des caisses, entre les décors démontés. Ils aperçurent un fouillis d'objets endormis, des balles, des anneaux, des quilles de jonglage, les costumes de Pan et Vlan alignés sur des cintres, et, doucement baignée par la lueur des chandelles, la bannière des frères Siam qui scintillait sur le dossier d'une chaise.

Une autre porte grinça lorsque Melkior la fit pivoter sur ses gonds.

– Attention à la tête, dit-il encore en s'engouffrant dans la cage d'un escalier en colimaçon.

Hama n'eut pas besoin de se baisser, mais Bo dut pratiquement se plier en deux pour la suivre. Ils montèrent ainsi, dans les volutes de tabac, jusqu'à un palier où vibrait une loupiote. Là, Melkior franchit une troisième porte, qu'il referma derrière lui sans rien dire.

Déconcertés, les deux amoureux restèrent seuls dans la pénombre. Bo serra l'épaule de Hama ; il sentit qu'elle tremblait.

– Ça va ? chuchota-t-il.

Elle se contenta d'un hochement de tête. Il avait envie de lui demander quel mystérieux mot de passe elle avait murmuré à l'oreille de Melkior (décidément, il n'arrivait pas à imaginer qu'un homme si repoussant ait pu conquérir tant de cœurs !), mais la porte se rouvrit avant qu'il n'ose poser sa question, dévoilant l'entrée du petit appartement aménagé au-dessus du cabaret. En s'effaçant pour les laisser entrer, Melkior leur annonça que la Tsarine les attendait.

Hama fit un pas, puis un autre. Elle semblait avoir de la peine à respirer. C'était peut-être à cause du tabac ? À cause de l'atmosphère confinée du petit escalier ? Ou bien de sa course rapide depuis le bord du fleuve ? Elle se cramponna à Bo qui, pour la première fois, la trouva lourde.

– Ça va ? demanda-t-il encore.

Ils s'arrêtèrent sur le seuil d'une pièce rectangulaire dont le plancher était recouvert de tapis. Le crépuscule inondait l'espace d'une lumière dorée. Hama cligna des yeux. Ses jambes ne la portaient presque plus, et lorsqu'elle voulut avancer, ses forces la quittèrent tout à fait. Elle se tourna vers Bo, avant de lâcher son bras. Puis elle tomba doucement, comme une feuille qui se détache d'un arbre. Elle ne l'entendit même pas lorsqu'il cria son nom.

Et dans sa chute, Hama fit un rêve.

Elle se vit debout, seule, à l'orée d'une forêt, au commencement d'un chemin.

L'orbe des branches formait un tunnel dont elle n'apercevait pas la sortie, et dans son dos, le vent dressait un mur invisible qui l'empêchait de reculer. Elle luttait, effrayée à l'idée de pénétrer dans cette densité végétale, mais le vent soufflait si fort qu'elle ne put résister. D'un coup, le tunnel l'aspira.

Pas plus lourde qu'un papillon, elle fut emportée, ballottée au gré des bourrasques.

Tandis qu'elle frôlait les branches, ses cheveux se mirent à tomber. Par poignées entières. Puis ses dents, sans qu'elle puisse rien y faire. Enfin, le vent se calma. Elle perdit de la vitesse, roula contre un tronc et s'y cogna la tempe.

Sous le tronc, elle découvrit une galerie. C'était un couloir de terre, creusé par un animal, assez large pour qu'en rampant, elle y enfonce la tête. Puis les épaules, les bras. Et peu à peu, elle s'y glissa tout entière.

Alors qu'elle progressait dans les ténèbres de cette galerie souterraine, elle entendit monter du fond de la terre une voix de femme. Une voix ancienne, magique, qui répétait un mot : *Tsell, Tsell*.

Qui était cette femme ? Quel était le sens de ce mot ? Hama l'ignorait.

Elle fut réveillée par une odeur puissante. Une odeur d'herbes chaudes qui planait dans l'air et lui chatouillait les narines. En ouvrant les yeux, elle reconnut la lampe allumée derrière le théâtre d'ombres, puis Bo, assis sur une chaise, penché vers elle, et pâle d'inquiétude. Elle comprit qu'elle était chez eux, dans leur chambre, allongée sur leur lit.

– Qu'est-ce que c'est ? demanda-t-elle. Cette odeur ?

En l'entendant parler, Bo retrouva des couleurs.

– Des brins d'herbes sauvages que la Tsarine m'a donnés, expliqua-t-il. Comment tu te sens ?

Hama tenta de rassembler ses esprits. Elle se revoyait au-dessus du *Castor Blagueur*, paralysée au seuil de la pièce, et comme suffoquée par la lumière du soir. Ensuite, elle ne se rappelait rien, sauf les images de son rêve. Et le mot : *Tsell*.

– Tu es restée très longtemps dans les vapes, dit Bo.

– Je rêvais.

– J'ai voulu t'emmener à l'hôpital, se justifia-t-il, mais la Tsarine m'a convaincu de te porter jusqu'ici et de faire brûler les herbes. Elle a dit…

Bo hésita et s'interrompit.

– Qu'est-ce qu'elle a dit ?

– Ce qui s'est passé est si étrange ! fit-il en secouant la tête. Elle a dit que tu devais faire ton voyage. Elle a dit... que tu en rapporterais le nom de notre enfant.

– Le nom de notre enfant ? répéta Hama.

– C'est ce qu'elle a dit.

Hama fronça les sourcils, réfléchit, et un sourire se dessina au coin de ses lèvres.

– Tsell, murmura-t-elle.

Bo se leva de sa chaise et vint tout près d'elle, au bord du lit.

– Tsell, répéta Hama d'une voix plus assurée.

Son sourire s'épanouissait ; on aurait dit une fleur de nénuphar au milieu d'un étang.

– Qu'est-ce que ça veut dire ? demanda Bo.

– Je n'en sais rien, admit Hama. Mais c'est un nom qui me plaît.

À mesure que les herbes diffusaient leur parfum dans la chambre, elle avait l'impression que son corps se remplissait d'une vapeur agréable, tiède, reposante. Elle répéta encore le nom *Tsell* et, pour la première fois, elle perçut une pulsation au creux de son ventre, une vague douce, comme si l'enfant lui répondait, prenant véritablement corps à l'intérieur d'elle.

– Quel genre de voyage as-tu fait ? voulut savoir Bo.

Il attendit la réponse de Hama, front tendu, mâchoires serrées.

– On dirait que tu as peur, lui fit-elle remarquer.

C'était vrai : il avait peur. Ce qui s'était produit en présence de Melkior et de Titine-Grosses-Pattes, là-haut, dans l'appartement, ramenait Bo aux mystères de son enfance, et à cette douleur sans mot qui faisait un trou dans sa poitrine depuis vingt ans. Au moment où Hama s'était effondrée sur le seuil de la pièce, il s'était senti rattrapé par les images qu'il essayait de fuir. Et quand Titine lui avait confié le sachet contenant les herbes sauvages, il s'était revu, tout petit, devant la cabane de ses parents. « Accepte d'être celui que tu es », lui avait murmuré la Tsarine. « Porte Hama chez toi. Fais brûler les herbes, tu sauras. Cesse de lutter contre toi-même, et accomplis ce que tu dois accomplir. Quand tu seras prêt, reviens me voir. »

– De quoi as-tu peur ? demanda Hama. J'ai seulement fait un rêve pendant mon évanouissement.

– Mon père et ma mère faisaient aussi ce genre de rêves, murmura Bo. À certains moments, ils perdaient connaissance. Et quand ils revenaient à eux, ils disaient comme toi, qu'ils avaient fait un voyage.

Hama se redressa contre l'oreiller.

Depuis le matin d'hiver où elle avait vu Bo pour la première fois dans la salle des machines, depuis des mois qu'ils s'aimaient et partageaient le même lit, ni l'un ni l'autre n'avait voulu évoquer le passé. Bo n'avait pratiquement rien dit de son enfance, et Hama, qui n'aimait pas non plus se souvenir de la sienne, s'était accommodée de son silence. Leur amour, selon elle, n'avait pas besoin d'autre chose que de l'instant présent.

– Il est temps que je te raconte, murmura Bo.

– Que tu me racontes quoi ?

– Le jour où mes parents ne sont pas revenus de leur voyage, dit-il.

Il s'éloigna du lit et alla chercher la lampe derrière le théâtre d'ombres. Il en déroula le fil et l'approcha, avant de s'installer sur une chaise. Puis il entremêla ses mains, les positionna sous le pinceau de lumière, et c'est ainsi qu'il entama son récit : sans un mot.

L'imagination de Hama fit le reste.

Bo avait vu le jour dans une région sauvage, hérissée de forêts. Un pays d'herbes noires que le vent rabat sur la prairie. Où les fleuves servent de routes. Où les lacs suivent en tremblant la course des nuages. Une terre tatouée par les sabots des troupeaux, figée sous la glace de l'hiver et que chaque printemps éventre en milliers de ruisseaux.

Il était né au sein de ces forêts, à l'écart de toute communauté, sur une simple couverture, entre les jambes nues de sa mère. Son père avait fait rougir dans les flammes la lame du couteau qui avait servi à trancher son cordon. Puis, en chantant, il avait emporté le nouveau-né jusqu'au lac, pour l'y baigner.

Le père et la mère de Bo, héritiers d'une tradition ancienne, vivaient en nomades ; un seul cheval leur servait à transporter, de village en village, la totalité des biens qu'ils possédaient. Ils savaient cueillir et chasser, écouter la pluie, et déchiffrer le cri des bêtes. Ils connaissaient les plantes et le pouvoir des pierres.

Lorsqu'ils installaient leur campement aux abords d'une communauté, les hommes, les femmes, les vieux et les enfants affluaient pour les consulter.

La mère de Bo guérissait les verrues, soulageait les maux

de tête et les chagrins d'amour, régulait le saignement des femmes, révélait l'emplacement secret des mines de sel, protégeait les enfants des cauchemars et des piqûres d'insectes, délivrait les cœurs jaloux, traitait les poux, remettait les épaules déboîtées et chassait les mauvais esprits des foyers.

Le père de Bo traduisait les messages des morts, indiquait le nord à ceux qui l'avaient perdu, soignait les animaux d'élevage et la septoriose du blé, arrachait sans douleur les dents pourries, purgeait les estomacs, redressait les bossus, et réglait les conflits de voisinage.

Chaque soir après le départ du dernier pêcheur, de la dernière tresseuse de paniers ou du dernier-né de la dernière marchande de peaux, Bo faisait l'inventaire des offrandes empilées devant la hutte. Elles s'élevaient en une tour plus haute que lui : fruits et baies juteuses, légumes patiemment récoltés, farines, poissons séchés, charbon de terre, feuilles de thé, avoine et luzerne, largement de quoi vivre durant des semaines.

L'enfant imitait ses parents et, sans effort, apprenait ce qu'il devait savoir ; avant même de parler, il était capable de dénicher la cachette du lézard porte-chance et, entre mille, la fleur dont les pétales empêchent la conjonctivite de vous brûler les yeux.

Certains soirs, il trouvait ses parents couchés sur le sol de la hutte, les lèvres blanches et les yeux révulsés, au milieu des vapeurs d'herbes médicinales. Il ne s'inquiétait pas. Il allait s'asseoir dehors, et silencieux, jouait avec les fourmis et les cailloux pour faire passer le temps. Avant la nuit, ses parents finissaient toujours par rouvrir les yeux.

Parfois, sa mère disparaissait un jour ou deux dans le ventre de la forêt. Bo restait à la lisière, serrant fort la main de son père.

Quand sa mère revenait, elle lui rapportait un collier d'écorces, et le soir venu, sous la hutte, elle jouait du tambour et lui racontait ce qu'elle avait vu, en mettant ses mains derrière le feu pour modeler les ombres.

Parfois encore, c'était son père qui s'absentait. Parti à pied sur un lac gelé, ou torse nu sur un radeau, en aval du fleuve turbulent. Bo restait sur la rive, serrant fort la main de sa mère. Il savait que son père, à son retour, lui offrirait un arc ou une peau d'ours, et qu'il lui apprendrait, un jour, à devenir aussi léger et discret que le lièvre des neiges.

Bo avait six ans quand ils établirent leur campement à proximité d'un village où vivait une communauté de forgerons, et où aucun guérisseur ne s'était arrêté depuis des années.

La mère de Bo soigna, délivra, et traita tous ceux qui vinrent à elle, tandis que le père de Bo arrachait, purgeait, et redressait ce qui n'était pas droit, si bien qu'après plusieurs semaines, il y avait devant la hutte, outre de la nourriture en abondance, une montagne d'objets façonnés : des fers flambant neufs pour le cheval, des couteaux aux lames scintillantes, des pointes de lance, de flèche, des creusets, des outils, tout cela offert par la communauté en guise de remerciement.

Lorsqu'il n'y eut plus aucun enfant malade, plus aucun homme jaloux, plus aucune femme triste aux alentours, les parents de Bo firent brûler des herbes au centre de la hutte, et s'étendirent sur le sol. Pas plus que d'ordinaire Bo ne s'effraya de les découvrir ainsi, allongés, paumes au ciel et les yeux révulsés.

Dans leur apparente immobilité, ses parents effectuaient un voyage intense. Ils traversaient l'espace, franchissaient des montagnes, et remontaient les cours d'eau jusqu'à la source primordiale, ce lieu intérieur où ils puisaient l'énergie, la sagesse, et le savoir dont ils avaient besoin pour accomplir leur travail auprès des autres hommes.

Bo alla s'asseoir dehors et attendit.

Mais cette fois-là, le voyage dura beaucoup plus longtemps que d'habitude. La lune montante tint compagnie à l'enfant, puis les chouettes, dans les cimes obscures, le bercèrent jusqu'à ce qu'il s'endorme.

Au matin, il fut réveillé par la rosée. C'est alors qu'il vit ses parents sortir de la hutte, passer devant lui sans un regard, et quitter le campement pour se diriger à grands pas vers la forêt. Il les appela, mais ni l'un ni l'autre ne parut l'entendre. Il leur demanda où ils allaient, mais n'obtint aucune réponse. Alors, prenant peur, il bondit sur ses petites jambes, et les suivit.

Il courut derrière eux pendant une heure, pendant deux heures, sans pouvoir les rattraper. Tels des automates, son père et sa mère avançaient droit devant eux, donnant l'impression d'avoir rendez-vous avec un prince, un roi ou une divinité. Mais au nom de quel prince, se demandait Bo, au nom de quel roi, de quelle divinité ses parents pouvaient-ils le laisser s'essouffler ainsi derrière eux ?

Il perdit leur trace au croisement de deux chemins.

Seul au milieu du carrefour, Bo tendit l'oreille, cherchant à entendre le frôlement des pas de sa mère sur les herbes, ou le battement des pieds de son père sur les pierres. Mais il n'entendit rien d'autre que le cri perçant d'un rapace dans le lointain.

Il resta là longtemps, indécis. Finalement, il décida de ne prendre aucun des chemins et de rester où il était, songeant que ses parents pourraient le retrouver lorsqu'ils feraient demi-tour.

Il y avait une roche plate au milieu du carrefour. Bo, que la course avait épuisé, alla s'y asseoir.

Quand le soleil atteignit son zénith, il n'avait pas bougé d'un pouce. Il restait attentif aux sons que produisait la forêt, et observait, au-delà des cimes, le vol circulaire du rapace qui lançait son cri à intervalles réguliers.

Le soleil descendit à l'horizon.

Peu à peu, l'ombre des arbres s'étendit jusqu'à la roche où Bo se tenait assis.

Il avait soif. Ses jambes pesaient, engourdies. Il ne pensait à rien d'autre qu'à ce moment (bientôt sans doute) où il verrait revenir vers lui son père et sa mère.

Dans le ciel, le rapace décrivait sans faiblir son cercle entêtant.

Avant le crépuscule, l'enfant céda à la fatigue. Son corps roula, brusquement endormi, au pied de la roche plate.

La nuit n'était pas encore tombée lorsqu'une caresse le tira du sommeil.

Bo sourit, croyant reconnaître la main de sa mère sur son front. Mais ce n'était pas sa mère. C'était le rapace, perché sur la roche, qui venait de l'effleurer en déployant ses ailes. Un faucon à tête noire.

Les mains de Bo tremblaient sous la lampe. Il baissa les bras, appuya ses paumes sur ses genoux, incapable de continuer ; l'ombre du faucon fut la dernière qu'il put projeter sur le mur.

– Que s'est-il passé ensuite ? demanda Hama.

Bo ferma les yeux. Une nuée sombre envahissait sa poitrine ; il dut attendre qu'elle se dissipe et que les émotions se déposent au fond de lui, avant de pouvoir répondre.

– Tu ne me croiras pas, dit-il. Personne ne le peut. Je ne l'ai jamais dit à personne.

– Si je ne suis pas digne de ta confiance, lui fit remarquer Hama, comment élèverons-nous notre enfant ?

Bo poussa un soupir. Évidemment, Hama avait raison.

– Fais-moi une place à côté de toi, lui demanda-t-il.

En recueillant contre elle les larges épaules de Bo, son torse de bûcheron, ses bras d'ouvrier, Hama tenta de l'imaginer à l'âge de six ans, petit et tout seul, à l'instant où le faucon s'était posé près de lui.

– Il m'a parlé, dit Bo.

– Le faucon ?

– Oui. Je ne sais pas comment, ni dans quelle langue. Tout ce que je sais, c'est que je l'ai compris.

– Qu'est-ce qu'il t'a dit ?

– Il m'a dit que le voyage qu'avaient entrepris mes parents était si long qu'ils n'en reviendraient pas. Ensuite, il m'a demandé d'arracher une de ses plumes.

– Tu l'as fait ?

– Oui. Juste là, sous son aile, précisa Bo en désignant sa propre aisselle.

– Et ensuite ?

– Il a dit que cette plume me protégerait. Qu'elle me rappellerait d'où je viens et qui je suis.

Le grand corps de Bo s'était recroquevillé sur le lit, et Hama songea que leur enfant, dans son ventre, devait se tenir à peu près dans la même position.

– C'est le faucon qui m'a guidé, en pleine nuit, à travers la forêt, jusqu'à la cabane. Sans lui, je serais resté sur place. Au bord du chemin.

– Tes parents ne sont jamais revenus ?

Bo fit non de la tête.

– Les gens du village m'ont recueilli. En grandissant, j'ai essayé de devenir comme eux. J'ai mangé leur pain, j'ai appris leurs chansons, leurs histoires, leurs jeux, et à faire du vélo. Les vieux m'ont initié à l'art du feu et du métal, mais je n'ai jamais pu effacer de moi le chagrin laissé par mes parents. C'est comme un trou que je porte.

– Et la plume ? demanda Hama.

– Je l'ai perdue, murmura Bo.

Peu après, aussi subitement qu'il avait roulé au pied de la roche plate vingt ans plus tôt, il tomba dans un sommeil profond.

Hama, elle, garda les yeux ouverts.

Elle se demanda où pouvait être la plume du faucon, et tout ce que l'on perd au cours d'une vie. Où pouvaient s'en être allés les parents de Bo ? Et sa propre mère ? Et son père, dont le corps n'était plus qu'une coquille vide ?

« Existe-t-il, s'interrogea-t-elle, un endroit où nous attendent ceux qui nous manquent ? »

Durant de longues minutes, elle écouta la respiration de Bo. D'une certaine façon, elle venait de faire véritablement sa connaissance et, pourtant, elle ne s'était jamais sentie si éloignée de lui. Elle comprit que même l'amour ne suffisait pas pour se rejoindre, et qu'il lui faudrait accepter ce mystère : l'étrangeté absolue de Bo.

4

L'ORDRE ET LE DÉSORDRE

Dès que la date de la cérémonie fut annoncée, l'agitation gagna l'ancien quartier de l'Usine. On vit défiler sur le site des conseillers municipaux suivis d'une armada de journalistes et d'experts de la sécurité, tandis que de gros camions noirs déversaient du matériel sous un barnum. Dans un rayon de cent mètres, nos agents techniques réparèrent l'éclairage public, rebouchèrent les trous de la chaussée, suspendirent des guirlandes en travers des rues et replantèrent quelques parterres de fleurs. Enfin, ils érigèrent des barrières sur le pourtour de la dalle, au centre de laquelle fut bientôt monté un kiosque, destiné à abriter l'orchestre.

Dans les cafés, on se disputa copieusement au sujet de cet orchestre. Les uns défendant l'idée d'un requiem, les autres celle d'un concert de style plus populaire.

– Et pourquoi pas danser la gigue sur nos morts, pendant que vous y êtes ? s'écrièrent, choqués, les partisans de la grande musique.

– S'ils pouvaient encore choisir, nos morts préféreraient la java ! répliquèrent les autres.

Finalement, un comité de spécialistes trancha en faveur d'un orchestre de jazz, et tout le monde fut mécontent.

Quant aux discours, ils seraient prononcés par une foule de hauts responsables (responsables de quoi ? On l'ignorait), et si les choses se déroulaient comme on l'espérait, le ministre de la Guerre en personne ferait le déplacement.

Près du kiosque, on prévoyait d'installer une tribune d'honneur, réservée aux employés de l'Usine et aux familles des victimes. Sous la pression de quelques figures locales, le nom de Bo avait été rayé de la liste des invités. Personne n'avait encore eu le cran d'en avertir Hama.

Quelques jours avant la cérémonie, Bo acheva le dernier décor de son théâtre d'ombres. D'après Hama, c'était le plus émouvant de tous. Composé de plaques cabossées, d'écrous noircis, de crémaillères à demi fondues, et surmonté de tissus peints qui figuraient les flammes de l'incendie, il représentait le site de l'Usine dévastée. Il n'était pas vraiment différent des autres, mais dans ce cadre de trois mètres sur deux, Bo était parvenu à rendre l'essence même de notre tragédie : ce moment où nos vies s'étaient arrêtées, ce moment où, hagards au milieu des décombres, les vivants étaient devenus des survivants.

– Tu as accompli ce que tu devais accomplir, constata Hama avec admiration.

– Oui, je crois que tout est prêt, dit Bo. Il est temps de retourner chez la Tsarine.

Hama posa ses poignets sur son ventre arrondi et se demanda si elle devait l'accompagner au *Castor Blagueur*.

Elle en mourait d'envie, mais elle avait peur de s'évanouir de nouveau sur le seuil. Depuis que Bo lui avait confié l'histoire de ses parents, elle redoutait de repartir en voyage.

– Je suis certain que tu ne tomberas pas dans les pommes, dit Bo. Et tu sais pourquoi ? Parce qu'il y a une surprise qui t'attend chez Titine !

Il lui fit un clin d'œil et Hama fronça les sourcils.

– Une *bonne* surprise, évidemment, précisa Bo. Si tu t'évanouis encore, tu ne la verras pas...

Hama le soupçonna d'inventer cette histoire uniquement pour la convaincre de venir, mais elle le suivit tout de même dans la cour, en bas de l'immeuble.

Il faisait bon, des nuées d'hirondelles planaient haut dans l'azur.

La veille, au fond d'un cabanon abandonné, Bo avait déniché une vieille charrette à bras dans laquelle il entassa ses cadres. Puis il y enroula les toiles peintes, et arrima l'ensemble du chargement comme il put.

– Tu viens ? fit-il en soulevant les bras de la charrette.

Traverser la ville ne fut pas une mince affaire. À chaque pas, les roues de la charrette butaient dans un trou ou contre une déformation du bitume, et Hama craignit cent fois de voir dégringoler les décors ; ce fut un miracle d'arriver devant *Le Castor Blagueur* sans perdre un seul écrou, sans abîmer une seule silhouette.

Malgré l'air printanier, pas un enfant ne jouait dans les rues, pas un commerçant ne prenait le frais devant sa boutique, pas un chat ne rôdait dans les jardins ; le quartier dormait comme en plein hiver, et les lourdes tentures calfeutraient toujours l'entrée du cabaret.

Bo allait tambouriner à la porte quand il se rappela les humeurs capricieuses du vieux gardien des lieux.

– Je ne sais toujours pas combien d'amoureuses a eues Melkior dans sa jeunesse, dit-il à Hama.

– Les secrets ne se trahissent pas, répondit-elle avec un sourire. Mais celui-là est très facile à trouver. Devine !

Bo resta perplexe. Cinq ? Huit ? Dix ? Comment Hama voulait-elle qu'il devine ?

– Allez, réfléchis…, insista-t-elle.

En voyant briller une lueur malicieuse dans ses yeux, Bo finit par comprendre.

– Évidemment, dit-il. J'aurais dû y penser !

Il cogna enfin à la porte et appela, jusqu'à ce que la main du vieil homme brandisse sa canne entre les tentures.

– L'ordre et le désordre ! s'exclama Melkior dans son langage habituel. Qu'est-ce que vous voulez ?

– J'ai fini mon travail, répondit Bo. J'avais promis de venir le montrer à la Tsarine.

Puis il se pencha, et, comme l'avait fait Hama, il murmura le mot de passe à l'oreille du vieux.

– Tu n'as eu qu'une seule amoureuse dans ta jeunesse, n'est-ce pas, Melkior ? Un unique amour ! Et toujours le même, jusqu'à ce jour.

Il y eut un bref silence. Puis, les pans du rideau s'écartèrent, et Bo sut qu'il avait vu juste.

Ainsi, avant de devenir vieux et bizarre, Melkior avait été un jeune homme robuste, un athlète… un trapéziste, bien sûr. Bo imagina alors son épouvante, à l'instant où la main de sa partenaire avait échappé à la sienne en plein vol. Il imagina son vertige, son impuissance, le cri muet des spectateurs, et le corps désarticulé de la Tsarine sur le sol. Il sentit tout cela avec tant de précision qu'il en resta figé devant la porte.

– Ça va ? s'inquiéta Hama dans son dos.

Bo se tourna vers elle. Il eut envie de la prendre contre lui, de lui demander pardon et de lui faire d'autres promesses insensées. Mais il ne dit rien. Comment pourrait-il, un jour, réparer l'irréparable ?

Il chassa les images de son esprit, s'empara des bras de la charrette, et traîna son théâtre à l'intérieur.

Contrairement à la première fois, la salle était éclairée par de petites lampes posées çà et là sur les tables, et qui produisaient une douceur un peu nostalgique. Les plantes avaient retrouvé leur place, le zinc du bar brillait, et Hama remarqua que la piste de danse avait été balayée.

– C'est mieux, dit-elle. C'est moins triste.

– Contente que ça te plaise ! fit la voix rauque de la patronne depuis le fond de la salle. J'en ai assez de la tristesse ! Si cette ville aime son agonie, eh bien, qu'elle crève ! Moi, j'irai danser à son enterrement !

Titine-Grosses-Pattes s'approcha en se déhanchant sur ses jambes mécaniques. Elle avait troqué son manteau de fourrure contre une salopette qui lui donnait une allure masculine, et elle tenait dans sa main droite un rouleau de peintre en bâtiment. Ses bras et son visage étaient constellés de taches fraîches. Jaune d'or et bleu pétant.

– Je vous jure, mes cocos, il faut savoir tout faire, dans ce métier ! ajouta-t-elle en agitant son rouleau. Mon plafond ne sera pas sec, mais tant pis. J'ai décidé d'ouvrir coûte que coûte le soir de leur fichue cérémonie officielle.

– L'ordre et le désordre ! scanda Melkior.

– Nous représenterons le désordre, bien entendu, sourit Titine. Nous autres, nous avons toujours vécu en dehors des règles, ce n'est pas maintenant qu'on va nous dire ce qu'on doit faire.

Elle pointa son rouleau en direction de Bo et Hama.

– Je compte sur vous deux, n'est-ce pas ?

Hama se dépêcha d'expliquer que Bo avait apporté son théâtre d'ombres, et que c'était une véritable merveille.

– J'en suis sûre, l'interrompit la Tsarine. Mais toi ?

– Moi ? fit Hama, décontenancée. Mais je…

Elle étendit ses bras devant elle, exhibant ses poignets mutilés en guise de réponse.

– Oui, oui, je sais, fit la patronne avec un brin d'agacement. Tu n'as plus tes mains. Chez moi, ce n'est pas une excuse suffisante pour ne rien faire. Il me faudrait une dompteuse. Viens voir.

D'un geste autoritaire, la Tsarine lui ordonna de la suivre jusqu'à la scène et Hama obéit sans rien dire.

C'est là, derrière les costumes et les caisses, qu'elle découvrit la surprise que Bo lui avait annoncée. Sur une couverture, le chien couleur charbon dormait, enroulé sur lui-même, avec quatre chiots de toutes les couleurs blottis entre ses pattes.

– Ça alors…, murmura Hama.

Bo s'approcha à son tour pour contempler les petits.

– Tu te rends compte ? rigola-t-il. Et nous qui la prenions pour un mâle ! Elle a trouvé refuge ici pendant que tu étais à l'hôpital.

– Voilà pourquoi elle était sans cesse affamée ! réalisa Hama. La pauvre !

– Elle a mis ses petits au monde dans ma cuisine, il y a quelques semaines, expliqua la Tsarine. Je ne leur ai pas encore trouvé de nom.

Hama se tourna vers la patronne du cabaret.

– Ça, je peux le faire ! dit-elle avec un immense sourire.

La rumeur se répandit bientôt qu'une soirée clandestine se préparait au *Castor Blagueur*, à la même date, à la même heure que notre cérémonie officielle. Quand Titine-Grosses-Pattes retira les lourdes tentures qui masquaient sa porte pour y placarder le programme, notre ville, déjà éventrée par l'explosion de l'Usine, se déchira encore un peu plus. Des clans adverses se formèrent jusque dans les cafés de la Grand-Place : d'un côté les loyaux serviteurs du pouvoir que la prochaine visite du ministre flattait, de l'autre les insolents, les marginaux. Les premiers, une main sur le cœur, parlèrent d'honneur et de devoir, les seconds de joie et de liberté, tandis qu'au milieu, les indécis n'osaient plus ouvrir la bouche.

– Si le ministre de la Guerre apprend qu'il y a une célébration parallèle, il annulera tout ! s'emportèrent les uns.

– Et alors ? dirent les autres. Tu crois qu'on a besoin de lui pour sécher nos larmes ?

– L'argent sèche les larmes mieux qu'un mouchoir !

répliquèrent les premiers. Et qui a l'argent ? Qui a le pouvoir de reconstruire l'Usine ?

– Ce n'est pas cette folle de Titine-Grosses-Pattes qui va vous donner du travail ! ricana le patron en actionnant sa pompe à bière.

– Il paraît qu'elle a engagé Bo et Hama pour faire les artistes, révéla alors un joueur de fléchettes bien renseigné.

Cette nouvelle nous laissa sans voix. Comment Bo, qui n'était qu'un simple ouvrier, étranger de surcroît, pouvait-il prétendre être autre chose ? Et comment Hama osait-elle trahir sa famille, sa communauté, sa condition ? Pour qui se prenaient-ils, ces deux-là ?

– L'affiche collée sur la porte annonce un théâtre d'ombres, ajouta le joueur de fléchettes.

– Un théâtre d'ombres ? Et pourquoi pas de la magie noire ? lança le patron du café.

Un frisson monta le long de nos échines. Depuis que nous avions perdu confiance en nous, les vieilles croyances nous servaient de raisonnement et certains mots semaient la panique dans nos esprits rétrécis.

– Vous allez voir qu'ils vont bientôt faire tourner les tables, là-bas ! Et égorger des poulets ! fit un vieux fondeur.

– Si on les laisse faire, il y aura une autre catastrophe dans pas longtemps, prédit le patron d'une voix sombre.

C'est alors qu'un des habitués, qui jusque-là assistait en silence aux débats, lâcha l'ultime révélation :

– La catastrophe ? Tu parles qu'elle s'est déjà produite ! Ma femme a croisé la petite Hama à l'hôpital. Devinez où elle allait.

– Elle rend souvent visite à Ness et à Malakie, suggéra quelqu'un.

– Ah oui ? Et depuis quand on met les grands brûlés à la maternité ?

Joignant le geste à la parole, l'homme mima le ventre d'une femme enceinte.

– Croyez-moi, la catastrophe naîtra cet automne !

Notre petite communauté n'était sans doute pas plus mauvaise qu'une autre. Pris un par un, nous n'étions pas plus stupides ou plus méchants que la plupart des hommes. Nous adorions nos enfants, nous chérissions nos femmes, nous aimions nos amis, et en temps normal, nous n'aurions pas fait de mal à une mouche. Mais il y avait en nous cette insoutenable peur de la chute et du déclassement. Croyant que le malheur trouvait sa cause au-dehors, nous avions entrepris de nous en protéger en nous repliant sur nous-mêmes, tels des escargots apeurés. Ce que nous ignorions, c'est que le poison n'était pas dehors. Il était en nous, à l'intérieur de la coquille.

La veille de la cérémonie officielle, convaincu d'agir pour le bien de tous, un groupe d'hommes se mit en marche vers *Le Castor Blagueur*. Un grand nombre d'entre eux avait autrefois applaudi aux tours du mage Cornelio et assisté aux pitreries du ventriloque Bretelle en se tordant de rire. Mais ce soir-là, ils n'avaient plus envie de rire. Ce soir-là, ils étaient munis de barres de fer, de pelles, de fourches.

Quand le bataillon pénétra dans la salle du cabaret, Hama était sur scène, concentrée sur son numéro de dressage.

– Allez, Cachou, saute ! encourageait-elle en agitant les bras.

Elle espérait faire passer la chienne et ses petits à travers un labyrinthe de cerceaux disposés sur des trépieds bas. À l'arrivée du parcours, une boîte remplie de croquettes servait d'appât.

– À toi, Safran ! À toi, Ivoire ! Non, Brume, pas par là !

Au bruit que firent les hommes en entrant, l'apprentie dompteuse leva la tête.

– Nous ne sommes pas encore prêts, leur lança-t-elle gaiement. Revenez demain !

C'est alors qu'elle vit les pelles et les barres de fer. Elle pâlit d'un coup.

– Bo ? appela-t-elle d'une voix trop faible pour qu'il l'entende.

Perché dans les cintres à trois mètres du sol, Bo effectuait les derniers réglages techniques pour la représentation du lendemain. Au fond, les décors du théâtre d'ombres projetaient leurs découpes délicates sur un écran large qui changeait de couleur selon les gélatines. D'en haut, Bo interpella Hama :

– Qu'est-ce que tu penses du orange pour la scène de la Grand-Place ? C'est joli, non ?

– Non, répondit une voix d'homme sur un ton glaçant.

– Qui est là ? fit Bo. Hama ?

– Je suis là, parvint-elle à articuler. Il faut que tu descendes.

– Que se passe-t-il ?

– Appelle la Tsarine, ajouta Hama en tentant de rassembler autour d'elle les chiots éparpillés.

Titine-Grosses-Pattes déployait des efforts surhumains chaque fois qu'elle devait emprunter l'escalier en colimaçon. Elle ne s'en plaignait jamais, mais le moindre pas déclenchait d'intenses douleurs dans toute sa colonne vertébrale et elle parvenait toujours en bas exténuée, au bord du malaise. Mais lorsqu'elle rejoignit enfin Bo et Hama sur la scène, et qu'elle découvrit, en guise de comité d'accueil, les hommes rassemblés sur le parquet, son épuisement céda la place à une colère froide.

– Personne n'est jamais entré ici avec de mauvaises intentions, dit-elle en serrant les dents. Qu'est-ce que vous foutez chez moi avec ce matériel ?

– On n'a pas de mauvaises intentions, lui répondit l'un des hommes avec un sourire hypocrite. On est juste venus t'avertir. Gentiment.

– Si tu ouvres les portes du *Castor* demain, enchaîna un autre, on ne sera pas aussi gentils.

– Compris ? fit un troisième en frappant la scène avec le plat de sa pelle.

Bo, qui avait pris Hama dans ses bras, la sentit se recroqueviller contre sa poitrine.

– Qu'est-ce qui vous prend ? lança-t-il aux hommes. Regardez-nous ! De quoi avez-vous peur ?

Un ricanement accueillit sa question.

– C'est toi qui devrais avoir peur, Bo ! lança une voix. Depuis que tu es en ville, tout va de plus en plus mal.

– C'est le mauvais œil ! accusa quelqu'un.

– Tu mériterais qu'on te règle ton compte ! fit un fort en gueule.

Un nouveau coup de pelle ponctua la menace, et Hama sursauta. Elle connaissait chacun de ces hommes depuis toujours, elle avait travaillé avec certains d'entre eux, joué avec leurs enfants lorsqu'elle était petite, dansé à leurs noces… Comment osaient-ils s'en prendre à celui qu'elle aimait ?

Elle se dégagea brusquement de l'étreinte de Bo, et elle s'avança vers le bord de la scène, tête haute, ventre en avant.

– Rentrez chez vous ! cria-t-elle. Allez retrouver vos femmes, vos enfants, vos pères, vos mères. Et ensuite regardez-vous dans un miroir et pensez à ce que vous venez de nous dire. J'espère que vous en aurez honte !

– C'est toi qui nous parles de honte, Hama ? fit un mécanicien. Alors que c'est toi qui déshonores ta famille ?

– L'enfant que tu portes est maudit ! vociféra un ancien chef d'équipe en pointant un doigt vers elle.

Hama vacilla sur ses jambes comme si elle venait de recevoir une gifle.

C'est à ce moment-là que le vieux Melkior sortit de l'ombre. Le regard incandescent, il toisa l'assemblée. Il toussa, cracha, et frappa le sol avec sa canne. Deux fois. Puis il ouvrit la bouche et la phrase tomba de ses lèvres comme une sentence :

– L'ordre et le chaos…

Plus personne ne parla. Plus personne n'osa respirer.

– L'ordre et le chaos ! répéta Melkior d'une voix plus ferme. Tout est dans tout ! Le dedans et le dehors, le bien et le mal ! L'un révèle l'autre !

Il frappa de nouveau le sol avec sa canne, et imperceptiblement, les hommes commencèrent à reculer.

– L'ordre et le chaos…, souffla une dernière fois le vieux. Le dedans et le dehors…

– Oui, c'est ça ! Dehors ! rugit la patronne du cabaret. Et ne remettez plus jamais vos bottes sales sur mon parquet de danse ! Allez, fichez le camp !

Elle fit des gestes comme pour chasser une nuée de mouches à merde.

Sous la fureur de la Tsarine, les hommes se replièrent vers la sortie. Avant de disparaître, l'un d'eux leva sa barre de fer et la lança à toute volée dans la porte. Il y eut un bruit mat suivi d'une vibration qui fit tinter les verres au-dessus du bar, puis plus rien.

Sur la scène, stupéfaits et tremblants, Bo et Hama restèrent immobiles l'un contre l'autre. Qu'avaient-ils fait pour être ainsi accusés des malheurs de tous ? Comment ces superstitions archaïques avaient-elles pu resurgir ? Et qu'allait-il se passer à présent ?

– Allons, mes cocos ! les bouscula Titine-Grosses-Pattes. Ne vous laissez pas impressionner par cette bande d'imbéciles. C'est de leurs propres ombres qu'ils ont peur ! Vous en verrez d'autres, croyez-en mon expérience.

Elle tapota ses hanches gainées de métal.

– La foule admire l'acrobate tant qu'il vole. Mais elle ne lui pardonne pas de tomber sous ses yeux. Il va falloir apprendre à vous protéger et à vous battre, mes chéris !

Elle se tourna vers l'écran où les ombres de Bo projetaient la réplique parfaite de la Grand-Place. C'était de toute beauté.

– Pour moi, la messe est dite, déclara-t-elle. Le *Castor* ouvrira demain soir.

– Mais s'ils reviennent ? demanda Hama.
– Ils ne reviendront pas, affirma la Tsarine.

Le lendemain, notre ville était en état de siège. La venue exceptionnelle du ministre de la Guerre avait mis les autorités sur les dents. Par crainte d'un incident, un service d'ordre musclé bloqua nos rues, filtra les cortèges, si bien que les musiciens de l'orchestre eurent toutes les peines du monde à se frayer un chemin jusqu'au kiosque pour leur répétition.

Profitant de la cohue, les curieux et les journalistes tentèrent de forcer le barrage à l'entrée de la zone. Certains grimpèrent sur les toits des maisons avoisinantes, d'autres dans les rares platanes épargnés par l'explosion. Ils furent délogés des toits, descendus des branches *manu militari*, et refoulés sans ménagement vers la Grand-Place, où ils échouèrent, déçus, dans les cafés.

Pour les consoler, on leur servit des bières et on en but quelques-unes avec eux.

On leur montra la statue du général amputé de son sabre.

On leur raconta combien la ville était fière, autrefois, du temps où notre Usine fondait, calcinait et martelait les pièces de tank, les carlingues d'avion, les culs d'obus. On chuchota le nom des morts, on leva nos verres à leur santé. Mais lorsqu'il fut question de nommer les responsables de la catastrophe, les bouches se refermèrent.

À midi, sous un soleil de plomb, quelqu'un s'amusa à faire exploser des pétards quelque part. On crut à un attentat (il y en avait, parfois, dans d'autres parties du monde) et la tension grimpa d'un cran supplémentaire. Les mesures de sécurité furent aussitôt renforcées. La veuve d'un chaudronnier, qui voulait déposer des fleurs au pied du monument érigé sur la dalle, se vit confisquer son bouquet. Une autre, son appareil photo, et une troisième se vit refuser l'entrée parce qu'on avait mal orthographié son nom sur la liste.

– Enfin, laissez-moi passer ! se défendit-elle. Mon mari était tuyauteur à l'Usine. Il est mort ici, à vos pieds. Tout le monde me connaît !

Mais les vigiles, qui étaient employés par une société extérieure à notre ville, ne connaissaient pas nos noms, et la veuve resta de l'autre côté des barrières.

– On ne se sent pas les bienvenus ! cria un ancien fraiseur à l'adresse du maire, au moment où celui-ci passait les barrages. Vous nous volez notre cérémonie !

Hop, l'ancien fraiseur fut exclu à son tour.

– Eh bien, si c'est ça, lança-t-il, je préfère aller rendre hommage aux camarades chez Titine-Grosses-Pattes !

– Moi aussi ! fit un autre.

– Attendez-nous ! s'exclamèrent les veuves.

Si bien qu'en fin d'après-midi, il fallut se rendre à l'évidence : la moitié des sièges de la tribune d'honneur resteraient vides. Nos autorités s'alarmèrent du mauvais effet que ces absences produiraient sur les hauts responsables, sans parler du ministre lui-même, qui avait la réputation d'être susceptible. Pour peu qu'il apprenne l'existence de la cérémonie concurrente, et nous étions fichus ! « Adieu discours, adieu médailles, adieu subventions et promotions », songea notre maire.

Soucieux, il prit conseil auprès de ses conseillers.

On le rassura : notre ville comptait de braves citoyens qui se chargeraient de régler le problème.

La soirée officielle n'avait pas encore débuté que la Tsarine ouvrit en grand les portes de son établissement. Lorsqu'elle vit les premiers spectateurs se presser au milieu de la piste de danse, elle poussa un soupir de soulagement : les habitants de cette ville n'étaient donc pas aussi lèche-bottes qu'elle l'avait craint.

– Bienvenue à tous, mes cocos chéris ! Prenez garde à la peinture fraîche, mais ne faites pas attention à la poussière. Sortez des chaises, tirez les tables, et mettez-vous à l'aise !

Cachés dans les coulisses, Bo et Hama entendirent les pieds de chaise racler le plancher et enfler le joyeux brouhaha des conversations. Ils échangèrent un regard, un sourire, un baiser. Jusqu'au dernier moment, ils avaient hésité à braver les menaces. Mais à présent que la salle se remplissait, ils étaient heureux d'être là, aux côtés de la Tsarine. Fiers de tenir tête aux imbéciles.

– Titine avait raison, se réjouit Bo. Ils sont trop lâches pour empêcher notre spectacle.

– Dommage que Ness et Malakie ne puissent pas voir ça, murmura Hama.

Après des mois de soins intensifs, les deux blessés n'étaient toujours pas en mesure de quitter leur lit. Toutefois, lors d'une de ses dernières visites, Bo leur avait promis de revenir bientôt avec ses cadres et ses toiles, pour donner une représentation à l'hôpital.

– Une représentation V.I.P. ! s'était-il exclamé.

Sous leurs pansements de tulle gras, les deux ouvriers avaient esquissé des sourires douloureux, et Ness était parvenu à articuler :

– Tu… jongleras aussi avec… des enclumes ?

Bo en avait eu les larmes aux yeux, et Hama avait levé les bras en l'air en affirmant que, s'ils étaient sages, ce serait elle qui jonglerait.

– Si tu y arrives, avait chuchoté Malakie, je te promets de faire un strip-tease.

Ils avaient beaucoup ri en l'imaginant, telle une momie égyptienne, à poil au milieu de ses bandelettes.

– Cette soirée est aussi pour eux, dit Bo pour consoler Hama.

En observant la salle par la fente du rideau, ils reconnurent des visages familiers : des collègues de l'équipe de jour, des femmes de l'équipe de nuit, des estropiés, des anciens, beaucoup d'enfants. C'était, pour la plupart, des proches de nos disparus qui venaient trouver du réconfort au cabaret, sans trop savoir à quoi s'attendre.

– Tu as peur ? demanda Hama à Bo.

– Plus maintenant. Et toi ?

– J'ai surtout peur d'être ridicule, avoua Hama. Mon numéro n'est pas au point. Ivoire et Cachou suivent bien mes instructions, mais Brume et Safran n'en font vraiment qu'à leur tête.

Entre ses poignets, elle recueillit l'un des chiots (c'était Brume, justement) qu'elle posa sur son ventre. Depuis qu'elle s'occupait d'eux, elle se débrouillait de mieux en mieux. Elle découvrait chaque jour de nouveaux stratagèmes, de nouveaux gestes pour vivre sans les mains.

Bo fit une caresse sur la tête du chiot, puis sur le ventre rond de Hama.

– Tout va bien se passer, dit-il.

Il leva les yeux vers les cintres où ses décors attendaient, doucement suspendus dans la pénombre.

– Oui, tout va bien se passer, répéta-t-il.

Bo avait intitulé son spectacle *Cinquante-Trois Flammes,* rendant ainsi hommage à chaque ouvrier mort dans l'explosion. Sur le programme distribué par Titine-Grosses-Pattes, on pouvait lire qu'il s'agissait d'un « drame artisanal et mécanique », en quinze tableaux.

Alors que l'obscurité venait de tomber sur la salle et que Bo faisait apparaître le premier des quinze tableaux derrière l'écran (c'était le saisissant décor de la salle des machines), un groupe de fous furieux força les portes du *Castor Blagueur* à coups d'épaule.

Les spectateurs se retournèrent sans comprendre, croyant qu'il s'agissait d'une surprise prévue dans la pièce. Mais quand ils virent surgir devant eux la douzaine d'hommes armés de matraques, ils comprirent que quelque chose n'allait pas.

– Arrêtez-les ! cria quelqu'un.

– Planquez-vous ! cria un autre.

Trop tard. Les intrus foncèrent comme des taureaux et repoussèrent ceux qui s'interposaient. Ils renversèrent les tables, jetèrent les femmes et les enfants à terre, puis, sous les yeux des spectateurs effarés, ils jaillirent devant l'écran.

Aussitôt, les plus agiles grimpèrent dans les cintres, tandis que d'autres arrachaient les rideaux et fracassaient les accessoires entreposés dans les coulisses. Les toiles peintes s'affalèrent sur la scène comme les voiles d'un bateau.

Il y eut des hurlements, des cris, une cavalcade erratique, des chocs, du verre brisé, et en un rien de temps, la salle se vida.

Piégé en haut de l'échelle où il s'était installé pour manœuvrer ses silhouettes, Bo tenta de se défendre, mais les hommes le tirèrent par le pantalon pour le faire dégringoler. Là, ils le rouèrent de coups avant de l'immobiliser, face contre le sol. Deux costauds lui tordirent les bras, et il assista, médusé, au saccage de son travail.

Tordus, déboulonnés, les minuscules personnages qu'il avait si patiemment assemblés, atterrirent sous ses yeux avant d'être écrasés à coups de talon. L'un après l'autre, ses décors furent réduits en miettes, ses toiles peintes lacérées. Les cadres cassèrent avec des craquements d'os. Des clous volèrent. Une lame de cutter déchira l'écran de haut en bas.

Finalement, un projecteur chuta, s'écrasa sur la scène, et explosa dans des gerbes d'étincelles, provoquant un court-circuit qui plongea le cabaret dans le noir total.

L'obscurité soudaine fit naître un silence.

L'air était épais, chargé d'alcool. Au fond de la salle, un tuyau gouttait. Les hommes haletaient comme une meute de loups.

Quand ils se regroupèrent, la scène trembla sous leurs pas.

– On vous avait mis en garde.

– Vous n'avez pas voulu entendre, tant pis pour vous.

– La prochaine fois, c'est toi qu'on démolit, Bo.

Certains craquèrent des allumettes, d'autres allumèrent des briquets, et un funeste cortège de petites flammes traversa la salle dans l'autre sens.

En partant, ils laissèrent une odeur de soufre et de brûlé. Un sentiment terrible de désolation.

Enfin, Bo rouvrit les yeux ; son nez saignait, il avait mal dans le dos, dans les côtes, partout. Quand il voulut se mettre debout, sa grande carcasse de métallo refusa de lui obéir et il manqua pousser un cri de rage, mais le cri resta dans sa gorge. Il venait d'entendre Hama pleurer.

De toutes ses forces, il rampa dans sa direction. De toutes ses forces, il espéra que rien ne lui soit arrivé. Ni à elle, ni à l'enfant.

Il la trouva un peu plus loin, assise contre un rebord. Elle se balançait, tenant contre son ventre une petite boule de poils toute chaude. Dans la violence de l'assaut, un des chiots s'était trouvé pris sous les bottes des agresseurs. Elle venait de récupérer son corps sans vie sous les lambeaux d'une toile peinte qui représentait un ciel d'été.

– Brume…, sanglotait-elle. Brume…

Nous avions connu des siècles de grandeur, de fortune et de pouvoir. Des temps bénis où nous étions les maîtres de notre destin. Puis, sans que nous sachions pourquoi, tout cela nous avait échappé, et seule l'Usine était restée.

À présent qu'elle avait disparu à son tour, nous n'avions même plus de quoi occuper nos mains, même plus de quoi justifier notre présence dans cette ville plutôt qu'ailleurs. Bras ballants, nous restions paralysés face au vide. Et dans ce vide qui enflait à l'intérieur de nous, la haine s'insinuait, pire que la vermine au bord d'une plaie.

Était-ce notre faute ? Était-ce notre faute si nous avions peur ?

Nostalgiques d'un temps idéal, nous voulions le jour sans la nuit, le soleil sans l'ombre, la vie sans la mort, le désir sans le risque, et Hama sans Bo.

Bien entendu, cela se révéla impossible, et notre communauté perdit d'un coup Hama et Bo.

DEUXIÈME PARTIE

5

LE CONNU ET L'INCONNU

La nuit qui suivit la destruction du théâtre, mes parents entassèrent leurs maigres possessions dans la vieille charrette à bras. Un édredon, deux couvertures, de l'eau, un bidon d'huile, des allumettes, la boîte à outils, le manteau sombre de Hama, un pain noir et un sac de gros sel, quelques ustensiles de cuisine, l'anorak rouge de Bo, des sachets d'herbes donnés par la Tsarine, et, dans une caisse faisant office de niche, les trois chiots survivants et la chienne couleur charbon.

Sans bruit, ils fermèrent la porte de leur petite chambre. Le jour n'était pas encore levé ; personne ne les vit partir.

Ils laissèrent derrière eux les maisons endormies, les ruelles vides et, sur la dalle, les restes de la fête que le vent chahutait : les papiers gras, les canettes piétinées, les fanions tristes sur le kiosque à musique, et les feuillets froissés du discours prononcé par le ministre de la Guerre, auquel personne n'avait cru. « En ces temps difficiles, je suis venu vous dire ma solidarité et vous apporter la promesse solennelle que vous aurez de nouveau un travail, un salaire, une dignité. Devant vous, je m'engage… »

Ils laissèrent le fleuve et ses barques figées dans la vase, en pensant que jamais mon père n'en réparerait une pour emmener ma mère en promenade.

Ils passèrent sur la Grand-Place, et d'un hochement de tête bravache, ils saluèrent la statue du général. Aux vitrines des cafés, les rideaux de fer étaient baissés comme les paupières de quelqu'un qui a honte.

Devant l'hôpital, ils firent des adieux muets à Ness et à Malakie, songeant que jamais ces deux-là ne verraient le théâtre d'ombres, et encore moins mon père jongler avec des enclumes.

Puis ils passèrent un pont et entrèrent dans les faubourgs, sur l'autre rive du fleuve.

– Notre enfant est-il maudit ? demanda Hama en serrant les dents.

– Ai-je le mauvais œil ? demanda Bo.

Le jour se levait quand ils atteignirent la dernière maison du dernier quartier, tout au bout de la dernière rue.

– Ai-je trahi quiconque en tombant amoureuse de toi ? demanda encore Hama.

– Fabriquer un théâtre peut-il faire du mal ? demanda Bo.

À mesure qu'ils avançaient sur la route, notre ville rapetissait dans leur dos.

Ils se retournèrent pour contempler les immeubles alanguis au bord du fleuve, puis ils détachèrent leur regard de tout ce qu'ils connaissaient pour le porter au loin. L'horizon était flou ; c'était là qu'ils allaient.

Tu crois qu'il faut toujours perdre une part de soi pour que la vie continue ?

Pendant des jours, choisissant des trajectoires à l'écart des routes, mon père et ma mère s'obstinèrent à mettre un pied devant l'autre, sans faiblir.

Ils traversèrent des champs, des vallées, des prairies, des ruisseaux.

Ils franchirent des barrières, dormirent dans des granges ou sous la simple protection des arbres.

Peu à peu, le soleil et la poussière des chemins noircirent leurs visages.

Affamés, ils cueillirent des baies et mâchèrent des graines. Ils volèrent des légumes dans des potagers et des fruits dans des vergers.

Assoiffés, ils sucèrent des cailloux.

Ils s'égarèrent à travers des marécages, s'y enfoncèrent jusqu'aux genoux, y attrapèrent des sangsues. Pour s'en débarrasser, ils brûlèrent les herbes de la Tsarine, et Hama fit plusieurs fois le même rêve.

Ils trébuchèrent. Ils tombèrent. Ils se remirent debout.

« Rester vivant », se répéta Bo, cent fois, mille fois.

À aucun moment ils ne regrettèrent d'être là où ils étaient. Mais ils se demandèrent souvent où ils allaient.

Tu crois qu'il faut toujours perdre une part de soi pour que la vie continue ?

Un matin, Hama raconta à Bo ce qu'elle avait vu en rêve. Ils décidèrent de chercher l'endroit du rêve.

Ils virent quarante fois le soleil se coucher. Les quarante levers de soleil furent autant de raisons d'espérer.

Ma mère eut mal au dos. Mal au ventre. Mal au cœur. « Rester vivante », se dit-elle en serrant les dents.

À l'orée des villages, ils mendièrent de la viande pour les chiens.

Mon père se souvint de son enfance et retrouva la mémoire des plantes, des étoiles, des insectes. Il coupa du bois, souffla sur les braises fragiles, et pria pour que le feu ne meure pas sous la pluie. Dans la lueur des flammes, il raconta des histoires avec ses mains.

Ils perdirent une des roues de la charrette dans une tourbière. La réparation de fortune céda, il fallut recommencer, repartir, la perdre encore et recommencer.

Ils eurent envie de pleurer, de hurler. Ils hurlèrent.

Ils firent l'amour le plus souvent possible.

Ils se lavèrent sous les orages, dans des puits, des fontaines, des flaques.

Ils eurent des poux et, pendant des heures, Bo démêla les cheveux de Hama avec un peigne d'écorce.

Une nuit, la chienne Charbon disparut. Elle revint à l'aube, un lapin de garenne dans la gueule. Les chiots se chamaillèrent le cadavre ; Hama eut des nausées épouvantables.

Ils gravirent des collines, et dans les hauteurs, rencontrant un troupeau de chèvres, ils s'allongèrent sous leurs mamelles pour boire leur lait.

Ma mère chanta des chansons qu'elle croyait avoir oubliées. Elle pensa à sa propre mère. Avait-elle, autrefois, marché comme elle sur ces chemins incertains ? Avait-elle, comme elle, rêvé d'un endroit pour recommencer sa vie ?

Tu crois qu'il faut toujours perdre une part de soi pour que la vie continue ?

Les semelles de leurs chaussures s'usèrent. Leurs pieds saignèrent.

Par trois fois, ils crurent avoir trouvé l'endroit du rêve. Par trois fois, ils comprirent que non, et Hama douta d'elle-même. Parviendrait-elle à porter son enfant jusque-là ? Ce lieu existait-il seulement ?

Ils quittèrent les collines, s'enfoncèrent dans des taillis piquants, récoltèrent des écorchures, des bleus, des bosses. Ils s'endurcirent.

Dans un lac, Bo essaya de pêcher à mains nues. Ce soir-là, ils mangèrent des racines.

Les jours diminuèrent, les nuits devinrent plus fraîches.

Jamais Hama ne s'était aventurée si loin et tout lui semblait menaçant. Chaque fois qu'elle avait trop peur, elle posait ses poignets sur son ventre et elle prononçait mon nom. *Tsell.*

– Tu auras les mains de ton père, me chuchotait-elle. Tu n'es pas maudit.

Il paraît qu'en réponse, je bougeais dans son ventre.

Il paraît qu'alors ma mère n'avait plus peur.

Un jour, enfin, ils entrèrent dans une forêt d'aulnes et de sapins drus. Des éboulis de roche volcanique s'étaient enchevêtrés entre les troncs, créant une multitude de refuges, semblables à des grottes aériennes. Non loin, un torrent, échappé des montagnes dont on apercevait les sommets plus à l'est, s'évasait en une rivière d'eaux sombres. Hama avait vu tout cela en rêve : c'était l'endroit où devait naître leur enfant. Un lieu primitif et sans nom.

Ils traînèrent leur chargement vers un chaos rocheux. Dessous, ils découvrirent un abri ni trop bas ni trop haut, ni trop grand ni trop étroit, dont le sol était recouvert de feuilles et d'aiguilles. Une odeur de salpêtre monta à leurs narines.

– On dirait une église, murmura Hama.

Bo lâcha la charrette qui perdit sa roue encore une fois, et ce fut la fin de leur voyage.

Pendant des semaines, aguerris par l'errance, mes parents purent survivre avec ce que l'endroit leur offrait : de l'eau douce, les poissons de la rivière, les orties, les fougères, les poireaux sauvages, les champignons, les insectes et les petites bêtes prises dans les pièges que Bo fabriquait.

Hama apprit à utiliser ses pieds : à coups de talon, elle cassa des branches mortes pour le feu, déblaya des caillasses, et creusa des sillons pour y semer les graines récoltées au gré de la route.

Mais cette année-là, l'automne fut précoce. Fin septembre, de lourdes pluies dévalèrent des montagnes, gonflant les torrents, gorgeant les sols, et quand les premiers froids survinrent, la terre imbibée se figea en blocs compacts sur plusieurs centimètres de profondeur. Les navets, les fèves, les radis et les choux que ma mère avait plantés gelèrent aussitôt.

Sous l'abri de roche exposé au vent, le peu qui leur restait commença à moisir, y compris leurs vêtements, y compris l'édredon, y compris le matelas de mousse et d'herbes sur lequel ils dormaient.

Prostrée, silencieuse, ma mère se mit à grelotter du matin au soir. Des cernes noirs creusaient ses yeux. Elle observait les chiens qui s'agitaient et que la faim et l'ennui rendaient agressifs.

Les insectes disparurent. Les oiseaux migrèrent, les rongeurs descendirent dans des terriers invisibles. Et lorsqu'un matin, des flocons voltigèrent dans l'air gris, ils comprirent qu'ils ne devaient plus rester là.

– Combien de temps crois-tu qu'il nous reste avant la naissance de Tsell ? demanda Bo.

– Pas longtemps, répondit Hama en claquant des dents.

– Tu peux marcher ?

Elle se mit debout avec difficulté. Elle fit un pas. Un seul. Bo la rattrapa *in extremis*.

Trois jours durant, fou d'inquiétude, mon père veilla ma mère qui délirait dans sa fièvre.

Trois jours durant, il alimenta le feu avec tout ce qu'il trouvait. Les flammes grondèrent et montèrent jusqu'à la voûte, léchant la pierre qui, par endroits, se fendit.

Trois jours durant, il laissa les herbes de la Tsarine se consumer. Avec les cendres, il frictionna Hama de la tête aux pieds. L'odeur infusa chaque pore de sa peau.

Trois jours durant, mon père chanta en disposant des pierres chaudes autour de ma mère, sans chercher à comprendre d'où lui venaient ces chants, d'où lui venaient ces gestes. Les pierres composaient sur le sol l'alphabet d'une langue inconnue.

Tout ce temps, les chiens restèrent particulièrement calmes et silencieux.

Enfin, le matin du quatrième jour, Hama poussa un cri qui résonna à travers la forêt jusqu'aux contreforts des montagnes. Une force extraordinaire travaillait pour se frayer un chemin entre ses hanches. Une force qui l'ouvrait, la déchirait et la ramenait à la vie.

Ma mère me mit au monde sur un matelas de mousse et d'herbes rances, entre ses jambes nues, et sous le regard épuisé de mon père.

Dehors, ni pluie ni neige, mais l'immobilité du brouillard.

Sous l'abri, les étincelles du feu, la fumée magique des herbes, et l'odeur du sang.

Ils découvrirent que j'étais une fille.

Une fille avec deux mains et dix doigts.

– Grâce au ciel, soupira Hama.

– Grâce à toi, murmura Bo.

À peine eut-il prononcé ces mots que les chiens sortirent du creux de roche où ils s'étaient tenus tranquilles jusque-là. La chienne Charbon aboya, et aussitôt ses trois petits grognèrent, babines retroussées.

Craignant la jalousie des chiens, ma mère me serra plus

fort contre sa poitrine. Mais la chienne détala soudain vers la sortie.

– Il y a quelqu'un dehors, dit mon père en s'emparant d'un tison.

Au seuil de l'abri, Bo fut stoppé net par l'épais rideau de brouillard qui noyait la clairière ; on ne voyait pas à un mètre.

Il brandit le tison devant lui, et de sa main libre, attrapa une pierre.

– Qui est là ? cria-t-il.

C'était peut-être un loup. Peut-être un ours descendu des montagnes.

– Qui est là ?

En humant l'air du dehors, les chiots cessèrent de grogner. Leur mère se hasarda un peu plus loin avant de pousser une série de jappements aigus, et soudain, quelque chose traversa le brouillard pour atterrir sur le sol, juste devant son museau. En tombant, cela fit *floc*. C'était un morceau de viande, brun et faisandé.

En un éclair, les chiots affamés se jetèrent dessus ; Bo n'eut pas le temps de réagir ni même de penser à un danger quelconque car une étrange silhouette venait de se matérialiser devant lui.

C'était une silhouette humaine, sans aucun doute. Mais était-ce un homme ? Une femme ? Un vieillard ? Un enfant ? Ni la taille ni l'allure de l'apparition nimbée de brume ne permettaient de s'en faire la moindre idée.

– Qui êtes-vous ? demanda mon père.

Après un court silence, l'apparition remua la tête.

– Qui je suis ? répéta-t-elle. Hum… Il me faudrait sûrement le reste de ma vie pour te répondre… De combien de temps disposes-tu ?

Désarçonné, mon père garda le silence, mais ses mains, crispées sur le tison et la pierre, se relâchèrent sans qu'il l'ait décidé.

– Hum… Remettons cette première question à plus tard, proposa l'apparition. Pose m'en une autre.

Bo décela une nuance amusée dans la voix grêle du petit personnage, une intention joueuse. De plus en plus troublé, il dit :

– D'où sortez-vous ?

– Eh bien… comme nous tous, je pense : je sors du ventre de ma mère, le taquina encore l'apparition. Ne veux-tu pas plutôt savoir… hum… pourquoi je suis venu ?

– Si, admit Bo.

La silhouette tendit un bras en direction de l'abri.

– Cela fait des lustres qu'aucun enfant n'est né dans cette forêt. Je n'aurais manqué l'événement pour rien au monde. Puis-je entrer ?

Sans se l'expliquer, mon père n'éprouvait plus aucune méfiance. Les chiens achevaient leur festin un peu plus loin ; de toute évidence, la viande était bonne. Et de toute évidence, les intentions de l'étrange étranger l'étaient également. Il lâcha la pierre, et baissa son tison. Presque sans réfléchir, il s'effaça pour laisser entrer l'apparition.

– Merci bien, dit-elle en s'avançant.

Une fois sous l'abri de roche, elle retira le grand chapeau qui lui tenait chaud aux oreilles, et mon père découvrit enfin le visage caché dessous. C'était celui d'un homme entre deux âges, petit, tout maigre, à la peau couleur d'endive.

– Dans ma famille, on manque d'imagination, dit-il en pliant son chapeau avant de le fourrer dans une poche de son vêtement. Je suis né le douzième, c'est pourquoi on m'appelle Douze. Enchanté.

Douze était sage-femme : un métier pour lequel le destin l'avait fait, mais qu'il n'avait (à son grand malheur) presque jamais eu l'occasion d'exercer.

– Le dernier bébé que j'ai mis au monde était aussi le premier, se lamenta-t-il. Ma propre sœur, Dix-Neuf. Ça remonte à plus de vingt ans. Et depuis, plus rien ! *Nada !* Plus un seul bébé dans le secteur !

Douze était bavard comme une pie et parlait avec le débit d'une mitraillette. Sans prendre le temps d'une respiration, il expliqua à Bo et Hama qu'il vivait avec ses nombreux frères et sœurs, au fond d'une sorte de trou – c'est du moins comme cela que mes parents se représentèrent d'abord le Bas.

– À la mauvaise saison, on ne peut pas survivre en Haut, déclara-t-il. C'est pourquoi nous vivons en Bas.

Lorsqu'il avait entendu le cri de Hama (caractéristique, selon lui), il était de corvée de bois, en Haut. Une chance ! Il avait tout lâché séance tenante (tant pis pour les bûches), il avait couru chercher son matériel en Bas, puis il était revenu en Haut à toute allure et s'était dirigé à l'oreille dans la forêt. Malgré son excellent sens de l'orientation, il avait mis un sacré bout de temps avant de trouver l'abri.

– J'avais prévu la viande pour un autre usage, seulement,

quand j'ai vu vos chiens… Enfin, ça n'a pas d'importance. J'arrive trop tard, mais… Puis-je voir le bébé ?

Sans plus de méfiance que mon père à l'égard du petit homme des bois, ma mère souleva l'édredon dont elle m'avait recouverte. Il paraît que Douze ne cessa de parler qu'au moment où il me vit, minuscule, entre les seins de ma mère.

Il posa une main sur mon crâne et des larmes perlèrent au coin de ses yeux. Après un silence de plusieurs secondes (une éternité), il sourit à Hama et se tourna vers Bo.

– Le bébé semble aller bien, mais votre amie a perdu beaucoup de forces, il va falloir arranger ça. Que vous reste-t-il à manger ?

– Rien, avoua mon père en écartant les bras.

– J'avais semé des graines, murmura ma mère. Tout s'est perdu.

– Je m'en doute, fit Douze, consterné. Rien ne résiste aux pluies d'automne par ici.

Il observa l'abri ; les courants d'air s'y engouffraient de façon désolante, et malgré le feu et les fumigations d'herbes, ça sentait le moisi à plein nez.

– Les lieux s'apprivoisent comme s'apprivoisent les bêtes, dit-il. Il faut du temps, de la délicatesse, de la persévérance. Et le plus difficile : accepter de ne pas y arriver.

– Nous n'y arrivons pas, déclara mon père sans hésiter.

Les yeux de Douze s'arrêtèrent sur les pierres disposées autour du matelas d'herbe. Il sembla subitement contrarié.

– Quelqu'un d'autre est venu vous aider ? demanda-t-il.

– Non, répondit Bo.

– Les pierres…

– Je les ai mises comme ça sans réfléchir.

– Et les herbes que vous avez brûlées ? insista l'homme sage-femme.

– C'est la Tsarine qui nous les a données, se justifia mon père.

– Bo connaît leur usage, ajouta ma mère.

– Hum… Je vois, fit Douze.

D'un œil avisé, le petit homme mesura mon père. Il posa encore une fois sa main sur mon crâne, et ferma les yeux.

– Chaque enfant naît avec une longue histoire, finit-il par murmurer. Cette petite fille possède une longue, longue… très longue histoire.

– Mais elle a deux grandes et belles mains, lui fit aussitôt remarquer ma mère. C'est tout ce qui compte, n'est-ce pas ?

L'homme sage-femme, qui avait remarqué le grave handicap de ma mère, bredouilla un « oui, oui » un peu embarrassé, et se dépêcha de passer à autre chose. D'après lui, il fallait sans plus attendre couper le cordon et stériliser l'ombilic ; il avait le matériel nécessaire dans les grandes poches de son vêtement.

– Voici, dit-il en ouvrant une boîte spéciale.

À l'intérieur, des scalpels, des compresses, des pinces rutilantes, qui n'avaient servi qu'une seule fois.

– Non, dit alors mon père. C'est à moi de le faire.

Malgré sa grande conscience professionnelle (et pas mal de frustration !), Douze ne protesta pas. Il se contenta de reculer tandis que Bo s'approchait du feu et plongeait la lame de son couteau dans les flammes.

Avant de trancher le lien qui me retenait à ma mère, mon père prit une profonde inspiration. Il s'agenouilla devant le matelas d'herbes et chercha le regard de Hama.

– Il faut toujours perdre une part de soi pour que la vie continue, dit-elle.

D'un sourire fatigué, elle lui donna le signal et mon père coupa le cordon.

– Vous ne faisiez qu'une, dit-il. À présent, vous voici deux.

– De séparation en séparation, ainsi va la vie ! confirma Douze.

Il paraît que j'ai pleuré à ce moment-là, comme si j'avais senti combien je serais seule désormais. Mais bien entendu, je ne m'en souviens pas.

Mon père était épuisé.

Ma mère était à bout de forces.

Il faisait froid sous l'abri et nous n'avions plus rien.

Douze rangea sa boîte spéciale dans la poche de son vêtement, et un sourire illumina sa face d'endive.

Douze adorait les surprises. Il songeait déjà aux drôles de têtes que feraient ses frères et sœurs lorsqu'ils nous verraient débarquer en Bas, juste à temps pour l'heure du souper.

– Trois *invités* d'un coup ! se réjouit-il. Sans compter les chiens !

6

LE HAUT ET LE BAS

En effet, le dîner cuisait quand, guidés par Douze, mon père et ma mère pénétrèrent en Bas. Dès l'entrée, une odeur de viande mijotée assaillit leurs narines et vrilla leurs estomacs vides. Au bord de la nausée, le souffle court, ils restèrent plantés au pied de l'escalier, tandis que Douze se précipitait vers une sorte de niche creusée dans la paroi face à eux, et qui pouvait aussi bien servir de monte-plats que d'interphone.

Il y plongea la tête.

– Ajoutez des couverts ! lança-t-il. Nous avons des *invités* !

L'annonce tonitruante de Douze vibra le long du monte-plats, puis se dispersa d'étage en étage, provoquant un concert d'exclamations dont les échos revinrent aux oreilles de Bo et Hama.

– Quoi ? Des *invités* ?

– Par tous les saints !

– Impossible !

– Qui cela peut-il être ?

– C'est une blague de Douze !

– Allons voir !

– Non, j'ai peur !

– Depuis quand as-tu peur des *invités* ?

– Depuis la dernière fois, pardi !

– La dernière fois, tu n'étais même pas né !

– Justement !

Au pied de l'escalier, totalement désorientés, mon père et ma mère essayaient de reprendre leurs esprits. Le chemin à travers bois (une demi-heure dans les broussailles), puis la descente vers le Bas (cent dix-sept marches, d'après Douze) avaient eu raison de leurs dernières forces. Bo, qui me portait d'un bras, enroulée dans une couverture, et tenait de l'autre nos maigres affaires, ne quittait pas Hama des yeux. À tout instant, elle risquait de s'évanouir.

Mais en vérité, Hama ne souhaitait plus qu'une chose : s'écrouler au fond d'un lit et y dormir tout son soûl ; rien qu'en y pensant, elle sentait ses paupières se fermer. Répondant à sa prière muette, Douze replongea sa tête dans la niche.

– Préparez la chambre d'amis ! hurla-t-il à l'adresse de ses frères et sœurs. Et que ça saute !

Son ordre fut suivi d'une nouvelle série d'exclamations qui rebondirent comme des balles, de galeries en couloirs, avant de rejaillir par le monte-plats.

– La chambre d'amis ? Et puis quoi encore ?

– Depuis quand avons-nous des *amis* ?

– C'est encore une blague de Douze !

– Et faudrait se dépêcher, en plus ?

– Je ne sais même pas où elle est, moi, cette chambre !

– Si, je sais ! Au quatrième sous-sol !

Alors que l'écho des protestations s'atténuait, deux membres de la fratrie apparurent dans la pièce d'entrée où se tenaient Bo et Hama. Ils étaient du même gabarit que Douze (hauts comme trois pommes), et de la même couleur de peau (endive cuite), mais à la différence de Douze, ils semblaient plutôt réservés.

– Je vous présente mon frère Treize et mon frère Neuf ! s'exclama Douze en les poussant devant Bo et Hama avec empressement. Ils sont cuisiniers. Excellents cuisiniers, je tiens à le préciser !

D'un signe de tête, Treize et Neuf remercièrent Douze pour le compliment, avant de lever leurs grands yeux vers mon père, puis ma mère. Ils les dévisagèrent avec circonspection.

– Alors, vous êtes vraiment des *invités* ? demanda Treize.

– J'espère qu'il y aura assez de civet pour tout le monde, s'inquiéta Neuf que la stature de Bo impressionnait.

– Et attends ! C'est sans compter les chiens ! s'exclama Douze.

Au comble du ravissement, il désigna la chienne Charbon et ses trois petits qui s'étaient regroupés derrière ma mère. À la vue des chiots, Treize et Neuf plaquèrent les mains sur leurs joues et poussèrent des cris attendris.

– Par tous les saints ! *Des animaux domestiques !*

Ils n'en avaient pas vu depuis que leurs derniers lapins avaient été dévorés par les renards, de nombreuses années auparavant.

– Notre sœur Quinze élève bien quelques araignées, dit Treize, mais ce n'est pas la même chose.

– On ne fait pas de caresses aux araignées de Quinze, se sentit obligé d'expliquer Neuf.

– Et vous n'avez pas vu le plus beau ! s'exclama Douze en trépignant.

Il désigna le bras de mon père et la couverture où j'étais emmaillotée.

– Un *bébé* ! dit-il avec une telle fierté qu'on aurait pu croire que c'était lui la mère.

– Un *bébé* ? répéta Neuf, incrédule.

– Un *bébé* ! suffoqua Treize.

Le mot tomba par l'ouverture du monte-plats et se répandit à la vitesse d'un courant d'air dans chaque recoin du Bas. Il y eut une cavalcade, et en moins de temps qu'il faut pour le dire, le reste de la famille surgit en se bousculant dans la pièce d'entrée.

Ma mère, qui résistait depuis trop longtemps à la fatigue, ne put résister à cette déferlante de petites personnes maigres et pâles qui se hissaient sur la pointe des pieds pour voir les *invités*, les *animaux domestiques* et surtout le *bébé* : d'un coup, elle s'affaissa sur elle-même et roula par terre sans un bruit.

Elle dormait déjà quand sa tête toucha le sol.

Dans son sommeil, Hama fit un rêve.

Elle était seule, assise au bord d'un étang.

Calme comme un miroir, l'eau reflétait un ciel sans

nuages. Mais soudain, la surface de l'étang se troubla. Quelque chose semblait monter des profondeurs. L'eau s'agita, enfla, puis déborda sur la berge, léchant d'abord les pieds de Hama, ses jambes, et enfin, sa taille.

« C'est dangereux, se dit-elle. Il faut que je me lève ! »

Elle essaya de bouger, mais son corps était englué dans une épaisse couche de boue qui la clouait sur place.

Tandis qu'elle se démenait pour s'cxtirper de sa prison de glaise, l'étang se transforma sous ses yeux en une mer furieuse, démontée. Des vagues de plus en plus hautes submergeaient la rive, giflant Hama, l'engloutissant ; c'était à peine si elle pouvait respirer.

Subitement, l'étang s'ouvrit en deux et il en surgit une femme. Une femme immense et monstrueuse, dont la bouche hurlait quelque chose.

Qui était cette femme ? Pourquoi hurlait-elle ?

Ma mère fut réveillée par une magistrale paire de gifles. Elle sentit une brûlure sur ses joues, et juste après, l'air entra dans ses poumons rétrécis.

– Pas trop tôt ! s'exclama l'indéfinissable petite personne qui se tenait près d'elle. Tu étais en train de t'étouffer avec ton propre rêve, ma fille !

La petite personne secoua la tête d'un air fâché.

– Personne ne t'a donc jamais appris ?

Hama mit un certain temps avant de récupérer son souffle, et davantage encore avant de comprendre la question. Elle supposa que la petite personne parlait de son rêve. Rêver s'apprenait-il ?

– *Tout* est une question d'apprentissage ! rouspéta sa gifleuse. Aïe, aïe, aïe, ces jeunes ! Ça voudrait savoir sans faire l'effort d'apprendre !

Hama n'était pas en état de contredire la petite personne. Elle arrivait à peine à garder les yeux ouverts.

– Où est Bo ? finit-elle par murmurer.

– Ne t'inquiète pas pour lui, il est avec Douze. En revanche, ta fille a besoin de toi !

« Ma fille ? » pensa Hama qui n'était plus certaine de distinguer le réel de l'irréel. Plus certaine de grand-chose, en fait.

– Ta fille Tsell, précisa la petite personne en désignant une couverture enroulée dans une coque en bois qui ressemblait à un berceau. Ton bébé !

Hama enregistra les mots *Tsell* et *bébé* sans en saisir le sens. Elle avait traversé les derniers événements sans les vivre, comme si son esprit et son corps fonctionnaient séparément. Perdue, elle posa ses poignets sur son ventre ; il lui sembla mou, pareil à un ballon de baudruche dégonflé. Un endroit triste et inhabité.

– Ouh, je vois, fit la petite personne sur un ton beaucoup plus doux. Douze a bien fait de vous amener ici. Tu te souviens où tu es ? Chez nous ? En Bas ? Dans le lit de la chambre d'amis ?

Ma mère la dévisagea avec étonnement. Et sans prévenir, les larmes montèrent. C'était comme si l'étang qu'elle avait vu en rêve débordait à nouveau, mais à l'intérieur de sa poitrine.

– Bon, dit la petite personne en se penchant au-dessus

de mon berceau. On va attendre que ta mère ait fini de pleurer, d'accord ?

Elle m'enveloppa entre ses bras et entreprit de me bercer.

– Le lait n'est pas bon quand il est trop salé, dit-elle. Patience.

Ma mère la regarda sautiller avec son bébé autour de la pièce. Elle était incapable d'articuler le moindre mot, mais les souvenirs se remettaient en place petit à petit : la marche éprouvante dans la forêt, la descente sous la terre par un escalier qui n'en finissait pas, l'odeur de viande mijotée et le concert de voix qui l'avait accablée. Elle se souvint aussi de son irrépressible besoin de dormir, et de la femme monstrueuse fendant les eaux de son rêve, mais elle fut incapable de se rappeler le moment où j'étais sortie de son ventre. Comment était-ce possible ? Comment son esprit pouvait-il avoir effacé la trace d'un événement si important ?

« Suis-je déjà une si mauvaise mère ? » se demanda-t-elle en pleurant de plus belle.

La petite personne comprit. Elle vint près d'elle, et secoua la tête en disant « aïe, aïe, aïe », sauf qu'au lieu de paraître fâchée, elle avait l'air sincèrement désolée pour Hama.

– Ça va aller, murmura-t-elle en posant une main sur son front. Il faut du temps pour renouer le lien qui a été coupé. Je t'y aiderai.

Elle me déposa sur la poitrine de Hama, qui sentit soudain ma chaleur.

– Dans la famille, on m'appelle Quatre, lui expliqua encore la petite personne. Je suis celle qui coud et qui recoud. Je suis celle qui raccommode. Et de temps en temps, c'est inévitable : je pique !

Quatre se mit à rire, et ce rire fit du bien à ma mère. Ses oreilles se débouchèrent, ses larmes se tarirent. Elle eut l'impression de reprendre enfin pied dans la réalité.

– Tout est question d'apprentissage, répéta Quatre. Surtout l'amour. Veux-tu que nous essayions ensemble ?

Hama renifla. Elle fit oui d'un signe de la tête.

– Pour commencer, dit Quatre, il faut accepter de ne pas savoir. Sans quoi, on reste persuadé qu'on n'a besoin de personne, et on n'apprend rien du tout. Tu comprends ?

Ma mère hocha de nouveau la tête, convaincue d'avoir grand besoin d'aide. Elle ne résista pas quand Quatre souleva ses poignets pour les guider sous la couverture.

– Imagine que tu fais un voyage à la frontière d'un pays inconnu, dit celle qui coud et recoud. Ferme les yeux, et laisse-toi faire.

Elle promena délicatement les poignets de Hama sur mon dos de bébé. Puis elle les fit glisser sur mes bras, mes mains, par-dessus mes fesses rebondies, le long de mes jambes, ainsi de suite, jusqu'à mes pieds minuscules. Une géographie commença à se dessiner dans l'esprit de ma mère : celle de mon corps en pointillés.

– Pendant neuf mois, tu as porté ton enfant à l'intérieur de toi, lui rappela Quatre. Maintenant, tu vas devoir la porter à l'extérieur. Son poids ne sera plus jamais le même.

Hama baissa le menton et regarda mon visage. Sous l'abri de roche où elle m'avait mise au monde, elle n'avait pas pris le temps de l'observer ; elle n'avait pensé qu'à vérifier l'existence de mes deux mains. À présent, elle découvrait que j'avais également deux yeux sous mes paupières gonflées, un crâne lisse, un nez rond, des joues roses et surtout... une bouche avide qui cherchait son sein. Elle jeta un regard catastrophé vers Quatre.

– Ce bébé a faim ! s'écria-t-elle.

– Alléluia ! fit Quatre.

– Comment faut-il faire ? paniqua Hama. Je n'ai jamais fait ça... je n'ai jamais nourri personne.

– Pour commencer, respire, ma fille. Si tu ne respires pas, tu ne pourras rien faire.

Ma mère respira. Une fois, deux fois, trois fois. D'abord avec précipitation, puis, plus calmement. Plus profondément.

– Je crois que ta mère ne pleure plus, me dit Quatre. Alors... à table.

Elle m'installa de façon à ce que je puisse téter. Puis, posant une main sur la poitrine de ma mère, elle se mit à chanter, et son chant vibra à travers sa main jusqu'à moi. Hama sursauta en sentant, pour la première fois, mes petites gencives presser le bout de son sein.

– Tu crois que ça va ? demanda-t-elle à Quatre. Tu crois que j'ai assez de lait pour elle ?

– Chut, dit Quatre.

– Mais...

– Chut.

Quatre avait la précieuse patience des couturières. Elle pouvait rester des heures assise sur une chaise, à coudre et recoudre, à raccommoder et ravauder. Cette patience, c'était exactement ce qu'il fallait pour aider Hama à devenir mère.

En suivant Douze à travers le dédale du Bas, mon père se crut tombé dans une fourmilière. Sous-sol après sous-sol, un réseau complexe de couloirs desservait une succession de pièces creusées dans la roche. Chacune était destinée à un usage précis. Il y avait la cuisine et le garde-manger (réservés à Treize et Neuf), la salle commune pour les repas, une multitude de chambres (pas plus grandes que des nids), l'observatoire (royaume de Sept), la salle de tri qui sentait mauvais et où personne n'avait envie de rester, l'infirmerie où Douze (par dépit) appliquait sa science de sage-femme aux petits maux du quotidien, et des ateliers de toutes sortes où les membres du clan travaillaient selon leur spécialité.

– Ici, Huit s'occupe de la menuiserie et de la plomberie, expliqua Douze en poussant mon père dans une pièce jonchée de copeaux et de tuyaux en réparation.

Puis il le tira par la manche et l'entraîna vers l'atelier voisin.

– Ici, Quinze cultive des variétés de champignons comestibles. Elle élève aussi des insectes comestibles… Parfois, le gibier se fait rare.

Bo aperçut des bocaux et des vivariums entassés sur des étagères, mais il n'eut pas le temps de voir ce qu'ils contenaient car Douze l'entraînait déjà vers la pièce suivante. Il découvrit ainsi la cordonnerie (pour Onze), la lutherie (pour Cinq), la tannerie (pour Quatorze), le salon de coiffure de Dix-Neuf, contigu à la salle d'eau, et l'atelier de fabrication de torches où Six entreposait ses tonneaux de graisse et de sève de bouleau.

Chaque fois que mon père passait sa tête sous une porte, il se cognait contre une aspérité du plafond. Chaque fois qu'il entrait dans une galerie, il se demandait s'il n'allait pas y rester coincé. Et chaque fois, Douze riait en s'excusant que le Bas ne soit pas taillé à la mesure exceptionnelle de son *invité*. Bo se pliait, se dépliait, se frottait le front, et la visite au pas de charge continuait sous un déluge d'explications et de commentaires.

– Comme tu le vois, nous ne manquons de rien, conclut fièrement Douze quand ils eurent refermé la porte du dernier atelier. Depuis quatre générations, nous naissons ici, nous vivons ici, et... nous mourons ici.

Il pointa un doigt vers le ciel (ou plutôt le plafond) en précisant que le cimetière se trouvait en Haut, à l'extérieur.

– Contrairement à nous, les morts ne souffrent plus du froid, n'est-ce pas ? ajouta-t-il avec un demi-sourire.

Bo lui demanda qui était enterré là-haut.

– Nos parents et les parents de nos parents, expliqua Douze. Mais aussi notre frère Dix-Sept et sa jumelle, Dix-Huit. Ils sont morts à leur naissance, il y a longtemps. Ce fut le plus triste jour de ma vie.

Bo sentit peser le chagrin de Douze et un frisson passa entre ses omoplates. Il pensa à Hama. Et à moi, sa très petite fille.

– Ne t'inquiète pas pour elles, le rassura Douze. Elles sont entre les mains de Quatre, et il ne peut rien leur arriver de mal.

Il ouvrit une trappe qui masquait un goulot de roche dans lequel avait été taillé un escalier aux marches étroites. Avec souplesse, sa torche dans la main gauche, il descendit le long de la paroi.

– C'est le passage qui mène au dernier sous-sol, dit-il à Bo. Vers le fief de Un et Deux. Attention, c'est raide.

À ce stade de la visite, mon père aurait préféré nous rejoindre et se reposer près de nous, mais il ne voulut pas contrarier l'enthousiasme de son hôte. Rentrant les épaules, il se débrouilla pour se faufiler à son tour dans le goulot.

Contre toute attente, le dernier sous-sol était aussi le plus spacieux ; on y respirait mieux qu'ailleurs.

– Bienvenue dans la grotte initiale ! s'exclama Douze avec un grand sourire. C'est ici que nos ancêtres sont descendus autrefois et qu'ils ont fondé leur premier campement.

L'escalier débouchait au cœur d'un vaste espace naturel que les pluies et les rivières souterraines avaient excavé. Une flaque d'eau stagnait en son centre, entourée d'une forêt de piliers rocheux qui faisaient penser à des totems. Les contours de la grotte se perdaient dans l'obscurité, mais Douze leva sa torche pour permettre à Bo d'admirer les dentelles minérales qui s'étaient formées çà et là sous la voûte, au gré des ruissellements.

– Le lieu sacré de nos origines…, murmura Douze avec respect.

Il esquissa un geste de la main, une sorte de salut amical adressé aux esprits invisibles de la grotte.

– Il n'y a pas de fruit sans noyau, ajouta-t-il. Nous avons toujours besoin de savoir d'où nous venons, n'est-ce pas ?

Quatre générations auparavant, plusieurs familles qui

avaient fui leur communauté, s'étaient regroupées là, juste avant l'hiver. Persécutés à cause de leurs croyances, à cause de certaines façons de vivre ou de penser, ils étaient arrivés malades, affaiblis, et traumatisés. Des femmes, des hommes de tous âges, des enfants qui marchaient à peine. Certains ne s'étaient jamais relevés, mais cette grotte avait sauvé la vie des plus résistants. Au fil du temps, les ancêtres de Douze avaient élargi leur habitat en creusant les galeries et ils s'étaient adaptés à cette vie d'ermite, sauvage, rude et souterraine.

– Chaque année, en leur mémoire, nous nous rassemblons ici pour fêter l'arrivée du printemps, commenta Douze. Le reste du temps, il n'y a guère que Un et Deux qui vivent aussi profondément sous terre.

Il désigna le fond de la salle et fit signe à mon père de tendre l'oreille.

– Tu entends quelque chose ?

– Non, avoua Bo.

– Moi non plus, admit Douze. Un et Deux sont âgés à présent. Ils ne travaillent plus comme autrefois. Allons voir.

Ils contournèrent la flaque et les stalagmites en forme de totems dressées autour, avant de se diriger vers une passerelle qui enjambait un bras de rivière presque asséché. La passerelle menait à un sursaut de roche plate et lisse qui butait apparemment sur un cul-de-sac.

– Hum… J'espère que tu vas passer, fit Douze, dubitatif, en regardant les épaules de Bo.

– Passer où ? s'étonna mon père.

– Dans l'entaille.

Douze leva une nouvelle fois sa torche et la lumière éclaira la paroi, révélant une brèche dans ce qui avait paru être un cul-de-sac : deux lèvres de pierre, une bouche entrouverte sur les ténèbres.

– C'est le seul moyen d'entrer, s'excusa Douze.

Comme mon père hésitait, le petit homme le prit par le bras.

– L'entaille conduit à l'endroit le plus secret du Bas, lui dit-il. De l'autre côté, tout au fond, se trouvent la mine et la forge.

À ces mots, mon père se crispa. D'un mouvement brusque, il dégagea son bras.

– La forge ? répéta-t-il.

– Tu es forgeron, n'est-ce pas ? lui demanda Douze.

Mon père, qui ne lui avait rien dit de son histoire, se demanda par quelle magie le petit homme des bois pouvait ainsi lire en lui, et il eut la désagréable impression d'être transparent.

– Je ne suis pas forgeron, fit mon père entre ses dents.

– Allons bon. C'est pourtant évident. Il m'a suffi de te regarder pour…

– Je ne suis pas forgeron !

Bo avait crié plus fort qu'il ne l'aurait voulu.

Douze croisa les bras sur sa poitrine, et, sourcils froncés, l'observa sans rien dire pendant un long moment. Le silence dura si longtemps que mon père finit par se sentir mal à l'aise.

– J'ai été forgeron, mais je ne le suis plus, rectifia-t-il d'une voix sourde. Je ne veux plus toucher un seul outil.

– D'accord, fit Douze.

Sans prévenir, le petit homme effectua un demi-tour, et reprit la passerelle en sens inverse.

Mais mon père, assailli d'émotions indéchiffrables, demeura pétrifié sur place, dans la pénombre qui augmentait à mesure que la lueur de la torche s'éloignait.

– Eh ! Qu'est-ce que tu attends ? lui cria Douze, énervé. Si tu nc mc suis pas, tu ne trouveras pas ton chemin pour remonter !

Bo ne bougea pas d'un centimètre. Il fixait, devant lui, l'entaille obscure.

– Je me suis trompé ! lui cria encore Douze. J'ai cru que tu étais prêt à descendre jusqu'ici. Tu ne l'es pas ! Remontons !

Le cœur de Bo battait la chamade dans sa poitrine. Il repensait à Hama évanouie sur la civière, juste après l'explosion de l'Usine. À ses poignets bandés, sur le lit de l'hôpital. Il se souvenait de la Tsarine lui confiant les herbes. «Accepte d'être celui que tu es.» («Mais qui suis-je ?» se demandait-il sans cesse.) Il revoyait les personnages de son théâtre piétiné, la violence des bottes anéantissant son travail, et il se revoyait petit, au milieu du carrefour, le jour où ses parents avaient disparu. C'était la même indécision, le même désarroi, la même impossibilité de mouvement.

– Tsell, dit-il soudain à voix haute.

Il se surprit lui-même. Mon père n'était pas encore habitué à prononcer mon nom. Il n'était pas encore vraiment mon père. Fallait-il qu'il se confronte encore et encore au feu de la forge pour le devenir ?

– Tu ne t'es pas trompé ! cria-t-il subitement à Douze.

Il leva ses mains vers la brèche qui fendait la paroi. À tâtons, il en mesura l'ouverture et tenta d'en évaluer la profondeur.

– Suis-je prêt ? murmura-t-il pour lui-même.

Et sans réfléchir davantage, il engagea ses épaules entre les lèvres de pierre.

À force de contorsions, Bo parvint à faire passer sa large carrure à travers l'entaille.

Quand Douze le rejoignit de l'autre côté, il vit que mon père était couvert de poussière noire et d'égratignures ; fasciné, il contemplait, de loin, le cœur en fusion qui bouillonnait au centre de la forge. Un puits de feu.

– Quand nos ancêtres ont découvert cet endroit, lui expliqua Douze, ils ont cru être arrivés au centre de la terre. Ou en enfer.

– Ils n'ont pas eu peur ? demanda mon père.

– Bien sûr que si. Tout le monde a peur.

La torche de Douze était devenue inutile, il l'éteignit. Le puits en fusion éclairait la cavité mieux qu'un soleil, et même à cette distance, Bo sentait déjà cuire la peau de son visage.

– Impossible de s'en approcher sans protection, lui confirma Douze. Au centre, l'énergie est trop forte. Où est Deux ?

Il le chercha du regard, et finit par apercevoir, dans un recoin à l'autre bout de la forge, une forme recroquevillée dans un fauteuil. C'était Deux qui somnolait.

À la différence de ses frères et sœurs, le visage du vieux

forgeron avait pris, au fil des années passées près du feu, la teinte du cuivre. Il ouvrit un œil en sentant la présence des deux hommes.

– Je t'ai amené l'un de nos *invités*, l'informa Douze.

– Par tous les saints ! Un *invité* ? s'étonna Deux.

Bo comprit que le monte-plats ne servait pas d'interphone jusqu'au dernier sous-sol et que Un et Deux vivaient, la plupart du temps, coupés du reste de la famille.

Mon père s'inclina devant le vieux petit homme. Son visage couleur de rouille lui rappelait celui des maîtres de forges qu'il avait côtoyés autrefois, dans la communauté où il avait trouvé refuge ; il éprouva pour lui une sympathie immédiate.

À son tour, Deux le salua en posant une main sur son cœur, et sourit devant sa large carrure.

– Une chance que tu aies réussi à passer dans l'entaille, dit-il.

– Il était prêt, constata Douze.

Deux étira ses membres ankylosés et bâilla.

– Pour l'instant, j'ai sommeil, dit-il. Reviens demain. On verra ce que tu sais faire.

Mon père détailla les outils accrochés derrière lui, un peu partout, aux parois de la cavité, les marteaux, les poinçons, les étampes, les tenailles, les crochets. Combien de fois, depuis la destruction de son théâtre d'ombres, s'était-il promis de ne plus rien fabriquer ? Il ouvrit ses grandes mains et les observa attentivement.

– Je viendrai, promit-il.

– Bien, fit Douze en rallumant sa torche. Reste à trouver Un. Suis-moi.

Et mon père, une fois encore, n'eut pas d'autre choix que d'obéir à son guide.

L'entrée de la mine communiquait avec la forge. C'était un filon noir et sale, étayé par des poutres centenaires, et où plus personne (à part Un) ne s'aventurait jamais. D'après Douze, leurs ancêtres en avaient extrait le minerai jusqu'à l'épuisement. Assez de fer et de plomb pour pouvoir fabriquer les ustensiles (lames de couteau, chaudrons, pelles, haches) dont la famille se servait toujours, si bien qu'à mesure des années, les fonctions de Un et Deux étaient devenues symboliques.

De temps en temps, Un remontait quelques kilos de matière brute que Deux passait par le feu et fondait. De temps en temps, il fallait bien remplacer un manche, un pied de marmite, une lame émoussée. Mais bientôt, leur savoir-faire disparaîtrait et mon père devina qu'il en serait ainsi pour celui de chaque membre du clan, puisque aucun enfant ne venait plus au monde. Sans enfant, à qui transmettre ce que l'on sait ?

– Au début, l'isolement a sauvé la vie de notre famille, soupira Douze. Maintenant, l'isolement nous conduit vers notre perte.

– Aucun d'entre vous ne songe à partir ? demanda Bo.

– Sur leur lit de mort, nos parents nous ont fait jurer de rester ensemble, dit Douze. Depuis, nous tenons notre promesse, par respect pour eux…

Bo poussa un soupir admiratif, mais Douze fit la grimace.

– Non, non, cela n'a rien d'admirable ! se défendit-il. Il faut l'avouer, la vérité est plus triste… L'histoire de nos ancêtres s'est inscrite dans notre mémoire si profondément que nous n'osons plus quitter ce refuge. Ils ont été chassés et persécutés. Et aujourd'hui, même si rien de réel ne nous menace, nous avons peur du reste du monde. Nous *croyons* qu'il faut rester cachés.

– Même toi ?

– Eh oui. Même moi.

Ils dénichèrent Un au fond d'une voie, dormant contre le flanc d'une petite berline où s'entassaient quelques grammes de minerai. Bo ne réalisa pas immédiatement que Un était une femme. Dans la lueur de la torche, son visage lui apparut d'abord complètement noir ; seules les rides de ses joues se craquelaient en méandres plus clairs à la surface. Mais quand Douze la secoua, elle ouvrit les yeux et deux billes bleues percèrent l'obscurité.

– Oh pardon, je faisais un petit somme ! s'écria-t-elle. Je me remets au travail tout de suite !

– Non, attends, répondit Douze en riant. Je suis seulement venu te présenter un nouvel *invité*.

– Ça alors, fit Un en réalisant que Bo se tenait là, à croupetons devant elle. Je n'en ai pas vu depuis…

– Longtemps ! compléta Douze.

– Une chance qu'il soit passé dans l'entaille, sourit Un.

– Il était prêt, répéta Douze. Dès demain, il viendra travailler avec Deux.

Un observa mon père de ses yeux bleu vif.

– Je te fournirai la matière première, dit-elle.

– Merci, dit Bo.

– C'est une tâche naturelle pour une vieille femme, assura Un.

Elle désigna la pioche et la pelle posées sur le sol, près de ses jupes noircies.

– Nous commencerons par le minerai de plomb, bien sûr.

– Bien sûr, reprit Douze.

– Bien sûr, répéta mon père.

7

LE POSSIBLE ET L'IMPOSSIBLE

Au début, je n'ai pas vu la lumière du jour ; je vivais dans les lueurs mouvantes du feu. Le plafond bas de la chambre était mon ciel, les torches fabriquées par Six étaient mes étoiles, et ma mère, mon univers tout entier.

Je m'endormais contre le moelleux de sa poitrine. J'accordais les battements de mon cœur aux battements de son cœur, et mon corps était à peine distinct de son corps. Je vivais contre elle, à travers elle ; je n'avais pas conscience de moi-même et je flottais.

Qu'elle n'ait pas de mains ne me gênait pas. Elle me touchait avec toute sa peau, sa bouche, son ventre, sa gorge. Par ailleurs, Quatre lui avait enseigné l'art de m'habiller et de me déshabiller avec les dents.

– Fais comme les louves, lui recommandait la minuscule couturière.

– Les louves ne mettent pas de bonnets à leurs louveteaux, objectait Hama.

– Si elles devaient mettre un bonnet à leurs louveteaux, elles ne s'y prendraient pas autrement ! répondait Quatre.

Pour l'exemple, elle mordait dans le vêtement qu'elle avait tricoté pour moi, elle secouait la tête avec vigueur en poussant des cris de bête, puis elle partait dans de grands éclats de rire.

Le rire de Quatre était si puissant qu'il consolait de toutes les peines, de toutes les difficultés. Hama se disait parfois qu'elle avait trouvé en elle mieux qu'une mère.

De temps à autre, les mains de mon père m'arrachaient à l'univers moelleux de ma mère. Je quittais son orbite, et ma joue rencontrait soudain la poitrine sèche de Bo. Il disait mon nom avec douceur – *Tsell, Tsell* – mais ses bras avaient quelque chose de dur, de métallique, et je sentais sur lui l'odeur de la forge. Mon père était à lui seul un autre cosmos, une promesse étrange, vaguement effrayante.

Sous la terre, au milieu de la famille de Douze, Hama se sentait davantage en sécurité qu'auparavant. Nourrie, abritée, guidée par Quatre, d'une certaine façon, elle ne manquait de rien. Elle regrettait pourtant cette parenthèse de vie sauvage et libre, juste avant ma naissance, quand Bo ne s'éloignait jamais d'elle plus d'une heure, le temps d'aller couper du bois. Si à l'époque de l'Usine, c'était Bo qui avait souffert d'être séparé d'elle, c'était elle qui, désormais, supportait mal ses absences.

– Je travaille à quelque chose, lui expliquait Bo lorsqu'il remontait de la forge. Quelque chose d'important.

– Tu me manques, disait Hama. J'aimerais tellement descendre pour te regarder travailler !

Mais Bo ne voulait pas qu'elle vienne. La forge était un endroit dangereux, disait-il. Et lorsque ma mère lui rappelait combien d'endroits dangereux elle avait fréquentés (l'Usine, les ravins, les forêts !), il disait « oui, c'est vrai, mais ce n'est plus pareil ».

– Parce que maintenant, lui rappelait-il, tu es une mère.

– Et alors ? grognait Hama.

– Alors tu n'as plus le droit de prendre des risques, disait Bo.

– Et toi ? s'énervait Hama.

– Moi, j'ai le devoir d'en prendre, disait-il en appuyant sur le mot « devoir », ce qui irritait profondément ma mère.

Depuis qu'il avait laissé Hama dans l'Usine le matin de l'explosion, Bo était obsédé par une idée simple et impossible : réparer l'irréparable.

Il avait tenté de le faire avec son théâtre d'ombres. À présent, il tentait de le faire autrement. Mais quand Hama lui demandait de lui dire ce qu'il fabriquait en bas du Bas, il secouait la tête. C'était un secret. Une surprise pour elle.

En Haut, l'hiver était arrivé pour de bon. La forêt était figée sous une croûte de glace aussi dure que du béton ; dessous, la nature s'était momifiée.

Parmi les nombreux frères et sœurs de Douze, seul Dix, qui était chasseur, s'aventurait encore à l'extérieur. Par le pire des blizzards, il s'enroulait dans des couches et des couches de vêtements, gravissait les cent dix-sept marches de l'escalier, fixait des raquettes à ses pieds, arrimait un traîneau à ses hanches, armait son fusil et, ainsi harnaché, quittait le nid.

Dix s'absentait parfois des jours entiers, avant de revenir, couvert de neige, des glaçons plein sa moustache, traînant derrière lui le cadavre d'un yack déjà congelé. Deux semaines de viande ! Treize et Neuf étaient aux anges. Ils affûtaient leurs couteaux en rêvant aux pot-au-feu, aux ragoûts, aux pâtés en croûte qu'ils allaient confectionner.

Et quand, agacés par l'odeur, la chienne Charbon et ses petits venaient rôder près des cuisines, les deux frères leur jetaient les bas morceaux.

Tant que l'hiver sévissait en Haut, les autres membres de la famille restaient confinés en Bas. Quatorze tannait les peaux, Onze réparait et fabriquait les chaussures, Seize façonnait les pots et tressait les paniers, Quinze cultivait les lombrics et les chanterelles, Sept observait les nuages, Trois écrivait et recomposait sans cesse la légende familale, Quatre cousait et recousait…

Pendant ce temps, ma mère s'ennuyait.

J'avais beau être là, pendue à son sein comme un filet de pêche à un bateau, Hama se sentait triste et seule.

– Nous sommes toujours seuls, lui enseignait Quatre. Pourquoi être triste, puisque c'est inévitable ?

– Ce n'est pas inévitable ! répliquait ma mère. Si Bo n'était pas tout le temps à la forge…

– Tu te croirais moins seule, l'interrompait Quatre, mais tu le serais tout autant.

– C'est facile à dire pour toi, avec ta ribambelle de frères et sœurs ! râlait Hama. Moi, je n'ai ni frère ni sœurs. Je n'ai que Bo.

Elle caressait le museau de Safran, la tête d'Ivoire ou celle de Cachou. La présence des chiots ne comblait pas non plus le trou qu'elle sentait s'élargir en elle.

– Crois-tu vraiment que Bo t'appartienne ? s'étonnait Quatre. D'après moi, nous n'appartenons à personne qu'à nous-mêmes.

C'était le genre de remarque qui agaçait ma mère, le genre de conversation qui lui mettait les nerfs en pelote.

– On voit bien que tu n'as jamais eu d'amoureux ! disait-elle à Quatre. Bo avait promis de ne jamais me quitter.

– A-t-il manqué à sa promesse ?

– Oui ! Enfin, non… Je ne sais pas.

– Si tu veux mon avis, c'est autre chose qui te manque, diagnostiquait Quatre.

Et bien entendu, elle avait raison.

– Si seulement j'avais mes mains, admettait ma mère, je m'ennuierais moins. Tu m'apprendrais à coudre et à recoudre. J'aiderais Seize à tresser des paniers. Je dessinerais, je…

– Fais comme les louves, commençait Quatre.

Ma mère la foudroyait du regard.

– Je ne suis *pas* une louve !

– Oh que si ! s'exclamait Quatre en riant. Regarde : on dirait que tu vas me mordre !

Au comble de l'énervement, Hama ouvrait la bouche en grand. Ses dents claquaient dans le vide et après, elle avait juste envie de pleurer.

– Tout est une question d'apprentissage, répétait inlassablement Quatre. La solitude s'apprivoise, comme le reste. Veux-tu apprendre ?

– Non !

Pour mettre fin aux leçons de Quatre, ma mère lui tournait le dos, roulée en boule sur le lit. Elle s'endormait et faisait des rêves.

Dans ses rêves, Hama me perdait.

Je glissais de ses bras, je lui échappais comme si j'étais devenue liquide, et je tombais dans des trous, des failles, des crevasses.

Elle me cherchait partout comme une folle, en hurlant mon nom. Quand elle se réveillait en sursaut, le cœur palpitant, elle me retrouvait toujours contre elle, pendue à son sein, mais elle mettait plusieurs minutes avant de se sentir totalement rassurée.

Jamais elle n'aurait imaginé que devenir mère soit si compliqué.

– Devenir mère, oh oui, c'est une chose, disait Quatre. Mais c'est devenir soi-même qui est le plus difficile. Veux-tu apprendre ?

Hama levait les yeux au ciel. Apprendre, apprendre, apprendre ! Quatre n'avait que ce mot à la bouche. Quel ennui !

En bas du Bas, dans la forge, Bo apprenait aussi.

Très vite, la matière première fournie par Un s'était

révélée de mauvaise qualité : de grossiers cailloux, des mottes informes et pleines d'impuretés. Le peu de métal que Bo parvenait à en extraire s'évaporait, s'écoulait trop vite, et se perdait dans les flammes. Il mettait des heures et des heures pour obtenir de malheureuses billes de mauvais plomb. À la fin, il retirait son tablier, ses gants, ses lunettes et jetait tout par terre.

– Comment veux-tu que je fabrique quelque chose à partir de rien ? criait-il à Deux en secouant le creuset où tintaient les billes inutiles.

Le vieux forgeron l'observait de loin, ratatiné dans son fauteuil.

– En effet, admettait-il. À moins d'être Dieu en personne, c'est impossible.

– Alors ? Comment faut-il faire ? demandait Bo.

– Je ne sais pas, disait Deux, vaguement amusé. Cherche.

Lorsqu'il avait appris à forger autrefois dans son ancienne communauté, Bo ne s'était jamais soucié de la matière première. Elle lui était offerte. Il ne savait même pas d'où elle provenait.

– Il m'en faut beaucoup plus ! disait-il à Un, quand la vieille femme déversait le contenu de sa berline sur le sol de la forge.

– Je fais de mon mieux, s'excusait-elle. Le filon s'est appauvri. Et moi, je suis fatiguée.

Bo triait les pierres répandues sur le sol. La plupart étaient stériles, le reste filait en poussière entre ses doigts.

– Comment veux-tu que je réalise ce que je souhaite avec *ça* ? soupirait-il.

Son insatisfaction grandissant, il entra dans des colères de plus en plus violentes.

Il tapa du pied, proféra des gros mots, donna des coups de poing dans les marmites, maudit Un, maudit Deux (ainsi que tous leurs ancêtres sur quatre générations), et se brûla plusieurs fois avec les tenailles qu'il oubliait dans le feu.

– Quelle belle énergie ! s'amusait Deux, les bras croisés sur la poitrine. Dommage qu'elle se perde en gesticulations…

Bo restait sourd aux remarques du vieux.

Aveuglé par son idée fixe, il était incapable de réfléchir calmement à la façon d'atteindre son objectif. Il tournait en rond, se cognait contre les choses, rugissait comme un lion en cage, et finissait par jurer qu'il ne remettrait plus les pieds dans la forge si Un s'obstinait à lui apporter des matériaux pareils.

Cela dura jusqu'au moment où, à bout de patience, Bo s'empara d'une pioche, d'une pelle, d'une torche, et se tourna vers Deux.

– Je vais y aller moi-même, au fond de cette fichue mine ! s'exclama-t-il. On verra bien si le filon est épuisé !

– À la bonne heure ! l'encouragea Deux.

Le vieux forgeron déplia ses membres endoloris par les rhumatismes, et plongea une main sous son fauteuil. Mais le temps qu'il attrape la gourde pleine d'eau qu'il voulait lui donner, Bo avait déjà quitté la forge.

Mon père entra dans la mine tête baissée, au pas de charge, et s'enfonça loin dans les ténèbres. Il avança sans réfléchir, et sans penser à protéger sa torche des courants d'air. Lorsqu'elle s'éteignit subitement au croisement de deux galeries, il se retrouva dans l'obscurité, et sa colère s'éteignit aussi.

Quelque chose de froid l'enveloppa, et un silence épais lui boucha les oreilles. Il s'aperçut qu'il n'avait pas emporté d'eau. Il réalisa qu'il n'avait rien à manger.

– Un ? appela-t-il.

Par sa propre faute, mon père se trouvait à présent seul, perdu au cœur d'un labyrinthe de couloirs branlants et poussiéreux. Il poursuivit son chemin plus lentement, et finit par buter sur le fond de la dernière galerie creusée par les ancêtres de Un. Là, il comprit qu'il avait été trop loin et que personne ne viendrait le chercher.

Il s'assit par terre.

Pendant un moment, il se demanda ce qu'il faisait là.

– Deux ! cria-t-il.

Sa voix lui revint comme un boomerang ; il en resta presque assommé.

« Quel orgueil, se demanda-t-il, quel orgueil m'a poussé jusqu'ici, sans eau ni nourriture ? »

Il pensa à Hama et se rappela ce qu'il voulait faire : réparer l'irréparable. Ce n'était pas raisonnable, mais c'était la seule façon pour lui d'aimer encore ma mère. Ou plus exactement, c'était le seul moyen qu'il envisageait pour ne pas se haïr lui-même, ce qui revenait au même.

À l'instinct, il se remit en route. Caressant du bout des doigts les parois irrégulières des galeries, il chercha un gisement oublié, une couche sédimentaire qu'aucune pioche n'aurait encore entamée.

Après une longue errance, il finit par trouver une veine apparemment intacte et prometteuse.

Il vérifia les poutres qui étayaient les murs tout autour. Elles lui semblèrent assez solides, alors il leva sa pioche et attaqua la roche.

Il travailla pendant longtemps, dans des positions inconfortables. Accroupi, à genoux, en tailleur. Torse nu et seul. Sans rien boire ni manger.

Le plafond de la galerie s'effritait sur sa tête, et à mesure qu'il creusait, des blocs de plus en plus gros se détachaient, soulevant des nuages de poussière qui lui piquait les yeux. Il toussait jusqu'aux larmes, à demi asphyxié, mais c'était le prix à payer (croyait-il) pour obtenir un minerai de bonne qualité.

Là-bas, dans la forge, Deux souriait toujours dans son fauteuil. Il entendait, venant de très loin, les coups portés par Bo au fond de la veine ; il sentait même vibrer la terre jusque dans sa colonne vertébrale.

– À la bonne heure, murmurait-il avec malice. À la bonne heure...

J'ignore combien de temps s'écoula avant que mon père ne réussisse à sortir de la mine, fourbu, le visage noir, mais poussant devant lui une berline remplie à ras bord.

Deux, qui avait fini par s'endormir la nuque cassée sur un bras du fauteuil, fut brutalement réveillé par le fracas des pierres déversées sur le sol, juste à ses pieds.

– Eh ! lui lança Bo. Qu'est-ce que tu dis de ça ?

Deux se frotta les yeux, s'étira, et contempla l'amas de

minerai qui s'élevait près de son fauteuil. La veine avait rendu des blocs de galène compacts et dentelés au cœur desquels le métal scintillait : une matière première tout à fait remarquable.

Deux tendit la gourde pleine d'eau à mon père, qui la vida d'un trait.

– Alors, ça y est ? demanda Deux. Tu as fini de râler ? Tu as fini de cogner comme un sourd ? Je peux me rendormir ?

Estomaqué, Bo lui rendit la gourde. Ce vieux était-il sérieux ? Il venait de réchapper aux ténèbres labyrinthiques de la mine, il avait failli y laisser sa peau, et la seule chose qui préoccupait Deux, c'était de se *rendormir* ?

Il regarda autour de lui sans savoir quoi dire. Il n'avait même plus la force de s'indigner.

– Tu attends peut-être que je te félicite ? s'enquit Deux. C'est ça ?

Bo hésita un instant, puis hocha la tête.

– Tu n'as fait que ton travail, déclara Deux, froidement. N'attends pas de moi que je sois satisfait à ta place. La satisfaction doit venir de toi-même.

Ayant dit cela, il rabattit un plaid miteux sur ses genoux, se pelotonna dans son fauteuil, et chassa Bo d'un geste.

– Va dormir, maintenant. Dans cet état, tu ne forgeras rien de bon.

Tel un somnambule, Bo se glissa dans l'entaille, la traversa en s'écorchant les coudes, déboucha de l'autre côté, grimpa l'escalier raide comme une échelle, et remonta ainsi au quatrième sous-sol, totalement K.-O.

Dans la chambre d'amis, il nous trouva, ma mère et moi, déjà endormies. Il était si sale qu'il n'osa pas toucher les draps, et si fatigué qu'il s'endormit sur le tapis, par terre, avec la chienne Charbon et ses petits.

Quand ma mère ouvrit les yeux le lendemain, Bo était déjà redescendu à la forge. Seules quelques traces de poussière noire restaient sur le tapis. Les contours de sa solitude.

Ce jour-là, enfin, mon père put extraire une quantité suffisante de métal pour fondre ce qu'il souhaitait fondre, pour forger ce qu'il souhaitait forger.

Actionnant les soufflets du fourneau, il broya, réduisit, mélangea, chauffa, trempa, cingla longuement les pièces sur l'enclume pour en faire sauter les scories, puis chauffa de nouveau à blanc, au rouge, burina, lamina, dégorgea et recalcina le métal, tandis que Deux, impassible dans son fauteuil, ne le quittait pas des yeux.

Ces opérations se succédèrent et se répétèrent, des jours durant, sans qu'aucun mot fût prononcé. La forge respirait au rythme des soufflets, et Bo respirait avec elle. Les muscles de ses bras cuisaient en même temps que le métal ; la chaleur était intenable.

Quelque temps plus tard, alors que l'hiver avait vissé son couvercle de neige sur la terre et que plus rien ne semblait vivre au-dehors, Bo trempa une dernière fois les pièces qu'il avait façonnées, avant de les déposer, encore fumantes, sur l'enclume. Ce qu'il avait extrait des entrailles de la terre était à présent totalement transformé.

– J'ai fini, déclara-t-il à haute voix.

– Bah ! On ne finit jamais rien, maugréa Deux, les yeux mi-clos.

Bo n'entendit pas. Il vérifia et revérifia les moindres détails de sa création, soufflant dessus pour ôter une poussière, frottant une parcelle minuscule pour en parfaire la brillance, osant même un dernier coup de marteau sur un angle qu'il jugeait un peu trop aigu.

– Mais oui, j'ai fini, répéta-t-il.

– Si tu veux, soupira Deux.

Bo était ébloui et impatient.

Il n'avait plus qu'à offrir sa surprise à Hama : deux mains de métal aux doigts fuselés. Deux mains artificielles pour remplacer les mains de chair qu'elle avait, par sa faute, perdues dans les rouleaux du laminoir, à l'Usine. Deux mains articulées avec la même précision que les silhouettes de son théâtre d'ombres. Des prothèses de plomb qui, espérait Bo, auraient pour Hama la légèreté d'une libération.

Ma mère accepta le cadeau de mon père ; elle enfila les mains de plomb.

– C'est lourd ? s'inquiéta Bo.

– Très, avoua Hama.

– Tu vas t'y habituer, dit-il. Bientôt, elles feront partie de toi, et tu ne les sentiras plus.

– Tu crois ?

– Oui.

Ma mère voulut le croire ; elle lui sourit.

Elle admira la finesse du travail, la précision avec laquelle

Bo avait reproduit chaque articulation, et l'ingéniosité du mécanisme qui devait lui permettre d'utiliser les doigts de plomb comme ceux d'une main véritable.

– Ça semble un peu difficile, mais tu vas vite apprendre à t'en servir, la rassura Bo. Pense à la Tsarine !

Hama revit la tenancière du cabaret, fière et debout, sur la scène du *Castor*. Combien de temps lui avait-il fallu, combien d'heures de souffrance, avant de se redresser enfin ?

– Tout est une question d'apprentissage, je suppose ? soupira Hama en cherchant le soutien de Quatre.

La petite femme, qui s'était écartée pour laisser Bo avec Hama, se rapprocha enfin. Elle contempla les choses en métal qui pendaient, inertes et lourdes, aux poignets de sa protégée.

– Dans la ville d'où nous venons, lui expliqua Hama, il y avait une ancienne trapéziste. Elle marchait sur des jambes mécaniques.

– C'est grâce à elle que j'ai eu l'idée de te fabriquer des mains, enchaîna Bo. J'y réfléchis depuis des mois.

Il eut envie d'ajouter qu'il avait failli renoncer, qu'il avait manqué se perdre dans les ténèbres et mourir asphyxié dans la mine pour obtenir la matière nécessaire à la fabrication des prothèses, mais il se ravisa. La peine qu'il s'était donnée ne serait jamais à la hauteur de la faute qu'il voulait effacer.

L'un après l'autre, les membres de la famille défilèrent auprès de ma mère pour voir ses nouvelles mains. Douze les examina avec attention. À cause de leur poids et des frottements, il craignait que les prothèses n'occasionnent des blessures à l'endroit où elles s'emboîtaient aux poignets de Hama.

– Hum… Il faudra désinfecter souvent, recommanda-t-il. Je te donnerai des pommades. Je fabriquerai un onguent spécial pour toi.

– Je te tricoterai des manchons, proposa Quatre à ma mère. Tu les enfileras dessous. Ils te protégeront.

– Il vaudrait mieux des manchons de cuir, fit remarquer Quatorze. Je tannerai quelques pièces solides pour toi.

– Et moi, je les assemblerai, dit Onze.

– Tu viendras dans mon atelier, ajouta Seize. Tu t'entraîneras à actionner tes doigts, à pétrir la terre, à palper, à serrer. Dans peu de temps, je parie que tu arriveras même à tresser des brins d'osier.

Au fond d'elle, ma mère n'était pas si enthousiaste. Saisir des brins d'osier demandait une telle habileté ! Comment les deux boulets qui pendaient au bout de ses bras pourraient-ils y parvenir ? Mais elle n'osa pas montrer ses doutes et promit à Seize de lui rendre visite.

– Tu viendras aussi dans mon atelier, dit Cinq. Avec des mains pareilles, tu pourrais frapper sur mes tambours comme personne… Je t'apprendrai !

– Et nous pourrions avoir besoin de toi en cuisine, ajoutèrent Treize et Neuf. Pour ramollir les biftecks !

Dans un grand brouhaha, chacun se mit à rêver aux futurs exploits de ma mère. Huit prétendit qu'elle pourrait tailler ou clouer des planches (à « mains nues » !), Quinze suggéra qu'elle s'occupe de ses araignées (elle ne risquerait aucune piqûre !), et Dix-Neuf se demanda comment et de quelle couleur vernir joliment ses ongles en métal.

– Une nouvelle page de l'histoire du clan est en train de

naître ! s'exclama Trois avec lyrisme. Je pourrais l'intituler… voyons… *La Légende de la femme aux mains d'or* ! Qu'en dites-vous ?

Soudain inspiré, il leva les yeux et improvisa quelques vers.

– *Alors qu'il gelait au-dehors*
Le clan rassemblé vit éclore
Le cœur de la femme aux mains d'or !

Des applaudissements fusèrent ; flatté, Trois esquissa une révérence.

– Mais… ce ne sont pas des mains en or, objecta ma mère.

– La poésie a le pouvoir de tout embellir, se justifia Trois.

– Peut-être, mais ce n'est pas de l'or…, répéta Hama à voix basse.

Au milieu des conversations qui reprenaient de plus belle, seul mon père entendit son murmure.

« Elle a raison. Ce n'est pas de l'or », pensa-t-il, mortifié.

Il baissa les yeux et regarda ses propres mains : ses pognes d'ouvrier métallo. Il se souvint qu'un soir, au *Castor Blagueur*, Malakie lui avait dit qu'il n'était pas magicien. *Tu es seulement un ouvrier, comme nous autres.*

Malakie avait raison. Les mains de plomb qu'il venait d'offrir à Hama, si finement travaillées soient-elles, étaient l'œuvre d'un ouvrier, d'un tâcheron. Pas celle d'un magicien.

Et tandis que Hama faisait bonne figure au milieu des autres, mon père se sentit accablé de tristesse. Que lui manquait-il pour être le magicien qu'il rêvait d'être ? Que lui manquait-il pour réussir à changer le plomb en or ?

8

L'INTÉRIEUR ET L'EXTÉRIEUR

Dès que Hama eut accepté les mains forgées par mon père, elle fit de son mieux pour les utiliser et je perdis le contact moelleux que j'avais avec elle. *De séparation en séparation, ainsi va la vie.* Même si je continuais de boire à son sein, il y avait toujours un moment où quelque chose de lourd et de froid s'interposait entre elle et moi. Une barrière de plomb.

Ses nouvelles mains me portaient, me berçaient, me tenaient, m'habillaient et me déshabillaient, me lavaient. Elles effectuaient des gestes de plus en plus précis, de plus en plus efficaces. Mais où était la douceur ? Où était la chaleur vivante et fragile de ma mère ?

D'après Quatre, c'est à cause de cela que je suis tombée malade : à cause de cette perte de contact. Mais Douze, qui avait touché mon front le jour de ma naissance sous l'abri de roche, affirma que je portais déjà la maladie en moi. Selon lui, j'étais née avec.

Mes étranges symptômes se manifestèrent peu avant la fin de l'hiver.

Hama, qui avait reconquis une grande part de son autonomie, décida un jour de descendre à la forge, contre l'avis de Bo, et sans en avertir personne.

Elle m'enroula dans le châle que Quatre avait cousu à cet effet (« Porte ton enfant comme les kangourous », disait-elle à ma mère) et elle en noua les extrémités dans son dos. Ainsi sanglée, bien serrée contre sa poitrine, je ne risquais pas de tomber, et ma mère gardait les mains libres.

En toute discrétion, elle gagna la trappe d'accès qui menait au dernier sous-sol. Elle la souleva, s'engagea dans l'escalier avec prudence, le descendit, et arriva dans la grotte initiale ; c'était la première fois qu'elle s'aventurait aussi profondément sous terre. Se rappelant les descriptions que Bo lui avait faites, elle reconnut les stalagmites en forme de totems. Elle les contourna, trouva la passerelle, atteignit le sursaut de roche, et enfin, l'entaille.

À la lueur de sa torche, elle examina l'étroit passage. Si les épaules de Bo pouvaient s'y faufiler, ses épaules menues passeraient sans difficulté. Y compris avec un bébé.

Ma mère traversa donc l'entaille avec moi.

Quand elle déboucha de l'autre côté, dans la forge, la chaleur la suffoqua.

Bo se tenait debout près du fourneau. Occupé à chauffer, dissoudre et calciner, il lui tournait le dos. Depuis que Hama avait adopté ses mains de plomb, mon père n'éprouvait ni satisfaction, ni soulagement. Au contraire, il était chaque jour plus taciturne, plus soucieux, plus absent. Que cherchait-il encore à extraire des flammes ? Après quel rêve insensé courait-il ? Hama l'ignorait. Tout ce qu'elle savait, c'est qu'elle était malheureuse et vaguement jalouse de cet endroit qui retenait Bo loin d'elle.

À l'autre bout de la cavité, elle aperçut le fauteuil où Deux était recroquevillé, immobile comme une souche. Sans doute dormait-il.

Ma mère dénoua le châle où j'étais emmaillotée, me prit dans ses bras, et, gardant ses distances avec le puits de feu, s'avança vers le recoin où dormait Deux.

Assourdi par les ronflements puissants du soufflet, Bo n'entendit rien quand le vieux forgeron ouvrit un œil et s'exclama :

– Mince alors, de la visite ! La jeune *invitée* et son *bébé* !

– J'avais envie de voir l'endroit où Bo travaille, lui expliqua Hama. Je voulais…

– Tu voulais voir le lieu où il a forgé tes mains, ajouta Deux en désignant les prothèses fixées à ses poignets.

– C'est ça, dit ma mère.

Elle jeta un coup d'œil vers le fourneau. Avec son tablier de cuir, ses gants et ses lunettes de protection, Bo ressemblait à l'ouvrier qu'elle avait connu à l'Usine, avant l'explosion, avant l'hôpital, avant le théâtre d'ombres, avant tout ça. Elle se souvint des matins où elle l'attendait, tellement impatiente, devant sa machine. Elle se souvint de sa démarche nonchalante, de son regard enfantin et de la légèreté de son sourire ; à présent, Bo marchait voûté, la tête dans les épaules, et souriait rarement. Pourquoi fallait-il, se désola ma mère, que les instants de bonheur passent si vite ?

– Le dernier bébé que j'ai tenu sur mes genoux, c'était Dix-Neuf, soupira Deux avec nostalgie. Lointaine époque !

– Vous voulez tenir Tsell un instant ? lui proposa Hama.

Le vieux forgeron se redressa contre l'assise du fauteuil, et déplia ses membres rouillés.

– Tu en es sûre ? dit-il, tremblant d'émotion. Je peux ?

Sans hésiter, Hama me posa sur les genoux de Deux. Elle venait de remarquer une paire de lunettes de protection et un tablier de cuir suspendus à un clou ; elle mourait d'envie de rejoindre Bo au cœur de la forge.

– Vas-y, l'encouragea Deux. Je garde ta petite.

Hama s'équipa, puis marcha vers le feu.

Tandis que l'haleine de la forge saturait ses poumons de particules métalliques, le bruit et la chaleur enveloppèrent son corps d'un halo familier. Elle s'arrêta pour fermer les yeux. Un bref instant, elle se crut de retour à l'Usine. Chez elle.

Quand Bo remarqua sa présence, il tressaillit. Derrière les verres teintés de ses lunettes, Hama lui apparaissait en négatif, nimbée d'éclats rougeoyants. Belle et triste, pareille à une étoile morte. Cette vision lui coupa le souffle. Il lâcha ses outils et la chaîne du soufflet.

Ma mère fit encore quelques pas et s'arrêta près de lui.

« Me pardonnera-t-elle jamais ? » se demanda Bo.

Et lentement, comme en réponse à la question qu'il n'avait pas posée, elle lui ouvrit ses bras.

J'ignore combien de temps mes parents restèrent enlacés, cœurs battants, dans cette chaleur infernale. Ce que je sais, c'est qu'au moment où ils se retournèrent vers le fauteuil, Deux était en train de jouer avec moi.

Le vieux forgeron m'avait soulevée dans ses bras encore costauds, et me faisait voler autour de lui en riant. Son ombre, projetée sur les parois de la forge, était démesurément agrandie. Et au bout de ses bras, la mienne l'était aussi. Sauf que cette ombre n'était pas celle d'un bébé… Sur le mur de la forge, on aurait dit que Deux jouait avec un animal : j'avais une queue, des pattes, des oreilles pointues.

Hama poussa un cri.

Mon ombre était celle d'un chiot.

– Par tous les saints…, murmura Deux, en réalisant ce qui se passait.

Dans un même élan, Bo et Hama se précipitèrent vers lui et m'arrachèrent à ses bras. Ce qu'ils venaient de voir n'avait pas de nom. Pas d'explication, ni de cause naturelle.

Ils me gardèrent serrée entre eux, à l'abri de la lumière, espérant avoir fait un mauvais rêve. Mais quand mon père me souleva de nouveau en l'air, le cauchemar recommença : l'ombre qui, cette fois, se dessina à la place de la mienne sur le mur fut celle d'un oiseau de nuit. Un hibou, une chouette. Et chaque fois que mon père répéta l'expérience, sous les yeux effarés de ma mère et du vieux forgeron, mon ombre prit une forme différente – celle d'un lièvre, d'un cygne, d'un crocodile.

Entre les mains de Bo, je demeurais ce bébé souriant que j'étais, et pourtant, la silhouette découpée sur le mur n'avait pas une apparence humaine. Comme si j'avais été, à moi seule… un zoo, une ménagerie entière. Une ménagerie changeante, semblable à celle qu'inventait la mère de Bo avec ses mains, quand il était petit, et dont il peuplait sa solitude, les nuits où Hama travaillait à l'Usine.

Malgré la chaleur de fournaise qui régnait dans la forge, ma mère se sentit glacée jusqu'aux os. Elle venait de se rappeler les mots de l'ancien chef d'équipe et le doigt accusateur qu'il avait pointé vers son ventre : *L'enfant que tu portes est maudit !*

Bo me plaqua contre lui. Il me couvrit de ses bras, comme pour y étouffer les ombres qui s'échappaient de mon corps. Lui se rappelait qu'après l'explosion de l'Usine, les médecins avaient soupçonné des cas d'empoisonnement parmi la population. Une brève rumeur avait même couru au sujet de maladies fulgurantes. De malformations jamais répertoriées.

– Et si c'était à cause des produits chimiques ? dit-il.

Hama eut un haut-le-cœur. Elle se revoyait passer, soir et matin, à travers le hangar où étaient stockés les fûts toxiques, sur lesquels étaient peintes des têtes de mort, et auxquels, par habitude, elle ne prêtait plus attention.

– Tu penses… à des effets secondaires ? demanda-t-elle.

– Peut-être ? fit Bo, complètement perdu.

Le désarroi de mes parents causa de la peine à Deux.

– En Bas comme en Haut, toutes sortes de choses extraordinaires se produisent, dit-il pour essayer de les rassurer. On a peur de ce qu'on ne comprend pas. Mais c'est justement la peur qui nous empêche de comprendre… Vous comprenez ?

Incapables de réfléchir, mes parents firent signe que non.

– Bon, allez plutôt consulter mon frère Sept, leur conseilla-t-il alors. Lui, il sait parfois expliquer l'inexplicable.

Sept tenait une place à part dans le clan familial.

Son observatoire, niché à la lisière du Haut et du Bas, avait une forme bizarre qui faisait penser à celle d'un œuf à la coque. Rien n'y était droit, tout y était de travers, et la voûte du plafond, coupée au ras du sol, s'ouvrait sur un oculus. Par cet œil de verre, la lumière du jour tombait à pic sur le bureau de Sept ; il restait ainsi en contact avec le ciel et les saisons. La nuit, il comptait les étoiles, le jour les nuages, les flocons de neige, ou les gouttes de pluie. C'était lui qui, chaque année, annonçait à ses frères et sœurs la nouvelle qu'ils attendaient avec impatience : l'arrivée du printemps. Mais tant que la neige bouchait l'oculus (ou par temps de brouillard) Sept se consacrait à l'étude des signes et pratiquait les arts divinatoires.

Ce jour-là, c'est Douze qui guida mes parents jusqu'à lui. Bo ne m'avait pas lâchée depuis que ses bras s'étaient refermés sur moi, dans la forge. Il me cramponnait comme s'il avait craint que je m'évapore.

– Qu'est-ce que c'est ? fit Sept en levant le nez.

– C'est le *bébé*, lui expliqua Douze. Je dois dire que dès sa naissance, j'ai… hum… j'ai senti qu'elle avait une très, très longue histoire. Je me demande si…

– Ce n'est pas le problème, l'interrompit sèchement Bo. Nous pensons que Tsell est victime d'un empoisonnement.

– Ou d'un sortilège, osa ajouter Hama.

Tandis que mes parents lui décrivaient les métamorphoses

de mon ombre, Sept m'observa. Il ausculta mes mains, mes pieds, mes yeux, mon ventre. Puis, il ordonna à Hama de couper une fine mèche de mes cheveux, de recueillir un filet de bave, et une larme. Il demanda aussi quel jour, à quelle heure, et à quel endroit j'étais née. Douze, qui pouvait lui indiquer avec précision où était situé l'abri de roche dans la vaste forêt, lui fournit les réponses, latitude et longitude.

Ayant inscrit tout cela dans un bloc-notes, Sept répandit dessus les cheveux, y versa la larme, la salive, et se plongea ensuite dans des calculs invraisemblables, en marmonnant des mots que personne ne comprenait.

À la fin, il désigna ses gribouillis de la pointe de son stylo, et sourit à mes parents.

– La vie de Tsell n'est pas en danger, rassurez-vous. D'après mes estimations, elle a un long avenir devant elle.

Soulagé, mon père relâcha un peu son étreinte.

– Mais... reprit Sept sur un ton hésitant.

– Mais ? répéta ma mère toute pâle.

Sept réfléchit à la meilleure façon de tourner sa phrase ; cette histoire d'ombres n'était pas simple à faire comprendre.

– Votre enfant n'a pas de contours définis, finit-il par dire. Son enveloppe est molle et incertaine, si bien qu'elle peut s'amalgamer à d'autres enveloppes... Et au pire, s'y dissoudre complètement.

– Qu'est-ce que ça signifie ? demanda mon père en me serrant de nouveau et plus fort.

– Ça signifie que Tsell ne sait pas encore qui elle est, expliqua Sept. L'extérieur ne correspond pas à l'intérieur, et *vice versa*. Elle flotte et tout se mélange. C'est un problème métamorphique assez banal chez les enfants.

– Chez les adultes aussi, commenta Douze.

– Ce qui est plus rare, reprit Sept, c'est que votre bébé manifeste son trouble de manière vraiment… spectaculaire. Je dois dire que je n'ai jamais vu ça.

– Mais comment l'aider ? demanda ma mère.

Sept se pencha une nouvelle fois sur ses gribouillis. L'encre de son stylo avait coulé sur le bloc-notes à l'endroit où il avait déposé la salive et la larme. Il dut se concentrer pour relire ses calculs.

– Je décèle beaucoup de choses perdues dans l'histoire de Tsell, déclara-t-il au bout d'un instant. Pour l'aider, il faudrait les retrouver.

– C'est ça ! fit Douze avec conviction. C'est ce que j'ai senti.

– Beaucoup de choses perdues…, répéta Hama.

Elle jeta un regard à Bo et mon père frissonna. Il savait à quoi elle pensait, mais il n'avait pas envie de l'entendre. Retrouver les choses perdues était trop compliqué, trop long, trop aléatoire. Non. En écoutant parler Sept, il venait d'envisager une façon plus efficace de résoudre mon problème métamorphique.

– Laisse-moi faire, dit-il à ma mère. Fais-moi confiance, tout sera résolu pour la fête de l'équinoxe.

Il me déposa entre les bras de Hama qui n'eut pas le temps de protester. À son grand désespoir, et sans autre explication, elle vit Bo lui tourner le dos ; il quitta l'observatoire comme on quitte un navire avant le naufrage.

– Eh bien, s'étonna Sept, où court-il si vite ?
– À la forge, je suppose, répondit ma mère.
Elle poussa un soupir et demanda à Sept quand aurait lieu la fête de l'équinoxe.
– Pas avant deux semaines, répondit-il en désignant l'oculus. Le temps que fonde la dernière neige.

Le temps que fonde la dernière neige, mon père disparut totalement. Avalé par la mine, englouti par la forge et dévoré par ses obsessions, il ne prit même plus la peine de remonter dormir avec nous au quatrième sous-sol. Telle une femme de marin, Hama se résigna à vivre loin de lui.
– Ne t'en fais pas, essayait de la consoler Quatre. Un et Deux veillent sur Bo. Ce sont de bons garde-fous.
– Peut-être, mais quand même…, soupirait Hama. Vivement que cet hiver s'achève.
Après plusieurs mois passés en Bas, le visage de ma mère avait pris cette teinte d'endive cuite qui donnait un air maladif aux membres du clan. Elle avait hâte de revoir le soleil, de respirer l'air frais de l'extérieur, hâte de marcher librement dans la forêt, hâte de quitter ce terrier où elle finissait par étouffer.
– Ce qui nous protège nous enferme aussi, disait Quatre avec fatalisme. Toute chose a son revers.
– Mais tu te rends compte que Tsell n'a jamais respiré l'odeur d'une fleur ? se plaignait ma mère. Elle n'a jamais touché un brin d'herbe, ni entendu chanter un merle. Elle ne connaît pas le vent. Juste les courants d'air qui traversent les galeries !

– C'est un bébé d'automne, répondait Quatre. Elle ne craint pas l'obscurité, et elle sait vivre avec patience et lenteur, comme les ours.

Parfois même, je me transformais en ours. Il suffisait pour cela qu'une torche soit allumée dans la chambre.

Peu à peu, Hama apprivoisa les transformations de mon ombre. La première, celle du chiot, lui avait fait penser à Brume – au spectre de Brume, en vérité – et elle en avait eu la chair de poule. Mais les suivantes (lièvre, cygne, éléphant, chimères de toutes sortes) ne lui évoquaient rien d'aussi lugubre, et elle tentait de s'en accommoder.

Pour se rassurer, elle me murmurait :

– Tu as le don de ton père. Et celui de la mère de ton père. C'est ton héritage, on dirait.

Mais au fond, elle n'était pas complètement tranquille. Dans ses rêves, elle voyait ma peau se défaire comme un drap usé. Des déchirures apparaissaient dans mon dos, s'élargissaient au milieu de mon visage, et, sous ses yeux impuissants, je devenais louve, biche, n'importe quoi d'inhumain, qui la réveillait, épouvantée.

– Puisque tu sais coudre et recoudre, disait-elle à Quatre, pourquoi ne répares-tu pas l'enveloppe de Tsell ?

– Je couds et recouds, mais je ne peux pas tout, s'excusait la minuscule couturière.

Alors, les yeux dans le vague, ma mère réfléchissait au conseil de Sept et au moyen de rapiécer mon histoire. Elle nous imaginait reprendre la route, Bo, elle, moi et les chiens. Elle nous voyait marcher à travers des contrées obscures, en quête des choses et des êtres disparus, mais son esprit butait aussitôt sur des questions sans réponses et des rides de souci apparaissaient sur son front.

– Ne pense pas à *après*, lui recommandait Quatre. Il faut accepter de ne pas savoir. Demain n'existe pas. Pense uniquement à *maintenant*.

La couturière me sortait de mon berceau de bois pour me glisser entre les bras de ma mère. J'avais faim. Ou soif. Ou besoin de tendresse.

– Regarde ta fille, disait-elle à Hama. Tsell *est* maintenant.

Ma mère me prenait contre elle, le cœur absent.

Souvent, elle observait la chienne Charbon et ses trois petits. Elle se souvenait du soir où Brume était morte, et elle avait froid. Puis, elle se souvenait du matin où sa propre mère l'avait embrassée pour la dernière fois, et elle avait encore plus froid.

Enfin, le dégel libéra la forêt de sa coque de glace.

En une nuit, la dernière neige fondit. Au matin, les arbres s'ébrouèrent dans la brume, et l'air sembla plus léger.

Constatant par l'oculus de son observatoire que le soleil avait franchi la ligne d'horizon avec un peu d'avance, Sept descendit pour annoncer au reste du clan que le printemps était arrivé.

Fidèle à la tradition ancestrale, Trois proclama que la fête aurait lieu le lendemain, et aussitôt, dans une grande fièvre, chacun s'attela à sa tâche.

Tandis qu'en cuisine, Treize et Neuf s'apprêtaient à désosser, à farcir, à braiser, Onze se mit à cirer les paires de chaussures à tour de bras, Six à graisser les mèches de ses torches, et Seize à assembler des bouquets de fleurs séchées pour orner les boutonnières. Mais c'est Dix-Neuf qui, sans aucun doute, eut le plus de travail ce jour-là. Chacun de ses frères et sœurs désirant se faire beau pour la cérémonie, elle mania sans relâche ciseaux, pinces à épiler, rasoir, peignes, brosses et pinceaux. Même Un, qui jugeait rarement utile de se décrasser la figure, remonta de la mine ; Dix-Neuf s'enferma avec elle dans la salle d'eau, et la récura au gant de crin jusqu'à en avoir des crampes.

Ravie d'assister à ces joyeux préparatifs, Hama m'emmena en promenade, d'atelier en atelier. Au deuxième sous-sol, attirée par les notes de musique qui sortaient de la lutherie, elle passa la tête par la porte entrouverte : Cinq et Trois étaient en pleine répétition du rituel de printemps.

À la recherche de l'inspiration, Trois arpentait l'atelier de long en large, improvisant une strophe par ci, une strophe par là, que Cinq accompagnait tantôt au violon, tantôt à la flûte.

– *Ô lumière ! Ô ténèbres !*
Équilibre parfait de l'équinoxe !
Germination funèbre !
Chaque vie naît d'un subtil paradoxe !

Tous les dix pas, Trois faisait halte et s'écriait :

– Non, non ! C'est mauvais !

Sa figure couleur chicon se couvrait de taches rougeaudes. Les yeux révulsés, il semblait attendre qu'un vers tombe du plafond, puis, aussi subitement qu'il s'était figé, il s'animait de nouveau, jetant ses bras vers le ciel avec une ferveur mystique. *Ô lumière ! Ô ténèbres !* Et Cinq, patiemment, reprenait sa flûte ou son violon.

– C'est très joli, leur dit Hama.

Trois lui jeta un regard noir.

– Mais non, c'est mauvais ! fit-il. Il manque quelque chose… et je ne parviens pas à trouver quoi. Il manque…

– Du tambour ? suggéra Cinq.

D'un geste, elle invita Hama à les rejoindre.

Ma mère hésita d'abord à franchir le seuil. Elle regarda ses mains et réalisa que les prothèses de plomb ne lui paraissaient plus aussi lourdes qu'au début. Elles étaient toujours raides et maladroites, mais elles pourraient sans doute frapper la peau d'un tambour aussi bien que n'importe quelles mains.

– Il suffit d'apprendre, n'est-ce pas ?

– C'est ça, répondit Cinq. Et surtout, ne pas avoir peur de faire des erreurs. La peur de mal faire étouffe la musique.

Ma mère m'enroula dans le châle kangourou, me cala bien serrée dans son dos, et s'approcha timidement du tambour.

– Ferme les yeux, lui dit Cinq en prenant sa flûte. Respire, écoute… et joue.

Hama suivit ses conseils. Elle respira. Elle écouta, essaya, se trompa souvent, joua, rit beaucoup, et se reconcentra.

– *Ô lumière ! Ô ténèbres !* reprenait inlassablement Trois.

Ils recommencèrent ainsi dix, vingt, trente fois. Jusqu'au moment où Trois, épuisé de parcourir la pièce en quête des rimes qui lui échappaient, s'arrêta au milieu d'une strophe. Des perles de sueur luisaient sur ses tempes et sa chemise pendait hors de son pantalon. Pratiquée par lui, la poésie ressemblait à un sport de combat, ou à un rodéo.

– Par tous les saints, que l'art est sauvage ! dit-il, à bout de souffle. Nous avons fait de notre mieux pour cette fois-ci. Moi, je vais me coucher.

Cinq nettoya sa flûte et rangea son violon. Il était tard.

Pratiquement consumées, les torches menaçaient de s'éteindre et Hama se rendit compte que je m'étais endormie contre son dos ; elle n'avait pas vu passer les heures.

À force de frapper sur le tambour, ses mains s'étaient mises à vibrer, à frémir. Des fourmillements traversaient ses épaules, ses bras, et couraient jusqu'au bout de ses doigts. Les prothèses de plomb ne lui semblaient plus si étrangères. Elles lui appartenaient. Elles étaient presque… vivantes.

Le lendemain, à l'heure convenue, les membres de la très nombreuse famille de Douze se réunirent près de la trappe. Les courants d'air, qui transportaient le fumet du gibier en train de mijoter deux étages au-dessus, se mêlaient aux parfums fleuris des eaux de toilette dont chacun s'était copieusement aspergé. Hama eut un peu mal au cœur.

Dans un grand recueillement, Seize épingla un bouquet de fleurs séchées à toutes les boutonnières, Dix-Neuf arrangea une dernière fois les mèches rebelles, puis, toujours sans un mot, le clan se déversa par l'escalier étroit qui menait à la grotte initiale.

Avant de descendre à son tour, Hama prit une profonde respiration. Bo n'était pas reparu depuis quinze jours. Après une si longue séparation, elle avait presque peur de le revoir. C'était peut-être ça qui, finalement, lui donnait mal au cœur.

La beauté du spectacle qui l'attendait dans la grotte fit disparaître son malaise. Du sol au plafond, une myriade de petites torches illuminaient l'espace. Leurs flammes tremblaient contre les dentelles de calcaire et se reflétaient ici et là dans les flaques, en milliers d'étoiles liquides ; on avait l'impression qu'un ciel d'été s'était renversé, par accident, au fond de la terre.

Dans le froufrou de vêtements et le crissement des chaussures bien cirées, les membres de la famille formèrent un cercle autour des totems de pierre. Hama prit place parmi eux, et Cinq lui adressa un sourire, désignant le tambour qui trônait au centre. Il n'attendait plus qu'elle pour prendre vie.

Il y eut quelques raclements de gorge, puis Trois s'avança pour ouvrir la cérémonie. Mais au moment où il allait prendre la parole, Douze intervint :

– Attends ! Deux est manquant ! Deux n'est pas avec nous !

– Comment ? rouspéta Trois. Où est-il, par tous les saints ? Impossible de commencer si nous ne sommes pas au complet !

Vaguement inquiète, Hama se permit de signaler que Bo n'était pas là non plus.

– Si ! Je suis là ! fit alors une voix depuis le fond de la grotte.

En même temps que les autres, Hama tourna la tête vers la passerelle. Jaillie de l'obscurité, la voix de Bo lui avait paru si grave et si rauque qu'elle l'avait à peine reconnue.

La pénombre ne permit pas tout de suite de discerner mon père ; il fallut attendre qu'il franchisse la passerelle et qu'il s'approche pour voir que quelque chose n'allait pas.

– Deux! cria soudain Seize.

Un murmure s'éleva dans la grotte. Enfin, d'un pas lourd, Bo entra dans le cercle : il portait sur son dos une petite forme rabougrie, ratatinée.

– J'ai cru que je ne pourrais jamais traverser l'entaille avec lui, dit mon père.

Il s'agenouilla pour déposer le corps du vieux forgeron sur le sol, devant ses frères et sœurs.

– Je suis désolé, murmura-t-il. Tellement désolé...

Il avait les yeux rougis, le visage figé sous un masque de chagrin. Il répéta encore qu'il était désolé. Il expliqua qu'il avait travaillé très dur ces derniers jours, tellement dur qu'il ne s'était aperçu de rien.

– Quand j'ai voulu réveiller Deux pour vous rejoindre...

Sa voix s'étrangla, il ne termina pas sa phrase.

L'un après l'autre, les membres de la famille se regardèrent, incapables de croire ce qu'ils voyaient.

– Pas le jour du printemps, finit par dire Trois. C'est impossible.

– Je travaillais, s'excusa encore mon père. Je travaillais tellement que je n'ai rien vu.

Lentement, Douze s'approcha du corps de son vieux frère. Il se pencha, posa deux doigts sur son poignet gauche et ferma les yeux. Il resta plusieurs minutes immobile, essayant de trouver une pulsation, même faible, mais il ne sentit rien. Rien de rien. Deux avait simplement cessé de respirer. Il était mort dans son fauteuil, sans bruit, comme une torche qui s'éteint dans un courant d'air.

Cette année-là, pour la première fois depuis quatre générations, il n'y eut pas de cérémonie pour célébrer l'équinoxe de printemps. À la place, Dix et Douze transportèrent le corps de Deux à travers la grotte initiale, et le hissèrent d'escalier en escalier jusqu'au premier sous-sol.

Quatre enveloppa son vieux frère dans un drap blanc.

Cinq, la voix hachée par les sanglots, chanta quelque chose pour lui.

Six rassembla tous les flambeaux qu'il put trouver et les disposa autour de la dépouille.

Seul et courbé par la tristesse, Huit scia les planches d'un cercueil.

Quatorze tanna une peau spéciale et douce pour en tapisser le fond.

Trois s'enferma dans son atelier pour composer une oraison.

Sept resta stupéfait : il n'avait pas lu, ni dans les astres, ni ailleurs, la mort du vieux forgeron.

Dix-Neuf habilla le corps de vêtements parfumés, et Onze, en reniflant, enfila à ses pieds la plus solide paire de souliers qu'il eût jamais façonnée, car les morts, pour faire leur dernier voyage, méritent toujours d'être bien chaussés.

La doyenne du clan veilla son frère toute la nuit sans dormir, et sans comprendre. Comment n'était-elle pas morte à sa place ?

– C'était mon tour, répétait Un, déboussolée. Je suis l'aînée. Pourquoi a-t-il pris mon tour ?

Au matin, Quinze et Seize prirent des pelles et gravirent

les cent dix-sept marches de l'escalier qui séparaient le Bas du Haut.

Quand elles redescendirent, les doigts gourds et les yeux rouges, elles annoncèrent qu'au bout du cimetière une fosse était prête à recevoir le cercueil.

C'est ainsi que je sortis, pour la première fois de ma jeune vie, à l'air librc.

Emmitouflée, collée contre ma mère, je n'entendis pas chanter le merle, mais la voix lugubre de Trois qui récitait l'oraison funèbre.

Je n'eus pas non plus l'occasion de respirer l'odeur des fleurs ; le printemps était encore hésitant et les quelques crocus que Quinze put cueillir furent déposés sur le cercueil de Deux.

Je ne me souviens de rien, bien entendu. Ni du vent qui menaçait d'emporter les chapeaux, ni de cette lumière neuve et puissante qui brûlait nos yeux jusqu'aux larmes. Mais ce jour-là, dans ce carré de cimetière, j'ai peut-être senti que la mort et la vie n'allaient pas l'une sans l'autre. Et que rien ni personne (pas même mon père) ne saurait les séparer.

La disparition du vieux forgeron fragilisa le clan. Tant que Deux restait assis dans son fauteuil, et même s'il passait le plus clair de son temps à y dormir, quelqu'un veillait sur le feu. Or, sans gardien, le feu devenait imprévisible et dangereux. Il pouvait aussi bien s'éteindre que jaillir hors de son puits pour tout détruire ; dans un cas comme dans l'autre, la famille perdrait son socle, son refuge.

Devant un tel danger, les membres du clan tinrent conseil.

Après de longs palabres, il parut évident que Bo devait remplacer Deux. C'était une entorse à la tradition, mais le seul moyen de préserver le noyau, le cœur battant de ce royaume souterrain qu'était le Bas.

– Hama n'a aucune intention de rester, avertit Quatre. Et sans elle, Bo ne restera pas non plus.

– Nous le convaincrons, répliqua Douze. Nous les convaincrons tous les deux !

– Que disent les astres ? s'enquit Trois en se tournant vers Sept.

– Tu le sais bien, soupira Sept. Cela fait des lustres que les astres nous mettent en garde : sans invités, nous sommes condamnés à disparaître.

– Sans bébé, nous sommes perdus, reprit Un.

– Tsell est un bébé, dit Huit. L'ennui… c'est que ce n'est pas notre bébé, n'est-ce pas ?

Un silence plein de regrets s'ensuivit, pendant lequel les hypothèses les plus folles traversèrent les esprits. Douze, en particulier, se sentait prêt à tout pour empêcher l'inéluctable dépérissement de sa famille.

– Nous pourrions garder Tsell avec nous, dit-il.

– Par tous les saints ! s'étrangla Quatre. Tu veux dire… la voler ? L'enlever à ses parents ?

– Non, non, bien sûr… ce n'est pas bien, s'empêtra Douze. Nous ne pouvons pas…

En revanche, fit-il promptement remarquer à l'assistance, Quinze, Seize et Dix-neuf étaient encore jeunes.

– Jeunes et belles, non ?

Les trois demoiselles échangèrent des regards interloqués, ne comprenant pas ce que signifiait ce compliment soudain, ni où leur frère voulait en venir.

– Hum… Eh bien, puisque nous avons sauvé la vie de sa famille, Bo a une dette envers nous, développa Douze. Je me disais qu'il pourrait nous rendre un service. Il pourrait…

– Quoi ? sursauta Seize. Tu veux dire… nous faire des bébés ?

Nouveau silence. Nouvelle consternation générale.

– Et si nous acceptions enfin notre destin ? finit par demander Quatre que ce débat absurde fatiguait.

– Tu veux dire…, commença Trois.

– Parfaitement, fit Quatre. Je veux dire que nous allons mourir, les uns après les autres, comme Deux. Et lorsque le dernier d'entre nous fermera les yeux, c'est très simple : il ne restera plus rien.

Le mot « rien » fit l'effet d'un courant d'air glacé dans la salle commune où se tenait le conseil.

– C'est ça, ou rompre le serment fait à nos parents, ajouta Quatre. Les plus jeunes d'entre nous ont encore le choix.

À son tour, elle désigna Dix-Neuf, Seize et Quinze qui se raidirent sur leurs sièges. Avoir le choix ne faisait plus partie de leur vocabulaire depuis si longtemps qu'elles craignirent d'en tomber à la renverse.

– Et même toi, Douze ! lança Quatre. Tu n'es pas si vieux, après tout ! Tu pourrais partir d'ici, chercher une femme, quelque part, dans le monde. Tu pourrais nous rapporter un bébé.

Depuis que Quatre avait pris la parole, Trois bouillait sur

sa chaise. En tant que grand conservateur de la mémoire familiale, il se sentait attaqué dans son honneur. Se dressant soudain devant sa sœur, il pointa un doigt en l'air, et lui rappela avec colère le serment scellé.

– Le rompre reviendrait à trahir nos morts ! s'écria-t-il, plein d'emphase.

– Et le tenir revient à trahir la vie, répondit calmement Quatre.

C'était terrible, mais elle avait raison. Même Trois, qui se cramponnait depuis toujours à sa fonction, dut en convenir : la loyauté, la tradition, et le poids du serment conduisaient droit à l'extinction de la lignée.

– Alors, qu'est-ce qu'on fait ? osa demander Un d'une voix timide.

– Si j'avais quelques décennies de moins, je prendrais mes cliques et mes claques et je m'en irais avec Bo et Hama, affirma Quatre. Mais bien sûr, je ne peux pas décider à votre place.

Ayant dit ce qu'elle avait à dire, elle se leva de sa chaise et quitta le conseil.

Au cours de l'hiver, Quatre avait appris à connaître ma mère : elle ne s'était pas trompée sur ses intentions. Un matin, Hama empaqueta ce qui restait de nos affaires (son manteau sombre, l'anorak rouge de Bo, le châle, la boîte à outils) et elle décréta qu'il était temps de partir.

Contrarié, mon père tenta d'abord de lui résister. Suite au conseil de famille, Douze était venu le voir en catimini pour le convaincre de prendre la place de Deux. Au moins pendant quelques mois. Au moins jusqu'à l'été. Et pourquoi pas davantage ?

– Tu es forgeron, n'est-ce pas ? avait ajouté Douze avec malice.

Oui, Bo était forgeron. Et à présent qu'il était initié aux mystères du feu, il aurait pu passer le reste de sa vie, seul dans le ventre de la terre, à explorer les subtiles transformations du métal. S'il n'y avait eu que lui, il aurait accepté l'offre de Douze, mais…

– Où veux-tu aller ? demanda-t-il à Hama. C'est confortable, ici. On ne manque de rien.

– Si, répondit ma mère. On manque d'air.

Elle se campa devant lui, tendit les bras et ouvrit ses mains de plomb, dont les doigts se déployèrent en corolle.

– Tu avais raison, lui dit-elle. Jour après jour, elles me paraissent plus souples et légères. Parfois, j'ai même l'impression qu'elles sont vivantes.

Mon père saisit entre les siennes les mains qu'il avait forgées. Il sentit les mécanismes rugueux des articulations, les impuretés, la fausseté de tout cela. Pourtant, elles lui parurent tièdes.

– J'ai fait ce que j'ai pu, dit-il, mais ce n'est pas de l'or. Mais j'y suis presque. Si tu me laisses encore quelques semaines ou quelques mois, je…

– Non, c'est à moi de les transformer, répondit Hama.

Voilà ce qu'elle avait compris en frappant sur le tambour : à condition d'apprendre et d'apprendre encore, elle pouvait peut-être donner vie à ses mains, comme elle m'avait donné vie, à moi. Elle était prête.

Hama sourit et Bo, impressionné par la force qui émanait d'elle, plia devant sa volonté.

– J'ai terminé ce que je voulais fabriquer pour Tsell, lui dit-il. Tu veux voir ?

– Oui, répondit Hama. Mais avant, jure-moi qu'on s'en va.

Bo aimait Hama ; il jura, et lui dévoila ce qu'il avait créé.

Cela ressemblait à une toile d'araignée. Mais, fondue dans un alliage spécial dont Bo ne donna pas la composition, la toile était si fine qu'elle demeurait pratiquement invisible à l'œil nu. Mon père l'avait travaillée pendant des semaines, avec acharnement, afin qu'elle épouse à la perfection les moindres replis de mon corps.

– J'ai tout prévu, expliqua-t-il à Hama. Elle évoluera et grandira avec Tsell. Cela n'empêchera pas ses mouvements. Ce sera imperceptible.

Ni plomb, ni fer, ni or, mais plus résistante que tout cela réuni, cette toile allait devenir mon armure. L'enveloppe solide, destinée à contenir mes ombres et à masquer toute métamorphose : une seconde peau, artificielle, dont Bo m'habilla pour recouvrir la première.

Lorsque j'en fus revêtue, Hama s'étonna de me voir si peu changée. Sous ses doigts de plomb, en tout cas, elle ne perçut aucune différence. Mais quand elle me souleva devant une torche allumée, elle constata que l'ombre projetée sur le mur n'était ni celle d'un chiot, ni celle d'une louve, ni celle d'aucun autre animal.

– Tsell est elle-même, à présent, dit Bo.

– L'extérieur correspond à l'intérieur, murmura Hama, sans savoir si c'était mieux ainsi.

– Elle est protégée, ajouta fièrement mon père. Elle ne risque plus rien.

Comment ma mère aurait-elle pu refuser pareil cadeau ?

J'étais devenue conforme au souhait le plus secret et le plus cher de n'importe quel parent : un enfant invulnérable.

Le printemps s'installait lorsque Bo et Hama firent leurs adieux à nos hôtes.

Sous un soleil encore frais, les aulnes bourgeonnaient, et les sapins, débarrassés du poids de la neige, redressaient leurs branchages. On entendait les premiers oiseaux siffler dans les cimes. Impatients, Safran et Cachou s'étaient avancés sur le chemin pour fureter au milieu des fougères, pendant qu'Ivoire, plus craintif, gambadait entre les pattes de sa mère.

En haut des cent dix-sept marches, le menton dans leurs cache-cols, les membres de la famille de Douze tentèrent de ravaler leurs larmes.

– Les animaux domestiques vont nous manquer, dirent pudiquement Treize et Neuf.

Douze se mit sur la pointe des pieds pour serrer la main de Bo.

– Tu te souviens de la première question que tu m'as posée, le jour où je vous ai découverts sous votre abri de roche ? lui demanda le petit homme des bois.

Bo réfléchit. Ses souvenirs étaient noyés dans le brouillard, comme la clairière ce jour-là.

– Tu m'as demandé qui j'étais, lui rappela Douze.

– C'est vrai, sourit Bo. Et tu m'as dit qu'il te faudrait une vie entière pour répondre à cette question !

– Je vais quand même te répondre avant que tu ne partes, dit Douze. Malgré ma très petite taille, je suis le plus grand froussard, le plus grand poltron, le plus grand lâche que tu aies jamais rencontré. Voilà qui je suis.

Mon père ne comprit pas pourquoi Douze se jugeait si mal, ni pourquoi sa bouche s'emplissait de paroles si amères. Il n'avait pas assisté aux débats du conseil ; il ignorait combien Douze avait remué en tous sens le dilemme qui s'offrait à lui.

– Tant pis pour nous, conclut Douze.

Derrière lui, Seize, Dix-Neuf et Quinze baissèrent les yeux. Pas plus que leur frère aîné, elles n'avaient pu se décider à surmonter la peur que leur inspirait le vaste monde. En dehors du cercle de la famille, elles n'imaginaient pas d'autre cercle ; en franchir la limite était au-dessus de leurs forces.

– Prenez ceci, fit Dix. Vous en aurez besoin.

Il fit glisser son traîneau de chasseur jusqu'à mes parents. Sous les patins, il avait remplacé les peaux de phoque par plusieurs paires de roulettes, et sous la bâche bien sanglée, chaque membre de la famille avait déposé un cadeau, une babiole, un souvenir. Cette fois, ce furent Bo et Hama qui eurent du mal à retenir leurs larmes.

– Bon, eh bien… partez vite, leur dit Quatre en embrassant Hama. Et surtout, ne vous retournez pas.

Ma mère aurait voulu dire tant de choses à la minuscule couturière qu'elle resta sans voix ; comment la remercier de tout ce qu'elle lui avait appris ? Elle s'inclina simplement.

Quatre fit une dernière caresse sur mon crâne rond. Elle

s'étonna d'y sentir quelque chose d'inhabituel, quelque chose de dur, comme une barrière entre elle et moi, mais sous le coup de l'émotion, elle ne dit rien.

Enfin, mes parents s'emparèrent du traîneau, sifflèrent les chiens, et s'engagèrent sur le chemin.

En longeant le cimetière, ils esquissèrent un signe de tête, un salut amical adressé aux esprits invisibles du lieu – à celui du vieux forgeron, en particulier. Puis, sans se retourner, ils prirent la direction de l'ouest.

L'horizon était clair ; c'était là qu'ils allaient.

TROISIÈME PARTIE

9

LA QUIÉTUDE ET L'INQUIÉTUDE

Après avoir quitté la forêt d'aulnes et de sapins drus, Bo et Hama se mirent en quête de l'endroit idéal où ils pourraient vivre, s'aimer, et me regarder grandir sans danger.

J'ignore quelles difficultés ils rencontrèrent sur leur chemin, mais plus tard, lorsque je l'ai parcouru en sens inverse, j'ai su qu'ils avaient marché longtemps avant de découvrir le paradis qu'ils cherchaient.

La Presqu'île était un bras de terre, étroit et proéminent. Elle s'avançait au-dessus d'une immense poche d'eau douce, tombée comme par miracle au milieu de la steppe, et qui avait fini par former une mer intérieure.

Outre des colonies d'oiseaux criards, ses rivages accueillaient une végétation basse et des villages de pêcheurs. Le niveau des eaux était constant, sans marées ni vagues, et les saisons ne provoquaient que d'infimes variations : à peine quelques degrés de plus ou de moins, des pluies raisonnables, un vent sans caprice.

De mémoire d'homme, il ne s'était jamais rien passé sur

la Presqu'île. Aucune invasion, aucun conflit, pas même l'arrivée d'un car de touristes.

Protégée d'un côté par le vaste désert d'herbe sèche, et de l'autre par la haute barrière des falaises, la mer intérieure se contentait d'être là depuis toujours, liquide et bleue, avec la Presqu'île jetée à son cou, comme une écharpe.

En échange de quelques-unes des babioles contenues dans le traîneau à roulettes, les pêcheurs de la Presqu'île accueillirent mes parents et leur cédèrent une parcelle de terre sur laquelle poussaient des figuiers. Sur ce terrain en pente, au bout du promontoire, Bo et Hama rassemblèrent tous les matériaux qu'ils purent trouver. Des planches mal dégrossies, du bois flotté, des briques de terre cuite, des coquillages, des plaques de tôle, des tubes et des tuyaux récupérés je ne sais où.

Bo se mit à l'œuvre, et Hama avec lui. De ses mains de plomb, elle scia, cloua, et souda. C'était de travers et plein de défauts (« du travail de cochon », songeait mon père), mais elle y mit tout son cœur et tant de joie qu'au bout d'un moment, Bo n'essaya plus de rectifier les angles ou de rattraper les bordures ; le bonheur de Hama était plus fort que toutes les règles d'architecture.

Bientôt, une bicoque anarchique s'éleva au bout du promontoire.

Biscornue, penchée, elle dominait crânement la baie, et le tuyau de sa cheminée, dressé en fer de lance, lui donnait l'air d'une sentinelle montant la garde aux portes d'un rêve. Notre « chez nous », selon Hama.

Mes souvenirs d'enfance sont rares.

Je me revois assise sur les marches de la véranda, à l'avant de la bicoque, avec les chiens qui jouent dans l'herbe, et Ivoire toujours dans mes jambes.

Je me revois sur les épaules de Bo, sur les genoux de Hama, ou à califourchon sur la branche d'un figuier qui me servait de cheval.

Je me rappelle de longs après-midi, les pieds dans l'eau, sur la plage de gros sable brun où mon père réparait une petite barque. Et mon ravissement la première fois qu'il m'en a confié les rames en disant : «À toi, capitaine Tsell! »

Je me revois plus tard, à l'orée de la steppe désertique, ce domaine du vent et du ciel dont l'immensité m'impressionnait. Ou encore, petite acrobate, en train de sautiller entre les cordages, sur le port, avec les enfants du bourg.

Je me revois rêveuse, à la fenêtre de ma chambre, pendant que Hama chantonnait au jardin et que Bo bricolait dans l'atelier, à l'arrière de la bicoque, ses coups de marteau se mêlant à la voix mélodieuse de ma mère.

Mon enfance est ainsi : calme et fixe, comme dans une série de photos en noir et blanc. De cliché en cliché, les années passent. Je gagne des centimètres, j'apprends à ramer vite, à nager loin, à lire toute seule, à courir longtemps.

Mes cheveux poussent, mon visage s'allonge, les chiens vieillissent, mais il ne se passe rien de particulier, aucun événement.

Jusqu'au jour où le cargo est entré dans la baie, et Vigg dans mon existence.

J'avais douze ans.

Je n'ai rien oublié.

Ce matin-là, je fus réveillée par des voix qui s'interpellaient sous la fenêtre de ma chambre. Je reconnus celles d'un ou deux pêcheurs du bourg, et celle de la vendeuse de drap. Ils se disputaient au sujet de quelque chose.

– Mais non, ce n'est pas un nuage ! Tu vois bien !

– Que veux-tu que ce soit, alors ? Une baleine géante ?

– Une colonie d'oiseaux, peut-être ? Parfois, ils volent si serrés qu'on croirait…

Intriguée, je bondis hors de mon lit et courus, pieds nus, jusqu'à la véranda.

Il y avait un attroupement au milieu des figuiers : hommes, femmes, enfants, tout le village s'était donné rendez-vous devant notre bicoque, sur la parcelle en pente, au bout du promontoire. Comme les autres, Bo et Hama me tournaient le dos. Ils observaient l'horizon en clignant des yeux dans la lumière du levant.

Me faufilant entre les villageois, je finis par voir ce que tout le monde regardait : un point, au loin, comme un trou au milieu du paysage, une tache d'encre qui flottait entre le ciel et la mer.

Je rejoignis mes parents et glissai ma main dans celle de Bo.

– Ce n'est pas une baleine, me dit-il.

– Oh, fis-je, un peu déçue.

Et je mis mon autre main en visière au-dessus de mes yeux.

La tache grossissait.

Sous mes pieds nus, je sentis bientôt des vibrations

profondes et il me sembla que la Presqu'île tremblait. Ma mère, qui jusque-là n'avait pas détaché son regard de l'horizon, se tourna enfin vers moi. Elle était pâle.

– Je crois que c'est un navire, dit-elle comme s'il s'agissait d'une catastrophe.

– Oui, on dirait un cargo, ajouta mon père.

Derrière moi, un pêcheur murmura :

– Si c'est ça, il doit être gigantesque. Comment a-t-il pu entrer sur notre mer ?

Fermée de toute part, notre mer était alimentée par un unique fleuve, à l'extrême nord, dont l'embouchure se trouvait si loin que personne n'y était jamais allé. Les anciens savaient seulement qu'il y avait eu, autrefois, un projet de barrage hydraulique. Les ingénieurs envoyés sur place par les autorités pour en dresser les plans étaient tombés malades les uns après les autres : on disait qu'ils n'avaient pas supporté la solitude de la steppe et l'immensité placide de notre mer. Finalement, ils étaient repartis sans avoir dessiné un seul croquis, sans avoir réalisé un seul calcul.

Une fois le projet de barrage abandonné, le fleuve était resté libre de se jeter où il voulait, et l'enclave maritime s'était rendormie, à l'écart du monde.

L'apparition du cargo mit fin à cette tranquillité millénaire.

Lentement, inexorablement, nous le regardions s'approcher. Et plus il s'approchait, plus le bruit devenait intense. Autour de la coque, l'eau entrait en ébullition et les vibrations faisaient claquer nos dents à l'intérieur de nos bouches.

Quand il jeta l'ancre dans la baie, le soleil déclinait. Ma

main était froide dans celle de mon père, Hama n'avait plus prononcé un seul mot et personne n'avait bougé du promontoire.

Avec l'extinction des moteurs, les tremblements cessèrent et un silence de mort tomba subitement sur la Presqu'île.

La masse colossale du cargo se dressait à présent devant nous. Pour moi qui n'avais jamais vu d'immeuble, ce bâtiment n'était comparable à rien de ce que je connaissais. Je n'arrivais même pas à compter ses étages, ses ponts, ses hublots. Tout ce que je voyais, c'était un bloc compact de métal gris, hérissé d'antennes radar, de paraboles, et prolongé à l'avant par une plate-forme vide, marbrée de rouille.

Devant ce spectacle irréel, les vieux pêcheurs secouaient la tête.

– On dirait un paquebot transformé en cuirassé, dit l'un.

– À moins que ce ne soit un gazier transformé en une sorte de… ferry ? fit un autre.

Je voyais bien, à leurs mines ébahies, ce qu'ils pensaient : une construction pareille n'aurait jamais dû exister. Encore moins flotter.

Chacun comprit pourtant que tout cela était bien réel quand une embarcation de petite taille, telle une abeille quittant la ruche, se détacha du cargo. À son bord, un étrange équipage en uniforme.

Ni moi, ni aucun enfant du village n'avions jamais vu personne en uniforme. Sur la Presqu'île, l'ordre et la paix se maintenaient d'eux-mêmes, nous n'avions pas besoin de policiers, encore moins de militaires. La curiosité me poussa au bord du promontoire et je vis l'embarcation accoster à un quai désert du petit port. Seules trois personnes en descendirent, les autres restèrent à bord.

Comme nous ne bougions pas de notre promontoire, la petite délégation entreprit de grimper jusqu'à nous par le sentier qui sinuait à flanc de colline. En me penchant davantage, je pus voir les trois képis passer entre les bosquets de genêts en fleurs.

Ma mère me tira en arrière. Ses doigts de plomb s'enfoncèrent dans mon bras avec une telle force que je faillis protester, mais son regard impérieux me fit taire.

– Hors de question que ces types mettent leurs sales bottes chez nous, déclara-t-elle entre ses dents.

Je la vis brusquement quitter sa place, et se ruer vers le sentier.

– Elle a raison ! dit aussitôt mon père.

Il se précipita derrière elle, tandis que je demeurais plantée dans l'herbe avec les autres, indécise. Contrairement à mes parents, ni moi ni aucun habitant de la Presqu'île n'avions jamais vu quiconque faire irruption chez nous de cette façon spectaculaire et menaçante. Contrairement à Bo et Hama, nous n'avions jamais vu personne démolir ce que nous avions construit.

Après un temps d'hésitation, pourtant, la marchande de drap se réveilla :

– Mais oui, ils ont raison ! Il faut empêcher ces gens de monter jusqu'ici !

Sortant de ma torpeur, je courus pour passer devant tout le monde, et je réussis à rattraper ma mère.

Quand les trois militaires surgirent, un peu essoufflés, au bout du sentier, ils nous trouvèrent agglutinés, formant un bloc hostile face à eux.

J'étais aux premières loges et je ne vis que lui : Vigg.

Au milieu du sentier, il se tenait au garde-à-vous, à côté d'un homme imposant à la poitrine décorée de médailles, et qui avait l'air d'être le chef.

Comme les deux autres, Vigg portait l'uniforme. Mais comme il était jeune et encore petit, on avait plutôt l'impression qu'il s'était déguisé – à cause des bottes surtout, qui ne semblaient pas à sa taille, et qui lui faisaient des pieds de clown.

Tandis que les deux adultes arboraient des crânes tondus, une tignasse châtain (qui n'avait pas connu le peigne depuis longtemps) dépassait sous son képi.

Je n'avais jamais vu un garçon comme lui – je veux dire, un militaire de treize ans avec des bottes de clown – et cela me donna envie de lui sourire.

Plus tard, Vigg m'a dit que mon sourire lui avait transpercé la poitrine. « Pire que si tu m'avais tiré dessus à bout portant ! »

En effet, je le vis vasciller sur ses jambes, s'accrocher au veston du chef pour ne pas partir à la renverse dans la pente raide, et son geste maladroit me fit sourire de plus belle.

À cet instant, j'étais bien la seule à trouver quelque chose d'amusant dans cette rencontre. Derrière moi, le village respirait à l'unisson ; je pouvais même entendre ma mère grincer des dents.

Le chef des militaires bomba sa poitrine bardée de

médailles, nous dévisagea les uns après les autres, nous pesa, nous mesura, avant de s'arrêter sur mon père, dont la carrure sembla lui plaire. Il claqua des talons.

– Amiral Fennimore, annonça-t-il. En charge du commandement de ce cargo.

Il posa ensuite une main sur l'épaule de Vigg qui se redressa avec une fierté rayonnante.

– Voici mon aide de camp. Le matelot Vigg.

L'amiral désigna ensuite le troisième homme, qui se tenait un peu en retrait, muni d'une sacoche en cuir.

– Et enfin, le lieutenant Mendès, mon secrétaire.

Ce dernier nous salua d'un bref hochement de tête, tandis que l'amiral Fennimore poursuivait :

– Comme vous le voyez, nous ne sommes pas venus jusqu'à vous en ennemis. Le cargo a pour mission de sécuriser la zone. Ordre des autorités.

En guise de preuve, le lieutenant Mendès se dépêcha d'ouvrir sa sacoche, et d'en tirer un dossier dont il détacha un feuillet, signé et tamponné, qu'il brandit devant nous.

Tout cela (les uniformes, les présentations protocolaires, les ordres, le feuillet tamponné) était si inattendu que les villageois en furent grandement déconcertés. Je sentis, dans mon dos, la tension baisser d'un cran. Seule ma mère resta sur ses gardes.

– Sécuriser la zone ? demanda-t-elle.

Elle écarta les bras pour embrasser la totalité de la Presqu'île : les maisons basses blotties autour du port, les barques, les filets enroulés sur le quai, puis la muraille des falaises, le ciel et la mer qui se confondaient dans les lueurs du soleil couchant.

– Mais il n'y a pas plus calme que cet endroit ! s'exclama-t-elle. De quoi voulez-vous nous protéger ?

L'amiral balaya le paysage du regard et poussa un soupir.

– Bien sûr, dit-il. Vous n'êtes pas au courant…

Il marqua une pause avant d'ajouter :

– Eh bien, ce n'est pas de gaieté de cœur que je dois vous en informer : c'est la guerre.

D'après ce que nous expliqua l'amiral, la guerre s'était déclarée un an plus tôt, à nos lointaines frontières. Nous n'en avions rien su, mais elle faisait désormais rage à tous les points cardinaux, sous les formes les plus confuses.

– Guerre de l'information, guerre financière, économique, chimique…, énuméra l'amiral (et le lieutenant Mendès brandissait systématiquement un feuillet tamponné pour appuyer ses dires). Guerre logistique, guerre psychologique… Vandalisme, terrorisme !

Nous écoutions, perplexes, se dérouler la liste des méfaits commis par des ennemis dont nous n'avions jamais entendu parler. Selon l'amiral, il y avait des morts. Nombreux. Des blessés. Innombrables. Des prisonniers, des otages, des destructions, et toutes sortes de troubles qui paralysaient nos villes et nos institutions.

– Pillages, guérillas urbaines, raids aériens, expéditions punitives, grèves administratives et tentatives de putsch, je vous passe les détails !

Durant une année entière, sous son commandement, l'étrange cargo de guerre avait descendu le fleuve pour atteindre les confins les plus retirés du territoire. En chemin, recrutant parmi les populations installées sur les rives, il avait enrôlé des soldats, des fermiers, des ouvriers de maintenance, des ingénieurs, des patriotes de tous âges, femmes, enfants, vieillards.

– À bord, nous disposons de plusieurs unités de production. Nous fabriquons tout : uniformes, outils, munitions, pièces d'artillerie lourde. Nous avons même des chevaux, des vaches, des cochons ! affirma l'amiral.

Lyrique, il s'enflamma :

– Notre cargo est bien plus qu'un navire-usine, bien plus qu'un navire de guerre : une arche. Une cathédrale flottante ! L'ultime rempart de notre civilisation contre le chaos.

J'entendis mon père répéter le mot « usine » avec un tremblement dans la voix. Et je vis ma mère le dévisager avec inquiétude.

Dans l'ensemble, le discours de l'amiral Fennimore fit beaucoup d'effet sur la petite communauté paisible de la Presqu'île, où personne n'avait jamais prononcé autant de mots belliqueux en si peu de phrases.

Moi, du haut de mes douze ans, j'enregistrais sans comprendre. Tout ce que je voyais, c'était Vigg. Vigg et sa tignasse hirsute. Vigg et ses bottes trop grandes. Vigg et ses yeux bruns. Le surgissement brutal de l'inconnu dans mon paysage sans surprise.

– Le cargo n'ira pas plus loin, déclara enfin l'amiral. Notre objectif est atteint : nous jetons l'ancre ici, jusqu'à nouvel ordre.

À ces mots, le lieutenant Mendès exhiba le dernier feuillet de sa sacoche :

– L'un d'entre vous doit signer au bas de cette page, dit-il.

Le maire, le bourgmestre… enfin, n'importe quel responsable.

Il resta un moment, bras tendu, avec son feuillet qui frémissait dans la brise du soir. Des petits cailloux s'émiettaient sous ses bottes et ses jambes commençaient à mollir dans la pente. Entre les branches des figuiers, on voyait rougir le ciel, et au milieu de la baie, la silhouette monumentale du cargo dont les hublots s'allumaient un à un.

– Vous êtes en train de nous dire que vous allez rester là ? s'étrangla ma mère. Que vous allez camper ici, sous notre nez… avec ce monstre ?

– Jusqu'à nouvel ordre, confirma l'amiral, droit dans son uniforme.

– Vous devez signer le formulaire, répéta son secrétaire. C'est la règle.

– Personne ne signera votre fichu papier ! décréta ma mère. Nous ne voulons pas de votre guerre. Allez la faire ailleurs ! Notre Presqu'île est un lieu sacré. En entrant ici, vous profanez un sanctuaire !

D'un silence têtu, tout le village approuva les paroles de Hama, et le lieutenant Mendès jeta un regard embarrassé à l'amiral. Manifestement, c'était la première fois que la population refusait de signer son papier, il ne savait comment réagir.

– Signature ou pas, c'est la même chose, soupira Fennimore. Le cargo restera et accomplira sa mission. Que vous le vouliez ou non, nous sécuriserons cette zone.

Il claqua de nouveau des talons, souleva son képi d'un geste sec, et fit volte-face pour redescendre le sentier en direction du port. Mendès rangea précipitamment ses feuillets dans sa sacoche et lui emboîta le pas, tandis que Vigg fermait la marche.

Je le suivis des yeux pendant qu'il s'éloignait. Un instant, je crus qu'il allait se retourner vers moi, mais il ne se retourna pas.

Cette nuit-là, Bo et Hama restèrent très tard sur la véranda de notre bicoque, avec une poignée d'habitants du village, parlant à voix basse de je ne sais quelle stratégie pour obliger l'amiral et son équipage à déguerpir.

L'air sentait le myrte et le fenouil ; l'idée même de la guerre n'arrivait pas à se frayer un chemin dans mon esprit. Allongée dans un coin, doucement bercée par la discussion, je contemplais le cargo illuminé.

J'essayais de compter les hublots. Il y en avait presque autant que d'étoiles dans notre ciel.

J'essayais de ne pas trop penser à Vigg ; j'y pensais quand même.

Mes parents chuchotèrent toute la nuit, mais rien n'y fit : le lendemain, le cargo était toujours là. Ainsi que le surlendemain.

Puis, les jours s'écoulèrent, et il demeura posé au milieu de la baie, plus inébranlable qu'un rocher, avec ses coursives, ses ponts, et les coupoles des radars braquées vers l'azur, comme des oreilles géantes.

Je passais des heures, assise sur la branche de mon figuier-cheval, à imaginer la vie à bord. À force, j'avais fini par dénombrer les étages (quinze), les hublots visibles depuis le promontoire (neuf cent quarante-huit), et les chaloupes accrochées aux bastingages (vingt-sept).

– Qu'est-ce que c'est une arche ? demandai-je, un matin, à Hama.

De mauvaise grâce, elle me raconta l'histoire de Noé, du Déluge, et du bateau légendaire qui avait sauvé les animaux d'une mort certaine. Mais d'après elle, la comparaison avec le cargo n'était pas valable.

– Noé n'était pas un militaire, m'expliqua-t-elle. Son arche n'avait pas de radar.

– Tu es déjà montée sur un navire comme ça ? insistai-je.

– Non. Je préfère naviguer sur la barque que ton père a réparée pour nous. C'est bien suffisant.

J'aimais faire de la barque, moi aussi. Bo, qui m'avait appris à ramer, disait souvent que je me débrouillais mieux que tous les garçons du bourg réunis. Mais face à la démesure du cargo, notre embarcation avait l'air d'un misérable jouet.

– Je voudrais bien voir l'intérieur, dis-je, les yeux brillants.

Hama comprit à quoi je rêvassais, depuis plusieurs jours, assise sur ma branche. Elle attrapa mon bras, et je sentis encore une fois ses doigts de plomb s'enfoncer dans ma peau.

– Je t'interdis d'aller en expédition jusqu'au cargo ! Tu m'entends ?

– Tu me fais mal, dis-je en essayant de me dégager.

Furieuse, ma mère me lâcha.

– Je t'interdis de t'en approcher, Tsell. C'est un endroit dangereux.

Elle garda les yeux sur moi, sourcils froncés, jusqu'à ce que, dans un soupir, je lui promette de ne pas y aller.

– Juré ?
– Juré, dis-je à contre cœur.

Malgré cela, en l'espace de quelques semaines, l'humeur de ma mère devint aussi bancale que notre bicoque. Chaque fois qu'elle faisait un pas dehors, elle sursautait, surprise par la présence du cargo qui élevait sa muraille au bout de notre jardin. Elle, qui aimait tant contempler la baie, s'évertuait désormais à lui tourner le dos, et je l'entendais pester à longueur de journée contre tout et rien. Elle ne jardinait plus, elle ne chantait plus : elle passait son temps à nous surveiller, comme quelqu'un qui craint de voir le lait déborder de la casserole.

– À quoi tu penses ? demandait-elle à Bo dix fois par jour.
– À rien, répondait mon père.
– Bien sûr que si. Tu penses au cargo. Je t'ai entendu répéter le mot « usine ».
– Et alors ? C'est interdit ?

Contrairement à nous, Hama résistait de toutes ses forces au charme qui émanait de ce navire bizarre. Lorsqu'elle me découvrait sur ma branche en train de rêver, elle me regardait de travers.

– Tu n'as rien de mieux à faire ? aboyait-elle.

Je la trouvais dure et injuste.

– J'ai bien le droit de regarder, quand même !

Elle inventait alors un prétexte pour me soustraire à ma fascination. Quelque chose à ranger, à laver, à réparer, n'importe quoi, mais à l'intérieur.

– Allez, ouste !

Peu à peu, mon père délaissa le potager, et même son atelier où, pourtant, je l'avais toujours connu absorbé par d'interminables bricolages. Fini les coups de marteau, de rabot, de scie. À présent, il préférait descendre au village, et surtout à la buvette, sur le port, où il retrouvait les pêcheurs. Là, pendant des heures, en éclusant des verres d'alcool blanc, ils parlaient entre eux de la guerre invisible qui grondait à nos frontières. Il y avait de l'électricité dans l'air et l'attrait du danger réveillait chez certains des désirs d'aventure inassouvis.

Chez nous, au contraire, ma mère traînait son humeur maussade. Elle végétait, elle maigrissait ; elle ne prit bientôt plus la peine de s'habiller, ni de se coiffer. Du matin au soir, assise dans le fauteuil de la véranda et seulement vêtue d'une vieille robe de chambre, elle guettait le retour de Bo, les mains abandonnées sur ses genoux, comme deux objets inutiles.

Quand mon père remontait enfin de la buvette par le sentier raide, il marchait en zigzag. Il titubait jusqu'au dernier figuier, au bord du promontoire, et de là, il pissait dans le vide en rigolant tout seul. Ma mère entrait alors dans des colères noires.

– Tu recommences, Bo ! Tu recommences comme à l'époque du *Castor* avec Ness et Malakie ! écumait-elle. Tu te souviens des conséquences, non ?

Elle agitait alors ses mains devant lui, et mon père, fou de rage, claquait les portes au risque de provoquer l'effondrement de toute la bicoque.

Comment l'évocation de ce mystérieux castor pouvait-elle

provoquer une telle fureur ? Qui étaient Ness et Malakie ? Je n'en savais rien.

Pour moi qui avais toujours connu mes parents unis et profondément amoureux, le moindre désaccord semblait tragique, alors que penser de ces colères brutales ? Quelque chose se détraquait inexorablement dans notre paradis, et je ne comprenais pas ce qui nous arrivait.

Pour fuir les disputes de plus en plus fréquentes de mes parents, je pris l'habitude de partir en promenade. Hama me laissa faire à condition que j'emmène les chiens ; elle savait qu'ils n'aimaient pas l'eau, surtout Ivoire. Quant à Charbon, elle était trop vieille à présent pour supporter de longues excursions. Ma mère supposait que je serais obligée de rester dans les parages pour ne pas la fatiguer.

Au début, je me contentais d'aller traîner autour du village, ou sur les hauteurs. Je trouvais toujours un endroit où m'arrêter pour étudier le cargo aussi longtemps que j'en avais envie. C'est comme ça que, à l'abri dans les collines, je remarquai certaines manœuvres effectuées à heures fixes par l'équipage : les tours de garde, les sorties en mer, les relevés météo, et surtout, de régulières expéditions menées en chaloupe à moteur sur la rive d'en face. Tous les trois jours, calculai-je.

De là où j'étais, les silhouettes des militaires paraissaient toutes identiques. Pourtant, il me semblait bien apercevoir, parfois, celle de Vigg. Je mettais mes mains en longue-vue autour de mes yeux, et je croyais le distinguer au milieu des autres, à l'avant d'une chaloupe.

Mon cœur battait alors à tout rompre et j'avais envie de prononcer son prénom à haute voix.

– Vigg.

Au fil des jours, mes promenades se resserrèrent autour du port, autour des chalutiers et des canots amarrés le long des pontons, puis près des barques. La nôtre tanguait doucement au milieu des autres ; je finis par m'en approcher en jetant des coups d'œil méfiants vers la buvette.

Cette barque, à bord de laquelle nous étions si souvent partis, des journées entières, explorer les criques environnantes, me rappelait des souvenirs heureux. Avec un peu de nostalgie, je repensai à Bo, armé de ses pinceaux, le jour où il avait décidé de la repeindre.

– Mes cocos chéris, j'en ai assez de ce gris triste ! s'était-il exclamé d'une voix rauque qui n'était pas la sienne.

À cette époque, Bo faisait souvent le pitre ; j'adorais ça.

– Ce sera jaune d'or et bleu pétant ! avait-il ajouté en mimant de drôles de déhanchements.

Ma mère avait eu les larmes aux yeux en le regardant, mais elle avait ri de bon cœur. C'est elle qui, une fois la barque rénovée, avait proposé qu'on lui donne un nom. Les pêcheurs baptisaient bien leurs bateaux, pourquoi pas nous ?

– Tu as une idée ? lui avait demandé mon père.

Il lui avait tendu un pinceau, et Hama, de ses mains de plomb encore un peu raides, avait tracé les lettres à l'avant de la coque. *La Tsarine*.

– Qu'est-ce que ça veut dire ? l'avais-je interrogée.

Elle ne m'avait pas répondu.

À présent, le jaune d'or semblait terne et le bleu pétant s'était écaillé ; je me rendis compte que l'époque des pique-niques dans les criques était terminée, et avec elle, une période de notre vie.

Si mon père n'avait pas été soudé au comptoir de la buvette, il aurait peut-être eu envie de remettre *La Tsarine* en état, mais pour l'instant, ça m'arrangeait qu'il ne s'en occupe pas.

Les rames étaient posées en travers des bancs. Je regardai les chiens, puis la baie, et le cargo. Depuis les quais, il se révélait encore plus haut, encore plus majestueux. Combien de coups de rames me faudrait-il pour l'atteindre ? Cent ? Deux cents ?

Quelque chose s'éveilla dans mon ventre ; une palpitation agréable. Jusqu'ici, je n'avais jamais désobéi à Hama. Je n'en avais jamais eu envie, ni besoin.

Ce jour-là, je fis seulement un essai.

Laissant les chiens sur le quai (« Ne bougez pas de là, hein, je reviens vite ! »), je me contentai de monter dans la barque, d'en larguer les amarres, et de ramer jusqu'à l'entrée du port. De là, j'évaluai mieux la distance qui me séparait du cargo.

Avant de retourner accrocher *La Tsarine* au ponton, je fixai pendant un moment la rive d'en face. Il y avait une langue de sable clair, au pied de la falaise, où j'avais vu accoster les chaloupes à moteur. Après tout, j'avais juré à Hama de ne pas m'approcher du cargo, mais je n'avais rien promis d'autre, n'est-ce pas ?

Deux jours plus tard, j'étais prête. J'avais déniché un sac, récupéré, sans que mes parents s'en aperçoivent, un peu de nourriture, une gourde d'eau, plusieurs mètres de corde et des lanières de cuir dans l'atelier où mon père stockait toutes ses bricoles.

Il était encore tôt quand je partis, comme d'habitude, avec les quatre chiens sur mes talons. Bo était déjà descendu au village et Hama, qui dormait de plus en plus tard, ne me vit même pas quitter le promontoire.

Dos à la mer, je m'engageai en direction de la steppe. Le temps était doux et léger ; au loin, des nuages en forme de loupes dessinaient des ronds sur le ciel transparent.

Je n'avais pas l'intention de pénétrer dans la steppe. C'était le domaine sauvage du vent et du ciel, il n'y avait rien d'intéressant pour moi (croyais-je) dans ce vaste désert, et je bifurquai sur la droite pour m'enfoncer dans un maquis de genévriers et de bruyères blanches.

Pressant les chiens, je descendis cahin-caha entre les arbrisseaux.

Je fis un long détour avant d'atteindre l'endroit que je cherchais : une combe abritée des regards, entourée d'oliviers aux troncs solides, où j'allais pouvoir attacher ma corde.

Je la déroulai et y fis plusieurs nœuds. Je passai ensuite une lanière de cuir au cou de Charbon, puis à celui de Safran, d'Ivoire et de Cachou.

– Je sais que vous avez l'habitude d'être libres, mais c'est seulement pour quelques heures, leur dis-je.

Je les consolai en leur montrant la corde. Elle était assez

longue pour leur offrir de quoi aller et venir, et je leur promis de les délivrer aussitôt après mon escapade.

Avant de quitter la combe, je leur abandonnai une part de la nourriture cachée dans mon sac. Ivoire lança des jappements plaintifs ; je dus me boucher les oreilles pour ne pas faire demi-tour.

Sur le port, cachée derrière un transformateur électrique, j'attendis que la voie soit libre jusqu'au ponton.

À la terrasse de la buvette, j'apercevais les pêcheurs attablés, et les larges épaules de mon père. Il se tenait à l'écart, debout sous l'auvent, hypnotisé par le cargo.

Quand je fus certaine qu'aucun d'eux ne ferait attention à moi, je courus jusqu'à *La Tsarine*. J'y jetai mon sac, détachai les amarres, et sautai sur le banc. « À toi de jouer, capitaine Tsell ! » me dis-je pour m'encourager.

En quelques coups de rames, je m'éloignai du quai, puis franchis la digue, et sortis du port. En ligne droite, le trajet aurait été plus court, mais beaucoup plus risqué ; je choisis de longer la côte de crique en crique.

J'avais les mains couvertes d'ampoules quand j'atteignis enfin la plage blanche que j'avais repérée durant mes longues observations. En réalité, c'était une langue rocheuse et lisse, où clapotaient des vaguelettes.

Je roulai mon pantalon jusqu'aux genoux, et tirai ma barque hors de l'eau avant de l'amarrer à un tronc d'arbre mort couché dans la vase.

J'avais suivi la côte sans prendre le temps de lever les

yeux, sans penser à rien d'autre qu'à ramer, ramer, aussi vite que possible. Redressant enfin la tête, je découvris la face cachée du cargo : à bâbord, dans l'ombre, son reflet découpait sur la mer une gigantesque plaque argentée qui faisait penser à du mercure liquide. Tout en haut, à la place des rangées de hublots, des dizaines de canons pointaient vers la falaise leurs gueules menaçantes.

Je me sentis soudain trop petite, trop seule, et trop loin de chez moi. Malgré mes paumes brûlantes, j'eus brusquement envie de rentrer.

J'étais en train de dénouer l'amarre de ma barque quand j'entendis le vrombissement aigre des moteurs : deux chaloupes venaient de quitter le cargo, et fonçaient droit sur moi. À l'avant de la première, je reconnus la silhouette de Vigg.

L'amarre me tomba des mains.

J'attendis sans bouger, cœur battant.

Le cargo masquait le soleil, et il faisait froid sur ce bout de plage, à en attraper la chair de poule.

Je pensais à Hama, qui s'inquiétait peut-être de mon absence, là-haut, sur le promontoire. Je pensais aux chiens attachés dans la combe, et à Bo qui allait encore remonter de la buvette en faisant des zigzags. Je pensais aux cris, aux larmes, aux accusations de ma mère, à ce castor bizarre qui revenait sans cesse dans les disputes, et à ce poids dans ma poitrine, qui m'empêchait de trouver le sommeil depuis que le cargo avait jeté l'ancre devant « chez nous ».

Je pensais à ma fugue, à ma désobéissance.

Pour me réconforter, je me répétais que je n'avais pas vraiment menti à Hama, et qu'aucun règlement ne m'interdisait de me trouver là où j'étais. Je me disais que si la gueule des canons était braquée vers les falaises, cela ne signifiait pas forcément que la menace se rapprochait... Et tandis que les étraves des chaloupes fendaient l'eau argentée, j'essayais encore de croire que rien, pas même la guerre, pas même l'amour, ne pouvait bouleverser la tranquillité de mon univers.

À quelques mètres de la berge, les chaloupes coupèrent leurs moteurs. Depuis les deux embarcations, les militaires me dévisageaient avec méfiance. Sauf Vigg.

– Je la connais ! dit-il. C'est une fille du village.

– Qu'est-ce qu'elle fait là ? demanda l'un des hommes.

– C'est moi qui lui ai demandé de venir, répondit Vigg avec un aplomb admirable.

Soupçonneux, les militaires me fixaient. Je ne devais pas payer de mine, avec mon pantalon retroussé jusqu'aux genoux et mon air de vouloir disparaître.

– Ordre de l'amiral ! ajouta Vigg en bombant le torse pour imiter son supérieur.

Puis il se tourna vers moi, et, malicieux, me sourit.

Son sourire me foudroya. Pire que si on m'avait tiré dessus à bout portant.

10

LE VISIBLE ET L'INVISIBLE

Cette première escapade passa inaperçue. Avant le coucher du soleil, je parvins à rentrer au port, à replacer discrètement *La Tsarine* au milieu des autres barques, puis, je courus délivrer les chiens dans la combe, avant de remonter, épuisée et les mains en feu, jusqu'à notre bicoque.

Hama était assise dans son fauteuil, sous la véranda, toujours en robe de chambre. Quand elle m'entendit arriver, elle frémit. Le regard absent, elle me demanda :

– Tu as vu ton père ?

– Non, dis-je.

Elle souleva ses mains et les tendit devant elle. Elle les regarda longtemps ; on aurait cru qu'elle cherchait à voir à travers.

– On ne retrouve pas les choses perdues, murmura-t-elle. On ne répare pas l'irréparable. C'est impossible.

Sa voix était lointaine, et son visage si triste, que j'eus envie de repartir, de m'envoler loin. Mais en vérité, c'était Hama qui s'était envolée depuis quelques semaines. Son âme, en tout cas.

Mal à l'aise, je me tournai vers la baie.

Dans les dernières lueurs du jour, le cargo offrait sa face aimable, ses quinze étages, ses vingt-sept canots, sa plate-forme rouillée, et ses neuf cent quarante-huit hublots.

– Celui de ma cabine est juste en dessous de celle de l'amiral, m'avait expliqué Vigg avant qu'on se quitte. Au quatorzième étage. L'avant-dernier sur ta gauche.

Je repensai à son regard amusé lorsque j'avais à mon tour désigné notre « chez-nous », et la fenêtre de ma chambre. Depuis l'autre rive, notre bicoque m'avait paru encore plus penchée et biscornue que d'habitude, presque sur le point de tomber de son promontoire. Mais Vigg l'avait trouvée marrante, avec le tuyau de sa cheminée dressé vers les nuages, comme un périscope.

– J'aimerais bien voir l'intérieur, avait-il dit.

Nous avions décidé, une fois la nuit tombée, de nous envoyer des signaux lumineux depuis nos fenêtres respectives.

– On discutera à distance ! s'était emballé Vigg. Tu connais le morse ?

Comme je répondais non, il m'avait promis de m'apprendre la prochaine fois qu'on se verrait. Cette promesse, c'était un soleil. Elle illuminait tout. Je n'avais pas envie que la tristesse de ma mère l'éteigne.

– Les chiens ont faim, dis-je en quittant soudain la véranda.

Moi aussi, j'avais faim. Pourtant, je fus incapable d'avaler quoi que ce soit.

Dès la nuit tombée, je m'enfermai dans ma chambre. Je déroulai le fil électrique, et assise sur le rebord de la fenêtre, pointai ma lampe en direction du cargo. Éteindre. Allumer. Éteindre encore. Rallumer au hasard.

Au quatorzième étage, à travers l'avant-dernier hublot, des éclats lumineux me répondirent. Signaux longs, signaux courts et saccadés, c'était pour moi un langage indécodable, mais j'en comprenais l'essentiel : Vigg pensait à moi.

Ma deuxième escapade eut lieu trois jours plus tard.

Bo et Hama s'étaient si violemment disputés la veille, qu'ils n'avaient pas dormi ensemble. En me levant, je découvris mon père qui ronflait dans le fauteuil de la véranda, une bouteille à moitié bue entre les genoux. Il broncha à peine quand je la lui retirai, et il marmonna quelques mots pâteux – « Pas jongler avec des enclumes… Tu avais raison, Malakie… ouvrier, comme vous autres… » – avant de se rendormir, une larme au coin des yeux.

Tout comme les colères de ma mère, les rêves de mon père recelaient trop d'énigmes et je m'en sentais exclue. Alors à quoi bon jouer les jeunes filles obéissantes, me dis-je, puisque plus personne ne faisait attention à moi ?

Cette fois, je ne pris même pas la peine d'emmener les chiens. Je leur rendis une brève visite dans le fond du jardin, les nourris, leur fis quelques caresses, puis filai droit vers le port, sans autre précaution. J'étais seulement inquiète de l'état de mes paumes : les cloques n'étaient pas encore résorbées, et j'espérais avoir le courage de ramer jusqu'à la langue rocheuse pour mon deuxième rendez-vous avec Vigg.

La Tsarine me sembla lourde, l'eau épaisse, et la traversée interminable jusqu'à la rive opposée, mais j'eus à peine le temps d'aller m'asseoir un peu plus haut sur un rocher que, ponctuelles, les chaloupes démarrèrent leurs moteurs.

À l'avant de la première, Vigg me fit de grands signes avec les bras, et ma fatigue disparut aussitôt.

Tandis que les militaires coupaient les gaz avant de remorquer les embarcations vers la berge, Vigg sauta dans l'eau avec ses bottes et pataugea jusqu'au bord.

– Salut, Tsell ! lança-t-il gaiement.

Entre ses lèvres, mon prénom me sembla étrange et beau.

– Salut, Vigg !

Essoufflé, il vint s'asseoir à mes côtés. Il retira ses bottes et vida l'eau qui s'y était engouffrée.

– Elles sont trop grandes pour moi, me dit-il.

– Ça, j'avais remarqué. Elles te font des pieds de clown !

– Tu trouves ?

Il eut l'air vexé.

– Quand j'étais petite, dis-je pour le réconforter, mon père faisait souvent le clown. J'adorais ça.

– Ton père, c'est l'armoire à glace qui nous barrait la route en haut du sentier, l'autre jour ?

– C'est lui.

– Il n'avait pas l'air vraiment rigolo, commenta Vigg.

Je haussai les épaules en songeant aux cris et aux paroles amères qui fusaient de la bouche de Bo depuis l'arrivée du cargo. La veille, il avait bombardé Hama de reproches incompréhensibles, ponctués de chiffres sans queue ni tête

(Douze, Deux, Quatre…), criant quelque chose au sujet du feu et d'un endroit où il aurait mieux fait de rester à tout jamais – une forge, si j'avais bien entendu. Le temps où il aimait faire le clown semblait bien loin, en effet.

– Et ton père, à toi ? demandai-je à Vigg pour changer de sujet. C'est Fennimore ?

Ma question provoqua un éclat de rire sincère.

– L'amiral, c'est seulement l'amiral, m'expliqua Vigg. Il m'a engagé à son service, et j'aime mieux ça que travailler comme mécano. Aide de camp, c'est moins fatigant !

Il écarta les bras, et s'étira comme un chat.

– Moi, je n'ai pas de père, ajouta-t-il. Ni de mère, d'ailleurs. Et c'est très bien comme ça. Je suis totalement libre.

Je dévisageai mon nouvel ami avec un mélange de surprise et d'admiration. Il n'avait qu'une année de plus que moi, mais il avait l'air de connaître la vie mieux que les adultes qui m'entouraient.

– Tu as vu la guerre ? lui demandai-je.

– Bien sûr. Et beaucoup de morts, aussi. Pas toi ?

– Non, dis-je. Je n'ai jamais vu de cadavre.

C'était vrai. Sur la Presqu'île, tout était si serein, si constant, que même les vieux pêcheurs paraissaient immortels. Cette fois, c'est Vigg qui me regarda avec surprise.

– Tu voudrais en voir ? me demanda-t-il, le plus sérieusement du monde.

Alors que je cherchais quoi répondre, les militaires mirent fin à notre conversation en rappelant Vigg à ses obligations : il n'était pas là pour le plaisir.

– Le devoir ! me dit-il en rechaussant ses bottes de clown.

Désolé, mais tu ne peux pas nous suivre. Opération secrète. Ordre de l'amiral.

Je me levai du rocher en même temps que lui. Derrière nous, les militaires traînaient du matériel lourd dans la vase, à l'aide de petits engins montés sur des chenilles. Trois jours plus tôt, ils avaient effectué la même manœuvre, avant de pénétrer en rang serré dans les broussailles qui envahissaient le pied de la falaise.

– Qu'est-ce qu'il y a, derrière ? osai-je demander en désignant le chemin invisible.

Vigg posa un doigt sur ses lèvres. Les yeux brillants, il se pencha vers moi.

– Tu as vraiment envie de le savoir ?

Je fis signe que oui.

– Si tu viens ici demain soir, je me débrouillerai pour te rejoindre, dit Vigg. Et je te montrerai ce qu'il y a derrière, tu veux ?

– Demain soir ? dis-je, un peu inquiète.

– Il faut qu'il fasse nuit, chuchota Vigg. Sinon, on risque de se faire prendre. Tu pourras ?

Mon ventre se noua et un frisson parcourut mon corps, des pieds à la tête.

– Bien sûr ! fis-je crânement. Moi aussi, je suis totalement libre.

– Super, fit Vigg avec un grand sourire. Alors, à demain !

Il allait s'éloigner, mais il se ravisa soudain, et revint vers moi. D'une poche intérieure de sa veste d'uniforme, il sortit une feuille de papier un peu froissée.

– J'allais oublier, me dit-il. Le morse !

Je pris le papier et le dépliai. D'une écriture pointue, Vigg y avait noté les codes et leurs transcriptions : un alphabet de traits et de points, auxquels correspondaient les lettres et les chiffres.

– Merci, dis-je.

Quand je relevai la tête, Vigg avait déjà disparu dans les broussailles, à la suite des militaires.

Au retour, je crus que mes bras n'auraient plus la force de tirer sur les rames. Je marquai une pause à mi-chemin et laissai *La Tsarine* dériver un moment, au gré des clapotis.

Je m'allongeai sur le banc, en travers de la barque, tête à l'envers vers le ciel. Tout était si bleu et si pur que j'avais du mal à croire qu'il puisse exister, ailleurs, des ciels d'une autre couleur. À part dans les livres, je n'avais jamais vu de tempêtes, ni d'orages, ni de morts. Je n'avais jamais vécu de choses dangereuses. Vigg, si. Et il allait me montrer ce que cachaient les broussailles…

J'avais assez peur, bien sûr. Mais je n'avais pas envie de penser aux obstacles, et l'idée de revoir mon nouvel ami dès le lendemain me donna le courage de reprendre les rames.

Pour la première fois, j'avais des secrets. C'était délicieux.

Cette nuit-là, mon ventre me fit mal. Des tenailles invisibles semblaient se refermer, s'ouvrir, et se refermer sans cesse, profondément sous ma peau. Impossible de dormir.

Lampe allumée, je dépliai le papier que Vigg m'avait donné, et tentai de mémoriser le morse. Traits, points, traits, points. Les codes dansaient devant mes yeux, et je finis par renoncer.

À travers les cloisons bancales, j'entendis Bo et Hama qui se disputaient encore.

Leurs cris parvenaient jusqu'à moi, et même en fourrant ma tête sous mon oreiller, je les entendais quand même.

– Qu'est-ce que tu veux de plus ? s'énervait Hama. C'est chez nous, ici. On ne manque de rien !

– Si ! répondait mon père. Moi, je manque d'air !

Il parlait d'ennui, d'un feu éteint, d'un travail, d'un rôle qu'il voulait jouer – je ne comprenais pas lequel – tandis que ma mère hurlait au sujet d'une promesse. Elle parlait de trahison, de lâcheté, d'abandon et (chose étrange) d'une plume.

Comme chaque nuit, les portes claquèrent, et la bicoque trembla sur ses bases.

Comment comprendre ce qui opposait si violemment mes parents ? La face obscure de l'amour m'échappait (peut-être échappait-elle à tout le monde ?), mais à l'évidence, le mot « guerre » était définitivement entré dans mon vocabulaire.

Je m'endormis à l'aube, comme on perd connaissance.

Le lendemain, assise sur la branche de mon figuier-cheval, j'attendis le déclin du soleil avec une impatience mêlée d'angoisse. Mon ventre continuait de me faire souffrir, et chaque fois que je m'imaginais à bord de *La Tsarine*, en pleine obscurité, je sentais mes muscles se paralyser. Mes mains, mes bras, mes jambes devenaient raides, durs comme des morceaux de métal.

« Un corps en plomb, pensai-je soudain. Comme les mains de ma mère. »

Subitement, je réalisai que je n'avais jamais su d'où

venaient les prothèses de Hama. Elles étaient là depuis toujours, dans le prolongement de ses poignets : si habiles et si familières, que leur étrangeté semblait gommée.

Cette pensée en entraînant une autre, je m'aperçus que la vie de Bo et Hama avant moi m'était totalement inconnue. J'ignorais tout de leur enfance, de leur adolescence, et même de leur rencontre. J'ignorais jusqu'au nom de leurs propres parents, dont ni l'un ni l'autre n'évoquait jamais l'existence. Comment avais-je pu vivre, pendant douze ans, sans jamais rien demander ?

Depuis ma branche, je me mis à observer ma mère du coin de l'œil.

Malgré la violente dispute de la nuit, elle semblait moins triste, moins fatiguée que les autres jours. Pour une fois, elle ne portait pas sa vieille robe de chambre, mais une jolie robe, légère et fleurie, qui me rappelait des souvenirs de pique-nique dans les criques.

Au lieu de rester assise sous la véranda, elle s'agitait partout dans la bicoque, avec une fébrilité surprenante. Elle déplaçait les meubles, les tapis, les objets ; on aurait dit qu'elle préparait une surprise, une réception, ou quelque chose comme ça.

De temps en temps, elle surgissait dans le jardin, et je la voyais filer droit vers l'atelier de mon père en parlant pour elle-même.

Dans mon ventre, les mâchoires des tenailles reprirent leur pénible mastication et la douleur monta si fort qu'elle me coupa le souffle. Je descendis de ma branche pour ne pas en tomber et m'allongeai dans l'herbe, face au ciel.

Au-dessus du promontoire, des nuages d'altitude s'étiraient, paresseux, dans l'air immobile. Je les contemplai jusqu'à ce que, peu à peu, la douleur s'apaise.

Trop occupée par ses curieux préparatifs, Hama ne remarqua même pas que j'avais manqué m'évanouir.

Malgré tout, une heure plus tard, je me sentais en pleine forme. Mes forces étaient revenues, mon esprit était clair et je n'éprouvais plus aucune peur. J'étais de nouveau Tsell, l'invulnérable.

Profitant que Hama s'était enfermée à double tour dans la cuisine, j'entrai dans l'atelier de Bo. J'y dérobai une vieille paire de gants dont il ne se servait jamais, et qui prenait la poussière, accrochée à un clou. Ces gants étaient trop grands pour mes mains, mais le cuir était épais et résistant. «Avec ça, pensai-je, je pourrai ramer toute la nuit. À toi de jouer, capitaine Tsell!» me dis-je en pensant à la traversée qui m'attendait.

Et sans hésiter, je me mis en route.

Au moment où j'arrivai au port, les colonies d'oiseaux se rassemblaient au sommet des falaises, et la lumière dorée du soir enveloppait la baie d'une douceur parfaite. J'étais calme, sûre de moi, presque heureuse.

Cachée derrière le transformateur, j'attendis que les hublots du cargo s'allument les uns après les autres. Au quatorzième étage, celui de Vigg demeura éteint.

J'entendis soudain des cris en provenance de la buvette. De loin, j'aperçus des silhouettes qui se bousculaient, et parmi elles, reconnaissable entre toutes, celle de Bo. J'eus la désagréable impression qu'il était au centre d'une bagarre (une bagarre, sur notre Presqu'île !), mais je ne voulus pas m'en inquiéter. La bousculade m'offrait la diversion que j'attendais : j'enfilai la paire de gants et fonçai vers le ponton pour détacher *La Tsarine*.

En même temps qu'un mince croissant de lune, une brume tiède et fantomatique s'éleva au-dessus des eaux du port. Elle s'enroula autour de la barque, autour de moi, étouffant les cris venant de la buvette. Avant de passer derrière la digue, je vis les mâts des chalutiers, les toits des maisons, les contours de la Presqu'île se dissoudre. Puis plus rien.

J'étais seule au milieu de la mer.

Abritée par la nuit, je me mis à ramer en ligne droite vers le cargo. À travers les nappes de brume, les rangées des hublots composaient d'étranges constellations ; plus je m'approchais, plus j'avais l'impression de flotter non pas sur l'eau, mais dans l'espace.

Aimantée par une force irrésistible, *La Tsarine* échappait à mon contrôle et j'eus peur qu'elle aille se fracasser contre le flanc du cargo. Il me fallut redoubler d'efforts pour contourner la gigantesque proue, et pour enfin quitter l'orbite du monstre ; au moment où je passais de l'autre côté, je vis scintiller quelque chose sur la berge d'en face. Les éclats d'une torche électrique qui alternaient en signaux courts, longs, courts, longs.

Soulagée, je souris. Vigg était au rendez-vous.

Le fond de ma barque râcla le rocher, et Vigg se trempa de nouveau les pieds pour tracter *La Tsarine* jusqu'au tronc d'arbre mort.

– Tu as du courage d'être venue, Tsell, chuchota-t-il.

– Ça va. J'ai l'habitude, mentis-je.

Je sautai à terre, ne reconnaissant rien autour de moi, ni les formes, ni les bruits, ni les odeurs. En vérité, la vie nocturne de la Presqu'île m'était inconnue, et si j'avais été seule, je me serais sentie perdue.

En attrapant ma main, Vigg fut surpris par le cuir épais des gants.

– Je les ai empruntés à mon père, expliquai-je en les retirant.

– Ils te font des mains de clown ! se moqua Vigg.

Il pointa dessus le faisceau de sa torche.

– Ton père est forgeron ? me demanda-t-il.

Sa question me troubla. Lors d'une dispute, Bo avait bien parlé d'une forge. Mais je m'accrochai à mes certitudes : mon père était pêcheur, cultivateur, bricoleur. Il savait fabriquer beaucoup de choses et réparer les barques, mais je ne l'avais jamais vu forger quoi que ce soit.

– Ces gants ont servi, pourtant. Regarde, ils portent des traces de brûlure.

Vigg me montra de longues marques sombres qui zébraient le cuir. Il savait à quoi ces marques correspondaient : pendant des années, il avait vécu dans une communauté de forgerons, il pouvait les reconnaître à coup sûr.

– Et ça ! ajouta-t-il en approchant davantage sa torche.

Je remarquai de microscopiques poussières scintillantes, incrustées dans la peau du gant.

– On dirait de la poussière d'or, murmura Vigg.

Il me jeta un regard admiratif.

– Ton père connaît les secrets de la forge ?

– En tout cas, il ne connaît pas les secrets du balai et du chiffon ! dis-je en riant franchement. Si tu voyais son atelier, tu comprendrais mieux d'où vient cette poussière !

Mais Vigg s'obstina et secoua la tête, sûr de lui.

– Crois-moi, c'est autre chose. Quelque chose de magique.

Il prononça ces mots avec tant de sérieux que je cessai de rire.

– Tu penses que la magie existe, toi ? demandai-je, sincèrement étonnée.

– Tout existe, dit-il. Il suffit de savoir regarder au-delà des apparences.

Il braqua soudain sa torche vers les broussailles. Elles étaient nimbées de cette brume tiède qui m'avait accompagnée depuis le port.

– Tu es prête à découvrir ce qu'il y a de l'autre côté ?

En guise de réponse, je remis ma main dans la sienne.

– D'accord, me dit-il. Viens.

Vigg fit trois pas en avant, écarta les broussailles et m'entraîna vers l'invisible.

Derrière la végétation se trouvait l'entrée d'un étroit canyon qui fendait la barrière rocheuse en deux. Les murailles semblaient s'écarter sur notre passage, créant un couloir sinueux, tandis que très haut par-dessus, les crêtes des falaises découpaient un mince filet de ciel où l'on voyait briller les étoiles.

– Autrefois, il y avait une rivière à cet endroit, me dit Vigg. J'ai trouvé des fossiles de coquillages un peu plus loin.

Devant nous, le faisceau de sa torche éclairait un sol inégal. Les chenilles des engins militaires y avaient laissé des empreintes boueuses. Plusieurs fois, je me tordis les chevilles dans des creux.

– Ça va ? me demandait Vigg.

– Tant que tu restes avec moi, ça va.

– Je suis là, disait-il en serrant ma main un peu plus fort.

Il fallut marcher assez longtemps. Parfois, nous montions, parfois, nous descendions, en serpentant à travers le boyau obscur, mais je n'avais pas peur.

Je sentis soudain un courant d'air froid et désagréable sur mon visage, et Vigg s'arrêta.

Il tourna sa torche. Sur ma droite, je découvris un espace plus large qui faisait une sorte d'alcôve. Au fond, sous des bâches imperméables, les militaires avaient stocké un énorme tas de matériel.

– À partir de maintenant, tout ce que tu verras doit rester top secret, m'avertit Vigg. Personne ne doit savoir que tu es venue jusqu'ici, d'accord ?

– D'accord.

Il s'approcha des bâches, et en souleva un coin. Dans l'éclat de la lampe, je vis scintilller des pièces de métal fuselées, et des munitions dans des caisses.

– Il y a de quoi détruire une armée, là-dessous, dit Vigg sans émotion particulière. Mais ce n'est pas ça que je veux te montrer. Viens.

Il laissa retomber la bâche, et m'entraîna plus loin, en direction du courant d'air.

– Tu n'as pas peur de marcher dans le noir complet ? me demanda-t-il.

Je secouai la tête et il éteignit sa torche.

– Avance lentement et lève les pieds. On y est presque.

Le courant d'air venait du dehors. Chargé d'une odeur inconnue, il s'engouffrait en tourbillons dans le canyon, soulevant une poussière irritante qui entrait dans mes yeux, mes narines, ma bouche. Je dus me protéger le visage de ma main libre, tandis qu'agrippée de l'autre à celle de Vigg, j'avançais en espérant ne pas buter contre un obstacle ou tomber dans une cassure.

Le courant d'air cessa subitement.

– Nous y sommes, dit Vigg.

Avant que je puisse voir quoi que ce soit, il plaqua ses mains en bandeau sur mes yeux.

– Attends, murmura-t-il.

Je sentis sa respiration sur ma nuque, chaude et rapide.

– On peut encore faire demi-tour, Tsell. Tu n'es pas obligée de…

– Enlève tes mains, dis-je.

Il retira lentement ses mains de mon visage, et j'ouvris enfin les yeux.

Nous étions arrivés à l'extrémité du canyon, de l'autre côté de la falaise, de l'autre côté de la barrière rocheuse qui protégeait la Presqu'île. La terrasse naturelle où nous nous trouvions offrait un point de vue imprenable sur l'immensité : le reste du monde était là, devant moi pour la première fois.

Au milieu de l'espace nocturne, et partout jusqu'à la ligne plus claire de l'horizon, des choses brûlaient, dégageant cette odeur inconnue qui nous prenait à la gorge.

– Qu'est-ce que ça sent ? dis-je en suffoquant.

– La guerre, me répondit simplement Vigg.

Dans le halo des brasiers, on devinait des ruines. À perte de vue, des squelettes de maisons calcinées, des forêts d'immeubles éventrés, des carcasses de ponts, de véhicules, des amas indistincts d'où s'échappaient de pâles fumerolles. Dans l'air puant et saturé de cendres, rien ne bougeait, sauf les flammes.

– D'ici, on ne peut pas voir les morts, dit Vigg. Mais ils sont là, dans les ténèbres, partout autour de nous.

Je restai de longues minutes sans bouger, incapable de détacher mes yeux de ces choses informes qui se consumaient. De temps à autre, un éclair traversait la nuit en silence, et l'impact provoquait un tremblement lointain. D'autres brasiers naissaient çà et là, comme si une force invisible jouait avec des allumettes. Pour moi qui n'avais jamais contemplé d'autre paysage que celui, paisible et doux, de notre mer intérieure, ce spectacle était à la fois sinistre et fascinant.

– L'amiral dit que nous sommes prêts à défendre notre dernière frontière, m'expliqua Vigg.

– Notre dernière frontière ?

– La dernière avant la steppe, précisa Vigg. Après, il n'y a plus rien à défendre.

Je me penchai au bord de la terrasse, sur le flanc d'un ravin qui plongeait à pic. Au fond, des braises couvaient sous la végétation, et je compris que la guerre, tel un liquide ardent, s'était répandue jusqu'au pied de nos falaises. Elle était là, à la porte de notre paradis.

– Qui sont nos ennemis ? demandai-je à Vigg.

– Je ne sais pas, Tsell. Personne ne le sait.

– Pas même l'amiral ?

– L'amiral obéit aux ordres, il ne se pose pas de question.

– Tu veux dire que nous faisons la guerre sans savoir pourquoi ?

– Si, dit Vigg. Nous nous défendons contre ça.

– Ça ?

– Le feu, fit-il en ouvrant les bras vers la nuit. La destruction, l'anéantissement !

Je suivis son geste, et embrassai les incendies du regard. La menace semblait à la fois proche et lointaine ; je n'arrivais pas à imaginer qu'elle puisse déferler et nous atteindre un jour.

– Les canons du cargo sont prêts à pilonner la plaine, continua Vigg. Cette terrasse servira à positionner l'artillerie, tout est planifié, mais si tu veux mon avis, ça ne servira à rien.

– Tu veux dire que…

La crainte m'envahit et je fus incapable de formuler la suite de ma question.

– Je n'aurais pas dû t'amener ici, regretta Vigg.

Il décida soudain qu'il fallait partir, et il reprit ma main. Elle était bouillante.

Il me demanda si je pouvais marcher, je répondis oui,

mais quand il me tira en arrière pour reprendre le chemin du canyon, je me rendis compte que mes jambes étaient en coton. J'avais de nouveau mal au ventre, mal au cœur, mal partout ; l'impression qu'on m'avait rouée de coups.

Vigg me porta presque jusqu'à la cache des militaires. Là, il s'arrêta, hors d'haleine, et m'allongea par terre. Je claquais des dents. J'avais froid et chaud en même temps, plus aucune force.

Vigg déposa sa torche près de moi, fouilla son sac, et me tendit de l'eau.

– On dirait que tu as de la fièvre, il faut que tu...

Son bras resta suspendu en l'air en même temps que sa phrase. Les yeux arrondis par la surprise, je vis qu'il fixait un point derrière moi.

Croyant que quelqu'un nous avait découverts, je réussis à tourner la tête, et je compris pourquoi Vigg n'avait pas achevé sa phrase : projetée par le faisceau de la torche sur la paroi de la falaise, une ombre parfaitement nette se déployait derrière moi. En toute logique, cette ombre aurait dû être la mienne, mais ce n'était pas une ombre humaine.

– Un animal, murmura Vigg. On dirait un loup... Un loup avec des pattes de puma. Un loup-puma...

Je n'eus pas le temps de comprendre ce qui m'arrivait. Mes oreilles se mirent à bourdonner, ma vision se brouilla, et, subitement, il me sembla dégringoler dans le vide.

Dans ma chute, je fis un rêve.

J'étais debout, seule, à l'orée d'une forêt, au commencement d'un chemin. L'orbe des branches formait un tunnel dont je n'apercevais pas la sortie. Dans mon dos, le vent dressait un mur qui m'empêchait de reculer. Je luttais pour garder l'équilibre, effrayée à l'idée de pénétrer dans cette densité végétale, mais le vent soufflait si fort qu'il m'était impossible de résister.

Soudain, le tunnel m'aspira.

Pas plus lourde qu'un insecte, emportée, ballottée au gré des bourrasques, je frôlais les branches. Pendant que je volais, mes cheveux se mirent à tomber. Par poignées entières. Puis, dans une terreur indicible, je perdis mes dents, mes pieds, mes mains.

Quand le vent se calma, le reste de mon corps retomba lourdement sur le sol et roula contre un tronc.

Sous le tronc, il y avait une galerie. C'était un couloir de terre assez large pour qu'en rampant je puisse y enfoncer ma tête, mes épaules, mes bras. Peu à peu, en me tortillant comme un ver, je m'y glissai tout entière.

Alors que je progressais dans les ténèbres de cette galerie souterraine, j'entendis monter du fond de la terre une voix de femme. Une voix vibrante qui répétait mon nom : *Tsell, Tsell.*

Qui était cette femme ? Pourquoi m'appelait-elle ?

Je sortis brutalement du rêve, comme on émerge d'un lac, à moitié noyée.

Je pris une grande inspiration qui me fit tousser, et je rouvris les yeux. Vigg était penché au-dessus de moi, livide.

– J'ai cru que tu étais en train de mourir, dit-il.

J'attendis que les battements de mon cœur ralentissent, et que mes idées se remettent en place.

– Je faisais un rêve horrible, dis-je. Je volais dans une forêt et…

– Tu perdais tes cheveux, tes dents, et tes mains, compléta Vigg.

Stupéfaite, je me redressai sur un coude.

– Comment tu le sais ?

Il désigna la paroi de la falaise derrière moi.

– Ce n'était pas un rêve. J'ai tout vu sur le mur. D'abord l'ombre du loup-puma, ensuite une grande forêt, et ton ombre à toi, qui volait entre les arbres. C'était comme un spectacle, Tsell.

Il me regarda avec un étonnement total.

– Comment fais-tu ça ?

Je n'en savais strictement rien.

La vérité, c'est que je n'avais rien fait. L'ombre était apparue sans que je le décide, le rêve s'était déroulé et j'ignorais par quelle magie il s'était projeté sur le mur… La seule chose dont j'étais certaine, c'est qu'à présent mon ombre avait retrouvé sa forme humaine. Mon malaise était passé.

Je tendis une main vers Vigg, qui m'aida à me lever. Une fois debout, forte et prête à marcher, je lui souris.

– Je ne suis pas morte, tu vois !

Vigg avait retrouvé des couleurs. Il me rendit mon sourire.

– Tu n'es pas morte du tout, fit-il joyeusement. Au contraire ! Tu as l'air encore plus vivante… En fait, tu as l'air…

Les yeux dans les miens, il chercha ses mots pendant un instant.

– Tu as l'air encore plus jolie que tu ne l'étais déjà, finit-il par lâcher.

C'était la première fois qu'un garçon de mon âge me faisait un compliment pareil. Mon cœur jaillit de ma cage thoracique pour faire un double salto, et j'eus peur qu'il vienne s'écraser à mes pieds.

Ne trouvant rien de mieux à répondre, je dis :

– Toi aussi, Vigg, tu es joli.

Il se mit à rire et son rire s'envola. Il monta entre les murailles, vers le ciel, avant d'éclater à l'air libre, comme une bulle. Je levai la tête. Au-dessus de nous, entre la crête des falaises, les étoiles pâlissaient. Sans nous en rendre compte, nous venions de passer la nuit ensemble. Notre première nuit.

– Il faut vraiment rentrer, dis-je en songeant à la traversée et à je ne sais quelle catastrophe qui m'attendait à la maison.

– Oui, tu as raison, dit Vigg en remettant son sac sur son dos.

Il saisit ma main. Mais avant de se mettre en marche, il m'attira contre lui.

– Tu crois à la magie, maintenant ? me demanda-t-il.

Je sentais son cœur contre le mien. À cet instant, j'étais prête à croire n'importe quoi.

– La première fois que je t'ai vue, murmura-t-il, ton sourire m'a transpercé la poitrine. Pire que si tu m'avais tiré dessus à bout portant.

Ses bras m'enveloppèrent, et très naturellement, il posa ses lèvres sur les miennes.

Ce fut doux et léger, comme une caresse du vent. Lumineux comme l'aube sur la mer.

En entrant dans le port, ce matin-là, je n'étais plus la même.

J'avais vu le feu de la guerre, j'avais vu l'ombre du loup-puma, entendu la voix du rêve, et j'étais amoureuse ; le monde autour de moi s'en trouvait irrémédiablement changé.

Mais en retirant les gants de mon père pour amarrer *La Tsarine* à son ponton, j'ignorais encore à quel point.

11

LA PERTE ET LE GAIN

Je fus surprise de ne pas trouver les chiens au fond du jardin. Ils m'attendaient, tous les quatre, couchés sous la véranda. En m'entendant arriver, ils dressèrent leurs oreilles, puis ils bondirent vers moi en jappant, et me firent fête. Surtout Ivoire qui s'était toujours montré le plus affectueux.

Je leur offris des caresses, et restai un moment assise dans l'herbe à jouer avec eux. Le soleil se levait sur la Presqu'île, inondant d'une lumière douce les figuiers, les façades blanches des maisons de pêcheurs, et celle, toute biscornue, de notre bicoque.

J'aurais voulu rester dans cette lumière, avec mon cœur battant et la sensation encore vive des lèvres de Vigg sur les miennes. J'avais envie de sauter, de danser, de courir et j'éprouvai une sorte d'appréhension à rentrer « chez nous », comme si je ne m'y sentais plus tout à fait chez moi.

Sous la véranda, le fauteuil était vide. Pour une fois, ni Bo, ni Hama, ne semblait y avoir dormi. Peut-être s'étaient-ils réconciliés ?

– Vous avez faim ? demandai-je aux chiens.

Je me relevai, puis, Charbon sur mes talons, m'approchai de la maison.

À l'intérieur, je découvris un inextricable fouillis. Les meubles étaient déplacés, les chaises et les tapis retournés. Des outils de mon père traînaient un peu partout, et les livres dans lesquels j'avais appris à lire gisaient au pied de la bibliothèque.

Sans y croire, je lançai un regard courroucé aux chiens.

– C'est vous qui avez fait ça ?

Tout en redressant les chaises, je me souvins du comportement inhabituel de ma mère, pendant la journée précédente, et l'inquiétude me noua la gorge. Qu'avait-il pu se passer pour qu'elle retourne ainsi toute la maison ?

Dans la cuisine, c'était pire. Les réserves de sucre, les sacs de farine, les conserves de légumes, les pots de confiture et cinq ou six bouteilles aux goulots cassés jonchaient le sol. Tout cela avait été répandu, piétiné et léché par les chiens ; on voyait les traces de leurs pattes, un peu partout sur le plancher. Mais surtout, une odeur planait… Métallique et écœurante, je n'arrivais pas à comprendre d'où elle sortait.

Je me rappelai l'impression fugace que j'avais eue sur le port : mon père au milieu d'une bagarre, près de la buvette. Était-il remonté ensuite, complètement ivre, jusqu'à chez nous ? S'était-il aussi… battu avec Hama ?

Déboussolée, j'entrepris de réparer les dégâts sous les regards interrogatifs des chiens qui, manifestement, n'avaient plus faim.

– Vous avez mis un sacré bazar, leur dis-je. Je ne vous félicite pas !

Ça me rassurait de les gronder, d'imaginer qu'ils étaient responsables du gâchis. Mais l'illusion ne dura pas longtemps. Au milieu des éclats de verre et des aliments dispersés, je découvris un morceau de papier sale. Il était déchiré, mais je reconnus l'écriture de Bo. C'était le début d'une lettre qui commençait par ces mots : « Mon triste amour, je... »

Un pressentiment terrifiant me coupa la respiration et je n'eus pas le courage de lire la suite. D'abord récupérer les morceaux manquants, me dis-je.

À tâtons, je poursuivis ma tâche.

Ramassant les débris, relevant les sacs, jetant les bouteilles, je finis par collecter les autres bouts de la lettre, et une fois la table débarrassée, je les étalai dessus, comme un puzzle.

C'était une lettre d'amour et d'adieux.

En quelques lignes, Bo annonçait à Hama qu'il ne pouvait plus rester là, « chez nous », et qu'il avait pris la décision de s'enrôler à bord du cargo, sur le navire-usine.

« Puisque je ne serai jamais magicien, je peux au moins redevenir ouvrier et me rendre utile, avait-il écrit. J'ai renoncé à l'or de la forge pour rester avec toi et tenir ma promesse. Maintenant, je suis à moitié mort. Si je renonce encore, je vais m'éteindre pour de bon. »

Entre ces lignes pleines d'amertume, il semblait reprocher à ma mère de l'avoir empêché de devenir lui-même. La face sombre et douloureuse de l'amour avait pris le dessus, et je sentis que c'était irréparable.

La lettre s'achevait par ces phrases énigmatiques : « Parle

à Tsell de mon théâtre et des choses perdues. Parle-lui de ses ombres et de l'armure. Elle est assez grande, maintenant, pour savoir ce qu'elle doit faire. »

Je ne sais pas combien de temps s'écoula avant que je parvienne à bouger, à sortir de la cuisine, et à chercher ma mère.

Tandis que je passais d'une pièce à l'autre, les mots de la lettre tournaient dans mon esprit à toute allure. *Mon théâtre… La forge… La promesse… Parle à Tsell… Les choses perdues, l'armure, les ombres…* Il me semblait être arrivée à l'orée de la forêt épaisse que j'avais vue dans mon rêve, au seuil d'un espace inconnu et terrible.

– Maman !

Mes pas résonnaient dans les pièces désertes. J'avais l'impression que c'était la fin de tout.

Je repensai à l'ombre du loup-puma. M'était-il déjà arrivé, autrefois, de projeter ainsi des ombres inhumaines sur les murs ? Je repensai aussi à Vigg lorsqu'il m'avait demandé si Bo était forgeron. Ma réponse pleine de certitude me semblait à présent tellement stupide ! Je ne savais rien, et mon ventre recommença à se tordre.

– Maman ?

Les chiens me suivaient, Hama n'était nulle part, et l'odeur métallique partout. Elle devenait même de plus en plus forte. Forte et chaude, comme si quelque chose était en train de brûler quelque part, mais où ?

Je décidai de retourner dans la cuisine, et, fouillant la pièce des yeux, je compris enfin que cela venait du poêle à bois.

– Reculez-vous ! dis-je aux chiens.

J'ouvris la porte du poêle et une fumée nauséabonde me sauta au visage.

J'attendis qu'elle se dissipe, puis repoussai les braises à l'aide d'une pince.

Au milieu des cendres, il y avait deux mains de plomb à moitié fondues.

Je sortis en courant de la maison, pour vomir.

Plus tard, je me remis à chercher Hama dans les alentours.

Comme une bête enragée, je descendis le sentier en courant, le remontai en appelant son nom et en donnant des coups de pied dans les bosquets de genêts. Je fonçai ensuite de l'autre côté, en direction de la steppe, et quittai le promontoire en bifurquant sur ma droite.

Sans jamais cesser d'appeler, je m'égarai dans le maquis de genévriers et de bruyères blanches. À chaque instant, je redoutais de découvrir le corps de ma mère, effondré entre les arbrisseaux, son corps mutilé, ses bras sans mains.

– Pourquoi ? hurlai-je. Pourquoi ?

En arrivant dans la combe cernée d'oliviers, je compris que mes cris étaient inutiles. À défaut de s'arracher le cœur, Hama avait arraché ses mains. Elle était passée dans un autre monde, une dimension où personne ne pouvait la rejoindre.

La solitude et le silence me clouèrent sur place.

Plus tard encore, dans un état second, j'entrai dans l'atelier de Bo et déposai sur l'établi, parmi les outils de mon père, les deux morceaux de plomb refroidis que j'avais retirés du poêle. Je ne savais pas quoi en faire – peut-être avais-je vaguement l'intention de les réparer malgré tout ?

Cherchant à m'asseoir, je me retournai, et c'est là que je découvris les ultimes traces laissées par ma mère.

Sur une caisse en bois, sa jolie robe, celle qu'elle portait la veille, était roulée en boule.

Quand je la pris, elle se déroula ; des gouttes de sang tachaient les fleurs du tissu, et une feuille de papier dépassait d'une des poches.

Sur cette feuille, d'une écriture malheureuse, ma mère avait tracé une phrase : « Il faut toujours perdre une part de soi pour que la vie continue. »

Je lus la phrase, et je la relus cent fois, en pleurant.

C'était, je le savais, les seuls mots d'amour et d'adieux qu'elle avait été capable de m'offrir avant de disparaître.

Le reste du jour glissa sur moi.

J'étais hagarde, assommée, incapable de penser à autre chose qu'à cette suite de mots qui me torturait : perdre une part de soi.

Assise à califourchon sur la branche de mon figuier-cheval, la robe de ma mère serrée contre ma poitrine, j'attendis je ne sais quoi.

Seules la présence des chiens et la masse colossale du cargo me réconfortaient. Je savais que Vigg était à bord. Et mon père aussi, désormais. Il m'aurait suffi de descendre au port pour détacher *La Tsarine*, et les rejoindre.

Mais je ne le fis pas.

Dans l'azur du ciel, des nuages flottaient en troupeaux.

La nuit me tomba dessus comme un seau d'eau froide. Sortant de mon hébétude, je sautai de ma branche et courus jusqu'à ma chambre. Je n'avais réfléchi à rien, mais les choses s'étaient éclaircies toutes seules : je savais de quoi (ou plutôt de qui) j'avais besoin.

Je tirai sur le fil de ma lampe, l'approchai de la fenêtre, et, retrouvant le papier où était noté le code morse, lançai à travers l'obscurité un appel hésitant. Traits, points, points, traits, points.

Je répétai l'opération jusqu'à ce qu'une réponse me parvienne enfin : Vigg avait compris.

Je l'attendis sur la véranda, guettant de loin le vrombissement aigre du moteur de sa chaloupe. Les heures passaient. Les chiens montaient la garde à mes pieds et les étoiles criblaient le ciel.

En dehors de la Presqu'île, l'ampleur extraordinaire du monde me donnait le vertige. Je sentais pourtant que j'allais devoir y entrer à mon tour.

– Pour que la vie continue, murmurai-je.

J'allais devoir quitter ce promontoire, laisser derrière moi les illusions de mon enfance et cette bicoque qui menaçait de tomber en ruine. Partir pour aller où ? Pour chercher quoi ? Un castor ? Une forge ? Un théâtre ? Une plume ? La voix du rêve, ou cette armure dont parlait Bo à la fin de sa lettre ?

Plus tard, au bout du sentier, la lumière d'une torche perça l'obscurité.

– Vigg !

Je dévalai les marches de la véranda, et me jetai à sa rencontre.

– Ton message m'a inquiété, dit-il en m'enlaçant. J'ai aperçu ton père à bord du cargo. Il était en uniforme. Qu'est-ce qui se passe ?

J'essayai, en quelques mots confus, de lui résumer ce qui m'arrivait. En m'écoutant parler, la situation me parut tellement absurde, que je fus prise d'un tremblement et d'un rire nerveux. Je me mis à tournoyer dans le jardin en hurlant :

– Je n'ai plus personne ! À part les chiens, je n'ai plus rien ! Je suis comme toi, Vigg : aussi libre que l'air !

Il essaya de rire avec moi, mais le cœur n'y était pas. Vigg savait que mon euphorie masquait le reste, le chagrin, la colère, l'angoisse ; il était passé par là souvent, lui aussi.

– Viens ! lui dis-je soudain. Tu voulais voir l'intérieur de notre bicoque, non ?

Il se laissa entraîner jusqu'à la véranda où les chiens somnolaient, la tête sur leurs pattes.

– La plus vieille, c'est Charbon, expliquai-je à toute allure. Et voilà Safran, Ivoire, et Cachou. Ils ont mon âge !

Vigg caressa les chiens, avant de me suivre à l'intérieur. Au comble de l'excitation, j'allumai les lampes les unes après les autres, et j'écartai les bras à la façon d'une dame qui reçoit en grande pompe.

– Le salon ! m'exclamai-je. Ne fais pas attention au désordre, surtout ! C'est à cause de ma mère. Elle est devenue complètement…

Le mot que j'allais prononcer resta bloqué au fond de ma gorge, et l'excitation retomba aussi vite qu'elle était montée.

– Complètement quoi ? murmura Vigg.

Je me tournai vers lui, défaite, et la réalité m'apparut dans la lueur des lampes : nous étions deux enfants seuls, perdus dans des habits trop grands pour nous. Vigg, dans son uniforme militaire et ses bottes de clown. Moi, dans ma maison de travers et la folie de mes parents.

Mon sourire disparut.

– Est-ce que tu veux bien rester avec moi ? demandai-je. Parce qu'en fait… je n'ai plus que toi.

Il vint tout près et retira son képi. Ses yeux brillaient et ses cheveux en bataille dessinaient une couronne de prince sur son crâne. J'avais envie qu'il m'embrasse, qu'il me serre, qu'il me tienne, qu'il m'emmène.

– Oui, je veux rester avec toi, me dit-il. Mais où veux-tu aller ? Sur le cargo ?

Je réfléchis un instant à cette possibilité : m'enrôler à mon tour, comme Vigg, comme mon père, et trouver refuge à bord de l'arche. Croire à l'histoire de Noé, aux mots pleins d'emphase de l'amiral, croire à ce dernier rempart contre le chaos.

– Non, dis-je en repensant à ce qu'il y avait de l'autre côté des falaises. Pas sur le cargo.

Vigg comprit et hocha la tête.

– Alors, il va falloir que je déserte.

– Fennimore va t'en vouloir, fis-je avec une grimace.

– À mort, sourit Vigg. Nous allons devoir partir loin d'ici.

– D'accord. Quand ?

Vigg regarda autour de lui, les meubles et les tapis renversés, le foutoir des objets que nous avions accumulés, puis cassés. Il avait l'habitude de ces moments décisifs, où la vie bascule. Il savait que pour gagner quelque chose, il faut d'abord accepter de perdre autre chose.

– Maintenant ? demanda-t-il.

En quelques heures, tout fut prêt et décidé : ce que nous emportions (de l'eau dans des bouteilles, la nourriture restante, les outils et les gants de mon père, un vieux manteau sombre, des allumettes, la torche de Vigg, la robe de ma mère), mais aussi la route à suivre. Pour échapper au feu de la destruction, il n'y en avait plus qu'une : celle, totalement inconnue, de la steppe.

Vigg garda ses bottes, mais se débarrassa de son uniforme ; il le laissa sur le dossier d'une chaise comme une vieille peau. En échange, je lui donnai un pantalon et une chemise, ainsi qu'un gros anorak rouge, piochés dans l'armoire de mon père. Il retroussa plusieurs fois le bas du pantalon, ainsi que les manches de la chemise.

– J'ai l'air de quoi ? me demanda-t-il.

– Toujours d'un clown, répondis-je en pouffant. Mais en civil, maintenant.

Perplexe, il observa son reflet dans une vitre.

– J'ai surtout l'air d'un déserteur. Il faudra se méfier des mauvaises rencontres.

– Il n'y a personne dans la steppe, dis-je pour le rassurer. C'est juste le domaine du ciel et du vent.

Je fis le tour du promontoire une dernière fois, et m'arrêtai près de mon figuier, regrettant qu'il ne soit pas un vrai cheval.

– Tu nous aurais portés loin, dis-je en caressant la branche. Dommage…

Le temps magique où les arbres pouvaient galoper était terminé, et la nostalgie me creusa la poitrine, mais je n'avais plus de larmes.

Au pied des marches de la véranda, Vigg m'appela : le jour commençait à poindre, il fallait filer avant que son absence à bord du cargo soit remarquée.

Je courus le rejoindre, jetai un des sacs sur mon dos, et sifflai les chiens. Ils étaient tous trop vieux pour faire un pareil voyage, surtout Charbon, je le savais. Mais pour rien au monde, je ne serais partie sans eux.

Vigg saisit ma main, je serrai la sienne de toutes mes forces. Vers quoi allions-nous ? Je n'en avais qu'une idée vague. Vers nous-mêmes, probablement, comme tous les voyageurs.

– Tu n'as pas peur de marcher dans le noir complet ? me demanda Vigg.

Je secouai la tête.

Devant nous s'étendait la steppe, inexplorée, sauvage. Mais nous étions deux enfants libres comme l'air, deux enfants blessés et amoureux : rien ne pouvait nous résister.

12

LE DÉPART ET LE RETOUR

C'est ainsi que commença mon chemin, en sens inverse de celui de Bo et Hama.

Dans la steppe, il n'y avait rien, ni personne. Pas d'arbre, pas de rocher, pas de village, aucune construction. Le vent du ciel et l'herbe de la terre se partageaient l'espace ; la nuit et le jour se partageaient le temps.

Vigg et moi étions entrés dans une parenthèse déserte du monde, sans savoir comment ni quand nous en sortirions. Il fallait marcher, seulement marcher, marcher sans cesse.

Quand cela me semblait trop difficile et que le découragement me gagnait, Vigg me tirait par la main.

– Allez, Tsell ! Serre les dents, et tiens bon !

C'était sa phrase fétiche, sa devise, et je finis par comprendre que serrer les dents et tenir bon était sa façon de vivre depuis qu'il était né.

Vigg ne savait pas précisément où il était né. Peut-être ici, peut-être là.

Avant même de lui donner un nom, sa mère l'avait placé en nourrice, chez une vieille, où elle avait promis de revenir le chercher, mais elle n'était pas revenue.

D'après Vigg, la vieille était une sorcière, une mauvaise, un serpent à la bouche pleine de venin. Tout le temps où il était resté chez elle, elle ne lui avait jamais accordé autre chose que des insultes : bâtard, chien. Elle frappait et maudissait tout ce qui passait à sa portée, et par malheur, Vigg passait souvent à sa portée.

Serre les dents, et tiens bon.

Il avait six ou sept ans quand des ouvriers ambulants, qui tractaient leurs caravanes de village en village en proposant des services en tout genre, s'étaient arrêtés chez la vieille. Elle les avait chassés à coups de pierres, mais Vigg avait saisi sa chance : il s'était glissé en douce dans l'une des caravanes.

Quand les ouvriers avaient découvert sa présence, il était trop tard pour faire demi-tour. Ils avaient consenti à garder le clandestin, à condition qu'il se rende utile.

Avec eux, Vigg avait tout fait : le laveur de carreaux, le dératiseur, le ramoneur de tuyaux, le nettoyeur de fosses à purin, et même le fossoyeur.

Comme il était petit et souvent très sale, il avait gagné un nouveau surnom : le Pou.

Serre les dents, et tiens bon.

À bord des caravanes, il avait vu du pays, traversé des villes grouillantes et de petits villages endormis, des voies ferrées, des ponts à haubans, des montagnes et des forêts primitives. Jusqu'au jour où, fatigué de remplir des trous et d'en vider d'autres, Vigg avait décidé de fausser compagnie aux ouvriers ambulants. Il était resté là où les caravanes avaient fait halte : dans un bourg, sur les rives nord du fleuve, où vivait une communauté de forgerons.

Malgré leur misère, les gens du bourg l'avaient accueilli, et les forgerons l'avaient embauché comme apprenti.

Dans la forge où il était chargé d'entretenir le feu, il avait reçu un nouveau surnom : Soufflet. C'était mieux que chien ou pou, mais tout aussi épuisant.

Du matin au soir, il transportait des bûches, des sacs de charbon ou des briquettes de tourbe qu'il jetait dans le fourneau. Puis, dans une chaleur asphyxiante, il actionnait la poulie de l'énorme soufflet.

Serre les dents, et tiens bon.

À l'époque, Vigg dormait dans un coin du grenier, au-dessus de la forge. Le soir, les vieux se réunissaient juste en dessous, et il n'avait qu'à tendre l'oreille pour écouter leurs histoires : des récits de transformations magiques où les métaux les plus ordinaires devenaient des lingots d'or pur. Alors dans son sommeil, Vigg rêvait d'or et de métamorphoses. Il se disait qu'un jour, ni chien, ni pou, il deviendrait quelqu'un.

Et puis, des rumeurs de guerre avaient couru dans le bourg, colportées par les marchands et les voyageurs. On avait vu passer des colonnes de soldats, des civils fuyant les zones de combat. Et peu après, le cargo de guerre était apparu sur le fleuve, majestueux et gigantesque.

L'amiral Fennimore s'était présenté parmi la population,

flanqué de son secrétaire qui distribuait à tour de bras des formulaires. « Enrôlez-vous ! Enrôlez-vous ! »

Fasciné par les médailles sur la poitrine de l'amiral, Vigg s'était approché.

Quand Mendès lui avait demandé son nom, il avait pris le temps de réfléchir. Soufflet ne correspondait pas au destin grandiose dont il rêvait. Alors, pour une fois, sans attendre qu'on le baptise, il s'était nommé lui-même : Vigg. Un nom qui voulait dire « guerre » et qui sonnait aussi clair qu'un coup de marteau sur une enclume.

C'est comme ça que, du haut de ses treize ans à peine, Vigg avait endossé l'uniforme et chaussé la paire de bottes qu'on lui présentait.

Il se disait qu'un jour, peut-être, il trouverait enfin des habits et des chaussures à sa taille, mais en attendant, il se contentait de ce qu'il avait.

– Serre les dents, et tiens bon.

J'adoptai de mon mieux sa philosophie, et peu à peu, la steppe me dépouilla de mes habitudes, de mes croyances, de mon passé.

Elle m'enfanta, comme une seconde mère.

J'appris à faire le feu avec la tourbe noire du sol ; un feu humide, qui dégageait une fumée épaisse et une odeur de pourriture.

J'appris à me nourrir de graines, de racines, de petits rongeurs, d'insectes, et à boire l'eau des sources cachées.

J'appris à observer la danse des rapaces qui tournoyaient en altitude.

J'appris à me protéger du froid et à m'abriter des pluies d'orage dans les bras de la terre. Moi qui n'avais jamais connu que l'azur immobile de la Presqu'île, je découvrais enfin les autres couleurs du ciel.

En chemin, l'un après l'autre, les chiens moururent. De faim, d'épuisement, de vieillesse.

Ils furent mes premiers morts, et chaque nouvel enterrement me rendit plus triste que le précédent.

Vigg trouva les gestes pour accompagner mon chagrin. Il empila des pierres plates pour marquer l'emplacement des tombes. Il récita des prières à sa façon, chanta, et fit brûler des herbes parfumées.

Il me montra aussi comment récolter mes larmes dans des coquilles de noix et comment les enterrer ensuite, telles des offrandes, près des cadavres. Il m'apprit à respecter le temps de la douleur et de la peine, puis à leur tourner le dos.

– Laisse tout ça derrière toi, Tsell. Si tu emportes ton chagrin, il t'empêchera d'avancer.

Le voyage continua ainsi. Sans les chiens, et sans autre but que celui de rester vivants.

Dans ma main, la main de Vigg faisait office de boussole.

Certains jours, la fatigue collait à mes pieds, pire que de la boue.

D'autres fois, la légèreté de l'air et l'immensité du paysage m'étourdissaient ; il m'aurait suffi d'écarter les bras pour m'envoler.

Une nuit, je fis de nouveau le rêve de la forêt.

La voix souterraine m'appelait : *Tsell!* disait-elle. *Où est la plume? Retrouve la plume!* Réveillée en sursaut, je me rendis compte que j'avais perdu du sang. Ce n'était pas le sang ordinaire d'une blessure ordinaire. Il s'écoulait naturellement entre mes cuisses et je compris qu'il en serait désormais ainsi, chaque mois. Dans le secret de mon ventre, les mâchoires avaient longuement travaillé à cette transformation. Je n'étais plus la petite fille que j'avais été. J'étais en train de devenir une jeune femme. Et le pire, c'est que Hama n'était pas là pour me guider.

La douleur de son absence me fit pleurer jusqu'au lever du jour.

Quand le soleil du matin inonda la steppe, je vis mon ombre s'étirer sur l'herbe : c'était celle, puissante et inquiétante, d'une louve aux babines retroussées.

À partir de ce jour, l'armure magique forgée par mon père ne parvint plus à contenir mes ombres, et elles s'en évadèrent de plus en plus souvent. Leurs formes changeantes surgissaient à l'improviste, en plein jour sous mes pas, ou à la nuit tombée, dans la lumière des feux de tourbe – ours, crocodile, hibou, jaguar.

Chaque nouvelle apparition provoquait chez Vigg le même étonnement, la même admiration.

– Comment fais-tu ça, Tsell?

Je haussais les épaules, car je n'en savais toujours rien, et Vigg restait songeur en regardant passer ma drôle de ménagerie sur l'herbe de la steppe.

– Éléphant ! criait-il soudain en pointant son index vers moi, à la manière d'une baguette magique.

Je sursautais, et l'ombre suivante prenait la forme d'une biche ou d'un lapin apeuré.

– Zut, disait Vigg. Ça ne marche pas à volonté, on dirait.

Il réfléchissait.

– Si tu pouvais les dompter, disait-il, ça ferait un spectacle formidable !

Je riais, moitié fière, moitié épouvantée de posséder ce don étrange qui, peut-être, n'était pas un don, mais une malédiction.

Je repensais souvent à la lettre que mon père avait laissée à ma mère. *Parle à Tsell…*

Puisqu'ils connaissaient mon pouvoir de transformation, pourquoi ne m'en avaient-ils jamais parlé, ni l'un ni l'autre ? De quoi avaient-ils eu peur ?

À présent, j'étais seule avec mes propres mystères. Je n'avais plus qu'à serrer les dents et à tenir bon.

À mesure que nous avancions, la steppe changeait. Sous nos pas, le terrain se creusait, le dos des collines s'arrondissait, et les lésions houleuses du paysage nous obligèrent bientôt à faire de longs détours.

L'herbe devint plus grasse, le sol plus moussu, et de petits arbres aux troncs tordus apparurent çà et là, puis d'autres variétés d'insectes, d'autres sortes d'oiseaux.

À la tombée de la nuit, de petits mammifères inconnus fuyaient à notre approche, tandis qu'à l'aube, dans l'air épaissi par la rosée, la terre n'avait plus la même odeur ; nous sortions progressivement des parenthèses du désert.

Enfin, un après-midi, alors que nous venions de franchir une butte plus haute que les autres, l'horizon s'élargit brusquement, s'ouvrant dans le lointain sur une chaîne de montagnes.

– Regarde ! s'écria Vigg.

Je plissai les yeux et aperçus les arêtes coupantes des aiguilles et les crêtes des sommets, recouverts d'une poudre blanche que je n'avais jamais vue auparavant.

– De la neige, dit Vigg.

Je restai longtemps, immobile face à ce paysage qui me paraissait à la fois étrange et familier. Peut-être l'avais-je vu dans un rêve ?

Entre la steppe et les montagnes, les rapaces qui tournoyaient d'ordinaire en altitude, chassaient plus près du sol. Sous leurs ailes s'étendait la flaque sombre d'une forêt d'aulnes et de sapins drus.

Il nous fallut deux jours entiers pour atteindre l'orée de cette forêt.

Puis deux jours supplémentaires pour découvrir, dissimulé au milieu des arbres, le carré d'un minuscule cimetière.

Entre les tombes, courbée sur le manche d'une pelle, une minuscule personne arrachait les mauvaises herbes. Les bords d'un chapeau mou masquaient son visage. Impossible de deviner s'il s'agissait d'un homme, d'une femme ou d'un enfant, mais c'était à coup sûr un être humain : le premier que nous rencontrions depuis que nous avions quitté la Presqu'île.

Tandis que Vigg restait prudemment en retrait, je décidai de m'approcher.

– Bonjour !

De dos, je vis la minuscule personne tressaillir.

– Excusez-moi, dis-je avec empressement, je ne voulais pas vous faire peur… Je…

La minuscule personne se retourna, retira son grand chapeau, et je découvris le visage caché dessous. C'était celui d'un homme âgé, très maigre, et à la peau couleur d'endive.

– Bonjour, répétai-je. Euh… Mon ami et moi sommes arrivés par la steppe. Nous avons marché longtemps et…

– Par tous les saints, *des invités* ! s'exclama le petit homme. Qui êtes-vous ?

– Voici Vigg, dis-je en tendant un bras derrière moi. Moi, je m'appelle Tsell.

Déjà très pâle, la figure du petit homme devint presque transparente. Une vive émotion secoua ses épaules, et il s'appuya sur le manche de sa pelle pour ne pas tomber.

– Tsell ? murmura-t-il. Mais… oh…

Il chercha d'autres mots et n'en trouva pas. Dans le silence qui suivit, il me regarda avec tellement d'attention que je crus voir ses yeux sortir de son crâne.

– Sept avait donc vu juste… Il faut… Je dois… Il faut prévenir les autres, finit-il par bredouiller.

Sans comprendre, je le vis remettre son chapeau, lâcher sa pelle au milieu des herbes folles, et se diriger à pas rapides vers la sortie du cimetière. Là, il se ravisa soudain et se tourna de nouveau vers moi.

– Tu es vraiment revenue seule ? me demanda-t-il.

Je crus avoir affaire à un vieux toqué.

– Non, je ne suis pas seule, articulai-je plus clairement. Je vous ai présenté mon ami. Vigg.

– Oui, oui, j'ai bien compris ! s'agaça le vieux. Mais Bo et Hama ? Et les chiens ?

Je sentis mon visage se vider, le reste de mon corps se remplir, et cette fois, c'est moi qui perdis l'équilibre. Le souffle court, je réussis à demander :

– Vous connaissez mes parents ? Vous connaissez Bo et Hama ?

– Évidemment, répondit-il. Et toi aussi, je te connais ! C'est moi qui t'ai mise au monde !

Ce fut comme un coup de poing dans le ventre. En me voyant chanceler, Vigg se précipita vers moi et me récupéra au moment où toute force m'abandonnait. Avant que mes oreilles ne se bouchent complètement, j'entendis Douze s'étonner :

– Ne me dites pas que vous êtes arrivés jusqu'ici par hasard ?

Et Vigg qui répondait :

– Si.

En vérité, mon arrivée dans la forêt ne devait rien au hasard ; c'est du moins ce que m'expliqua Douze tandis que je reprenais mes esprits.

– C'est le destin qui t'a ramenée jusqu'à nous ! dit-il. Sept l'avait lu dans les astres ! Nous t'attendions !

J'appris que Sept était une sorte d'astrologue. À la suite d'invraisemblables calculs, il avait deviné que je reviendrais, sans Bo, ni Hama. En revanche, il n'avait pas réussi à prévoir une date.

– Sept n'est malheureusement plus aussi lucide qu'autrefois, se désola Douze. Son horloge astrale est de moins en moins fiable, et certains d'entre nous n'ont pas eu la force de patienter jusqu'à ton retour, tu n'as qu'à voir…

D'un geste, il désigna les tombes autour desquelles, un instant plus tôt, il arrachait les mauvaises herbes.

– Huit, Onze et Cinq ont succombé à une épidémie de fièvre voici de nombreuses années. Quel malheur ! Notre pauvre frère Trois est enterré au fond, là-bas. L'hiver dernier, c'est notre vaillant Dix qui est parti… Une blessure de chasse. Ils sont tous morts comme ça, *pfft* ! Dans le désordre. Depuis le décès de Deux, tu vois, tout est détraqué ! La preuve : Un tient encore debout sur ses deux jambes !

Bouche bée, Vigg et moi écoutions le petit homme réciter ces chiffres et ces tristes nouvelles au rythme d'une mitraillette. Après nos semaines de marche silencieuse sur la steppe, le débit de Douze nous donnait le tournis.

– Plus de feu, plus de menuiserie, plus de chaussures neuves, plus de musique, plus de mémoire, et maintenant, plus de gibier ! énuméra-t-il encore en comptant sur ses doigts. Pour le moment, c'est l'été, on se débrouille, ça va. Mais pas la peine d'être astrologue pour prédire que l'hiver prochain sera difficile…

Comme nous restions debout devant lui, bras ballants et sans rien dire, il se mordit soudain la lèvre.

– Mais quel idiot je fais ! se gronda-t-il. Je parle, je parle, alors que vous devez avoir faim et soif ! Je vais avertir Treize et Neuf, ils vont vous préparer quelque chose ! Oh, là là, c'est Quatre qui va être contente !

Sur ce, il nous laissa au milieu du carré d'herbes.

Un instant plus tard, dans une grande bousculade, les

survivants de la famille déferlèrent dans le cimetière. Ils étaient du même gabarit que Douze (hauts comme trois pommes), de la même couleur de peau (endive cuite). Ils portaient les mêmes chapeaux mous, les mêmes vêtements bizarres, et affichaient des sourires jusqu'aux oreilles. Tour à tour, ils se jetèrent sur moi pour m'embrasser comme du bon pain, et secouèrent avec enthousiasme la main de Vigg.

– Par tous les saints ! s'exclama Quatre, les larmes aux yeux. J'ai bien fait de ne pas mourir ! Soyez les bienvenus en Haut, mes enfants !

– Les astres ne m'ont pas trahi ! se réjouit Sept. Je ne suis pas encore bon pour la casse !

– Comme tu as grandi ! s'étonna Dix-Neuf en passant une main dans mes cheveux. Te voilà aussi belle que ta mère, maintenant !

– En revanche, ton ami n'est pas aussi costaud que ton père, fit Un en fronçant les sourcils. Il flotte dans ses vêtements, regardez ça ! Il va falloir engraisser ce jeune homme !

– Justement, venez ! nous pressa Quatorze. Nous avons dressé la table à l'ombre des aulnes, là-bas.

– Il y a du sirop d'airelle et de la liqueur de noisette ! dit Seize. Par cette chaleur, ça va vous requinquer !

– On va mettre un cuissot de yack au barbecue ! proposèrent Treize et Neuf.

– Et mes légumes en papillote ! ajouta Quinze.

– Je vais sortir mes lampions ! s'écria Six.

Étourdie par les bavardages, je suivis le cortège jusqu'à la table, tandis que Vigg s'en allait chercher du petit bois avec Treize pour le barbecue.

Autour de l'auvent qui protégeait la cuisine d'été, j'aperçus une multitude de baraques en bois. Des vêtements séchaient sur une corde tendue entre deux troncs. Un peu plus loin, un enclos délimitait le potager où Quinze faisait pousser des pois sauvages, des chicorées, des herbes aromatiques et d'étranges variétés de tubercules. À l'écart, une rangée de clapiers vides servait à stocker les réserves ; depuis longtemps, ils n'abritaient plus aucun lapin.

Dans un joyeux brouhaha, on ajouta des chaises, des couverts, des assiettes. Lorsque tout le monde fut assis et que le cuissot de yack commença à répandre son fumet sous les branches, Quatre fit tinter son verre de liqueur et réclama un peu de silence afin de prononcer les mots de bienvenue qu'elle avait préparés, sur la foi des prédictions de Sept, depuis si longtemps.

Ce fut un long et beau discours.

Entre chaque phrase, on entendait chanter les merles, et la brise d'été qui froissait les feuillages dans les futaies.

Quand la petite couturière cessa de parler, quand les applaudissements fusèrent et que Douze essuya ses larmes avec le coin de sa serviette, je me sentis lourde sur ma chaise et je compris que Vigg et moi ne repartirions pas de sitôt.

Par la grâce du hasard (ou par celle du destin), nous venions de trouver une seconde famille.

QUATRIÈME PARTIE

13

LA PRÉSENCE ET L'ABSENCE

Vigg et moi avons passé les cinq années suivantes dans l'ermitage perdu au milieu de la forêt d'aulnes et de sapins drus.

Cinq étés et cinq printemps en Haut ; cinq automnes et cinq hivers en Bas.

C'est le temps qu'il m'a fallu pour remonter le cours de mon histoire. Le temps qu'il m'a fallu, en compagnie de Quatre, pour en recoudre quelques fils.

Le temps qu'il m'a fallu pour comprendre (un peu) qui étaient Bo et Hama, et pour accepter le manque qu'ils m'avaient légué en disparaissant.

Le temps nécessaire à l'épuisement du chagrin.

Le temps incompressible du véritable deuil de mon enfance.

Durant ces cinq années, je me suis rendue souvent avec Douze sous l'abri de roche où Hama m'avait mise au monde.

J'interrogeais alors sans répit le petit homme sage-femme

en lui faisant répéter les mots qu'il avait entendus ce jour-là. Douze répondait de bonne grâce à mes questions.

– Il n'y a pas de fruit sans noyau, disait-il. Nous avons tous besoin de savoir d'où nous venons.

Grace à lui, j'imaginais le brouillard qui noyait la clairière, les chiens se jetant sur le bifteck faisandé, la tête éberluée de mon père devant l'apparition de ce petit être sous son chapeau mou, et le matelas d'herbes où ma mère, dans sa fièvre, faisait des rêves identiques aux miens.

Durant ces cinq années, j'ai exploré le dédale des galeries du Bas, les ateliers et les niches, où, hiver après hiver, la famille survivait et dépérissait en même temps.

J'ai tout visité, depuis l'observatoire où Sept avait diagnostiqué mon problème métamorphique, jusqu'à l'atelier de Cinq où Hama avait senti ses mains en plomb vibrer contre la peau des tambours. Et bien sûr, je suis descendue par la trappe qui menait au dernier sous-sol.

J'ai vu les dentelles de roche au plafond de la grotte initiale, les stalagmites en forme de totems, et j'ai franchi sur mes deux pieds l'entaille étroite, pour entrer dans la forge.

Un m'a montré les outils dont Bo s'était servi pour fabriquer les mains de ma mère.

J'ai caressé du bout des doigts le fauteuil vide où Deux aimait tant faire la sieste.

Je me suis penchée au-dessus du puits qui éclairait autrefois la cavité mieux qu'un soleil, et au fond duquel il ne restait plus qu'un feu fragile – à peine de quoi faire cuire une soupe, d'après Un.

Dans la mine, j'ai cherché le filon où mon père avait extrait la matière brute qu'il voulait changer en or. Que lui avait-il manqué pour y parvenir ? Et si ma mère lui en avait laissé le temps, ce temps lui aurait-il suffi ?

– Qui sait ? me répondait Un lorsque je posais la question à voix haute. Sans le savoir, nous sommes souvent les artisans de nos propres échecs.

Et quand elle m'a montré le mur où mon ombre s'était, pour la première fois, métamorphosée en chiot, elle a ajouté :

– Si ton père a eu peur des ombres qui surgissaient de toi, c'est sans doute qu'il refusait de voir les siennes. Or, tu le sais : les ombres reviennent toujours.

Durant ces cinq années, avec l'immense patience des couturières, Quatre m'a raconté ce qu'elle savait de ma mère et ce qu'elle savait de mon père.

Elle m'a parlé de leur amour, de leur courage, et de la promesse folle qu'ils s'étaient faite de ne jamais se quitter.

Elle m'a parlé d'une ville, probablement loin vers l'est, d'où ils s'étaient enfuis, avec les chiens et une vieille charrette à bras qui perdait ses roues.

Elle m'a parlé d'une ancienne trapéziste dont les jambes mécaniques avaient inspiré Bo pour concevoir les prothèses de ma mère. Elle m'a parlé du jour où Hama les avait enfilées au bout de ses poignets mutilés, et de cet autre jour où elle avait senti sur mon corps de bébé la barrière froide de l'armure.

Elle m'a parlé des blessures profondes que chacun d'eux gardait en silence, de leurs faiblesses, et des désirs contraires qui, parfois, les éloignaient.

– Mais tout ce qu'ils sont, et tout ce qu'ils t'ont donné demeure à l'intérieur de toi, me disait-elle pour me consoler de leur absence.

Bien sûr, cela ne me consolait pas.

Je hurlais « Tu parles ! », et je m'en allais marcher seule sous les sapins, en frappant des pieds contre le sol moussu de la forêt. S'il y avait du soleil, mes ombres surgissaient alors sous des aspects terribles – grizzly, hyène, tigre ! – et j'avais envie de les lâcher en meute contre tout le monde.

J'avais envie qu'elles mordent ! Qu'elles tuent !

C'est comme ça qu'au fil du temps, j'ai commencé à comprendre pourquoi Bo avait forgé l'armure invisible dont il m'avait revêtue : il avait deviné la violence de mes ombres, il avait senti leur pouvoir de destruction. Et, bien sûr, il avait eu peur qu'elles se retournent contre lui !

– Peut-être a-t-il eu peur qu'elles se retournent contre toi-même ? me suggérait Quatre. Si tu essaies de les ignorer, c'est ce qui arrivera. Mais si tu apprends à les connaître, à les apprivoiser, à les éclairer, cela n'arrivera pas.

– Apprendre, apprendre, toujours apprendre ! soupirais-je en levant les yeux au ciel.

Quatre éclatait de rire en voyant ma tête. D'après elle, je ressemblais terriblement à Hama quand j'étais en colère !

Je finissais par me calmer et par rire avec elle.

Le rire de Quatre était si puissant qu'il guérissait toutes les peines. Il m'arrivait de penser que j'avais trouvé en elle mieux qu'une mère.

Durant ces cinq années, avec plus ou moins de mauvaise

volonté, j'ai donc appris auprès de Quatre à dompter mes ombres. C'était un travail épuisant, énervant, interminable, mais depuis que l'armure s'était fendue, je ne pouvais pas laisser ma furieuse ménagerie sans surveillance : j'avais trop peur qu'elle me dévore, et qu'elle détruise ce qui me restait.

Durant ces cinq années, Vigg, qui avait l'habitude de travailler dur, s'est rendu utile à la petite communauté : tantôt chasseur à la place de Dix, coupeur de bois et menuisier à la place de Huit, il est surtout devenu forgeron à la place de Deux.

– Et à la place de Bo ! lui faisait souvent remarquer Un. Es-tu certain de vouloir rivaliser sur ce terrain avec le père de Tsell ?

– Pourquoi pas ? demandait Vigg.

– C'est un combat perdu d'avance, soupirait Un. Les filles préfèrent toujours leur père.

– Sûrement pas ! me défendais-je, pleine de rancune à l'égard de Bo.

– Bo n'est plus là, ajoutait Vigg. Il faut bien quelqu'un pour ranimer le feu, non ?

– Seul un véritable maître saurait rendre vie à la forge, le provoquait la doyenne. Pas un simple… Soufflet !

Vexé, Vigg regrettait d'avoir dévoilé son ancien sobriquet.

– Si l'apprenti ne tente rien, il ne peut pas devenir maître, se défendait-il.

Un hochait la tête d'un air dubitatif, mais elle laissait tout de même Vigg utiliser la pelle, la pioche, et la vieille berline aux roues grippées dans laquelle il récoltait, tant bien que mal, de grossiers cailloux, des mottes informes et pleines d'impuretés qu'il jetait ensuite dans la gueule du fourneau.

– Regarde ! me disait-il en actionnant le soufflet de toutes ses forces. Regarde comme ça prend bien !

L'air entrait dans les conduits encrassés, les flammes grandissaient, la forge respirait de nouveau à pleins poumons.

Dans les lueurs rougeoyantes des braises, nous jouions avec mes ombres.

– Cheval ! proposait Vigg.

Je me concentrais, et quelques instants après, la crinière de l'animal se mettait à onduler sur le mur.

– Chameau !

Mon ombre perdait sa crinière, et gagnait deux bosses.

– Souris ! Grenouille ! Taureau !

Les silhouettes s'affichaient à un rythme effréné, de plus en plus nettes et précises, sur le mur de la forge.

– Loup-puma ! lançait-il alors, en guise d'ultime défi.

Je fermais les yeux, mais le souvenir de notre premier baiser troublait ma concentration. Malgré moi, mon ombre dessinait alors un simple cœur. Un cœur qui battait follement sur le mur.

– J'ai gagné ! fanfaronnait Vigg.

Je riais avec lui. Je l'aimais. J'avais de moins en moins peur de moi-même.

Durant ces cinq années, Vigg et moi avons vécu au gré des saisons, ermites parmi les ermites, oubliant la menace diffuse qui planait sur le reste du monde.

La destruction, les canons du cargo pointés vers les

falaises, les discours de l'amiral, l'immensité noire où brûlaient les choses et les gens, tout cela n'existait plus. En Bas comme en Haut, nos ennemis avaient des noms : ils s'appelaient gel, blizzard, sécheresse, disette, parasites, ou maladie.

En Bas comme en Haut, le feu ne détruisait pas. Au contraire, il réchauffait, cuisait la viande de yack, éclairait nos nuits, et transformait les métaux. Vigg le domptait comme je domptais mes ombres. Nous avions l'intuition que c'était à ce prix que nous pourrions, lui et moi, continuer de nous aimer.

Durant ces cinq années, nous avons pris des forces, et beaucoup grandi, si bien qu'un jour, Vigg a dû renoncer à enfiler ses inusables bottes militaires : elles étaient devenues trop petites, et il fallut chercher dans l'atelier de Onze une nouvelle paire à sa pointure.

Quant à moi, Quatre devait sans cesse faire et défaire mes ourlets.

– Si tu continues comme ça, ronchonnait-elle, tu ne pourras bientôt plus passer les portes !

Pour la taquiner, je répliquais : « Et toi, si tu continues comme ça, tu passeras bientôt dessous ! »

Car, mois après mois, dans un mouvement inverse au nôtre, les membres de la famille – déjà minuscules – semblaient rapetisser encore.

Une nuit d'hiver, alors que Sept n'avait rien lu dans les astres, Un a fini par mourir, doucement, dans son sommeil.

Le cercueil que Vigg a fabriqué pour elle était à peine plus grand qu'une boîte à chaussures.

Puis, c'est le cœur de Neuf qui a lâché sans prévenir, au milieu d'une recette de potée au lard. Et quelques semaines après, gagné par la mélancolie, Treize a suivi son frère.

Là encore, Sept n'avait rien vu dans les astres.

La dernière année, juste après la cérémonie de l'équinoxe, Six est tombé d'une échelle alors qu'il décrochait les flambeaux dans la grotte initiale. Quand Sept a compris que son frère aîné ne se relèverait plus, il est allé s'enfermer à double tour dans son observatoire.

Le lendemain, inquiet de ne pas le voir reparaître, Douze a demandé à Vigg de l'aider à enfoncer la porte. Ils ont retrouvé Sept, couché sur son dictionnaire des arts divinatoires.

Le livre était ouvert au chapitre intitulé « Perte des pouvoirs ».

Le jour où nous avons enterré le vieil astrologue dans le minuscule cimetière, Quatre m'a pris la main. Autour de la tombe de Sept, nous n'étions plus tellement nombreux. Même Dix-Neuf, la plus jeune, semblait désormais aussi fatiguée que ses frères et sœurs.

– C'est la fin, a murmuré Quatre tandis que Vigg empilait des pierres plates au pied de la tombe toute fraîche. La prochaine fois, ce sera moi.

– Mais non ! me suis-je écriée.

– Mais si, a dit Quatre. Notre famille s'éteint inexorablement. Et tu le sais bien : de séparation en séparation…

Elle a attendu que je complète sa phrase, mais j'ai refusé en secouant la tête. Des sanglots comprimaient ma poitrine. Pour la première fois depuis longtemps, j'ai repensé à la phrase que m'avait laissée Hama avant de disparaître ; je sentais une force rageuse se débattre à l'intérieur de moi.

– De séparation en séparation, ainsi va la vie, a dit Quatre.

Elle a levé les yeux vers le ciel nuageux, avant de me regarder. Je la dépassais de deux têtes, à présent.

– S'il te plaît, n'attends pas le dernier moment pour partir, m'a-t-elle demandé.

– Partir ? Mais… où veux-tu que j'aille ?

Durant ces cinq années, je n'avais pas voulu penser à la suite du voyage. Je m'étais laissée vivre, à l'abri, doucement bercée par l'illusion que cela durerait toujours. L'idée d'un nouveau départ réveillait des souvenirs trop pénibles.

– Tu as achevé de grandir parmi nous, a repris Quatre. Nous avons été heureux de vous offrir cette possibilité, à Vigg et à toi. Mais vous n'êtes plus des enfants, maintenant.

Je savais combien Quatre pouvait être têtue et butée ; je n'ai pas cherché à la contredire.

– Ce qui protège finit par affaiblir, a-t-elle continué. Si tu restes encore, tu n'oseras plus reprendre ton chemin.

– Quel est mon chemin ? ai-je demandé d'une voix étranglée.

Quatre a lâché ma main et, d'un seul coup, j'ai eu très froid.

– Il faut accepter de retourner parmi les hommes, a dit Quatre. C'est ce que j'aurais dû faire depuis bien longtemps. Tu es suffisamment forte pour prendre ta place dans le monde.

Elle m'a de nouveau parlé de la ville d'où Bo et Hama s'étaient enfuis. Elle ne savait pas grand-chose de cette ville, hormis qu'il y avait une usine et une trapéziste avec des jambes mécaniques.

– Quand tu ne sais pas où aller, retourne d'où tu viens, a-t-elle ajouté.

À cet instant, un rayon de soleil a percé les nuages et mon ombre s'est projetée devant moi. Ni ours, ni tigre, ni hyène : c'était celle d'un oiseau aux ailes déployées.

– Aigle ! s'est écrié Vigg.

Les autres se sont penchés pour voir.

– Hum…, a fait Douze, si tu veux mon avis, ce n'est pas exactement un aigle.

– On dirait plutôt un faucon, a suggéré Quatorze.

Vigg a contourné la tombe pour me rejoindre. Il a froncé les sourcils, et après mûr examen, il en a convenu.

– C'est un faucon à tête noire, a précisé Douze. On en voit planer vers les montagnes, là-bas.

– Un faucon à tête noire ? ai-je répété à voix basse.

J'ai subitement eu l'impression que quelque chose s'élargissait à l'intérieur de moi. C'était étrange, mais pas désagréable : je respirais mieux, comme si une barrière venait de cèder dans ma poitrine.

L'afflux brutal d'oxygène m'a étourdie, j'ai senti mes jambes faiblir, et je suis tombée d'un coup, sur la terre molle.

Dans ma chute, j'ai fait un rêve.

Dans ce rêve, j'étais devenue le faucon.

Je volais sans effort, emportée par les courants ascensionnels, loin du cimetière, loin de la forêt. Plus je montais, plus l'horizon s'ouvrait, et plus j'éprouvais de facilité à me mouvoir dans l'espace.

Les ailes déployées, je jouais avec le vent, planant si haut que mon regard pouvait embrasser la totalité du paysage : les montagnes enneigées, la steppe immense, la Presqu'île, la mer intérieure entourée par les falaises, la plaine incendiée, et plus loin vers l'est, une ville industrielle recroquevillée autour d'un fleuve.

Peu à peu, j'ai perdu de l'altitude.

Survolant une prairie d'herbes noires où couraient des milliers de ruisseaux, j'ai fini par atteindre la lisière d'une autre forêt. Là, j'ai replié mes ailes, et je suis venue me poser en douceur sur une grande roche plate, au croisement de plusieurs chemins qui formaient un carrefour.

Couché au pied de la roche, un petit garçon épuisé s'était endormi.

Il tenait, bien serrée dans son poing, une plume qui m'appartenait.

Je me suis réveillée sur les genoux de Vigg.

– J'ai trouvé la plume, ai-je dit.

– Quelle plume ? m'a-t-il demandé.

– Celle qui me manquait, ai-je répondu avec un grand sourire.

Et Vigg, comprenant que nous allions partir, m'a souri aussi.

L'été commençait quand nous avons fait nos adieux à notre seconde famille.

Sous un franc soleil, les aulnes étendaient leurs ramures, et les sapins, hauts et drus, semblaient se resserrer autour des baraques en bois pour mieux protéger l'ermitage du reste du monde. On entendait siffler les merles dans les cimes, et au loin, la rivière qui cascadait sur le dos des cailloux.

Le menton dans leur col, Quatre et Douze ont longuement regardé leurs pieds.

– Pas besoin d'être astrologue pour savoir que nous ne vous reverrons plus jamais, a fini par dire Douze avec un gros soupir.

– Par tous les saints, tais-toi ! l'a grondé Quatre en lui envoyant un coup de coude. Tu sais bien que j'ai horreur des lamentations.

Elle s'est dressée sur la pointe des pieds pour nous embrasser, et sa petite figure d'endive m'a paru floue et tremblante.

– Partez vite, maintenant, nous a-t-elle suppliés. Et surtout, ne vous retournez pas !

J'ai cherché des mots pour lui dire ce que je voulais lui dire, mais je n'en ai pas trouvé un seul ; comment la remercier de tout ce qu'elle m'avait appris ? Seul le silence pouvait exprimer ma gratitude.

Je me suis inclinée très bas devant elle, puis Vigg m'a tirée par la main.

Lui, il avait toujours su s'en aller.

En longeant le minuscule cimetière, nous avons esquissé un dernier signe de tête en guise de salut amical adressé aux morts et aux esprits invisibles du lieu : ceux de Sept, de Six, de Un, et de tous ceux qui les avaient précédés dans le carré envahi d'herbes folles.

Puis, les yeux rouges, mais libres comme l'air, nous nous sommes éloignés.

Et nous avons pris en direction de l'est. Sans nous retourner.

14

LE PASSÉ ET L'AVENIR

Pendant des semaines, Vigg et moi avons mis un pied devant l'autre, sans faiblir.

Nous avons traversé d'autres forêts, puis des bois de plus en plus clairsemés, des champs en friche où rien ne poussait, des vallées pleines de cailloux, des prairies grises, et des marécages infestés de sangsues.

Peu à peu, le soleil et la poussière des chemins ont noirci nos visages ; les pluies d'orage laissaient sur nos joues comme des traînées d'huile que rien ne pouvait dissoudre.

Affamés, nous avons cueilli des baies et mâché des graines qui nous ont rendus malades ; assoiffés, nous avons sucé des cailloux jusqu'à ce que nos lèvres saignent et se fendent.

Nous avons franchi des cols et gravi des collines pelées.

Dans les hauteurs, si nous rencontrions un troupeau de chèvres, le peu de lait que nous tirions de leurs mammelles avait un goût de fer.

Quarante fois, nous avons vu le soleil se coucher.

Quarante fois, nous nous sommes endormis serrés l'un contre l'autre, dans le creux d'un fossé ou sous un tronc d'arbre sec.

Quarante fois, le lever de soleil nous a réveillés, éblouis.

Nos chaussures, bien que solidement cousues par Onze, ont fini par perdre leurs semelles.

Pour oublier mes pieds douloureux, j'ai chanté des chansons que ma mère chantait, autrefois, entre les figuiers du promontoire. Je croyais les avoir oubliées, mais les paroles venaient sans effort, ramenant avec elles les souvenirs de mes années d'enfance.

Je pensais à Hama, et je pensais à Bo.

S'étaient-ils, avant ma naissance, égarés sur ces sentiers incertains ? Avaient-ils, comme Vigg et moi, fait l'amour sur le bord des chemins ?

Quand les jours ont diminué, et que les nuits sont devenues fraîches, nous sommes parvenus à l'entrée d'un vaste plateau granitique. Là, les vents ont tourné, charriant dans leur sillage des effluves puants.

– Qu'est-ce que ça sent ? ai-je demandé à Vigg en nouant un foulard sur ma bouche.

Il n'a pas jugé utile de me répondre. Cette odeur, je l'avais déjà respirée, la nuit où nous étions passés de l'autre côté des falaises. Je savais aussi bien que lui que c'était celle de la guerre.

Sur le plateau, comme sur la plaine nocturne, la guerre

avait brûlé les villages, rasé les fermes, démoli les ponts, amalgamé les véhicules en de petits tas informes et sans usage.

Elle avait fait fuir les vivants, et laissé sur son passage des cadavres sans sépulture. C'était ça, l'odeur. Celle des chairs décomposées, du caoutchouc brûlé, et des mouches.

À quoi bon tout ce chemin, me disais-je, si c'était pour trouver tant de malheur ? Mais près de moi, Vigg continuait d'avancer vaille que vaille, comme quelqu'un qui sait où il va. Alors je me taisais. Je serrais les dents. Je tenais bon.

Il pleuvait des cordes le jour où, enfin, nous avons aperçu les méandres du fleuve, avec la ville et ses immeubles collés le long des berges, pareils à de la limaille sur un aimant.

Quittant le plateau, nous sommes descendus vers la vallée par des chemins détrempés. L'anorak rouge de Vigg et mon manteau sombre, plus imbibés que des éponges, ne nous protégeaient plus de rien. Glacés, sales et le ventre creux, nous avons atteint les faubourgs avec l'espoir d'y trouver un abri.

Mais la guerre, comme partout ailleurs, était passée sur la ville en y laissant son empreinte : les premières maisons de la première rue n'avaient plus de toits, des rideaux déchirés dansaient aux fenêtres, tandis que la pluie remplissait des bidons alignés sur les pas de porte. De quartier désert en quartier désert, les mêmes masures, les mêmes bidons cabossés, les mêmes fenêtres vides, et des chats pouilleux qui miaulaient derrière les murs.

Était-ce la ville d'où mes parents, tant d'années auparavant, s'étaient enfuis ? Je n'en savais rien.

– Les villes ont toujours un centre, a dit Vigg.

– Allons-y, ai-je dit en claquant des dents.

J'étais tellement frigorifiée, que j'aurais été n'importe où, et nous avons continué sous la pluie battante, jusqu'au fleuve.

De l'autre côté, la ville semblait à peine moins triste. Le clocher d'une église surplombait des maisons regroupées le long des ruelles, tandis que des immeubles décatis ceinturaient les pourtours. Des saules pleureurs et des peupliers se reflétaient dans les eaux brunes du fleuve, soulignant une ancienne promenade ; entre des pontons effondrés dans la vase, on devinait qu'il y avait eu là, autrefois, des loueurs de barques.

Il nous a fallu du temps pour trouver l'unique pont encore debout, dont l'accès était bloqué par d'énormes sacs remplis de sable.

Vigg est passé par-dessus en premier, et quand je l'ai rejoint, j'ai aperçu un barrage identique dressé à l'autre extrémité du pont. Devant, montant la garde sous une guérite, deux hommes, dont les visages étaient dissimulés sous des capuches imperméables, nous regardaient avec la pointe de leurs fusils.

Instinctivement, nous avons levé les bras au-dessus de nos têtes.

– Nous n'avons pas d'arme ! a crié Vigg.

Les deux sentinelles nous ont fait signe d'avancer. Alors, sans respirer, nous avons marché vers eux en priant pour qu'ils ne nous tirent pas dessus.

Quand nous sommes arrivés non loin de la guérite, les deux soldats nous ont ordonné de faire halte. Ils ont fait un pas en avant. Et là, malgré la pluie cinglante, ils ont rabattu leurs capuches.

J'ai détourné la tête en même temps que Vigg, et retenu un cri de dégoût.

Les visages des deux sentinelles n'avaient plus rien d'humain. On aurait dit qu'ils portaient des masques de plastique fondu, ou qu'une coulée de lave s'était coagulée sur leurs joues, sur leur front, dans leur cou, avant de refroidir en un magma inerte. Il ne restait plus que des trous rétrécis autour de leurs yeux et de leurs bouches privées de lèvres.

Si j'en avais eu la force, je me serais enfuie en courant.

Les soldats ont laissé durer le silence. Puis, d'une voix pourtant humaine, l'un d'eux a dit :

– Notre ville se méfie des étrangers de passage.

Et l'autre a demandé :

– Que venez-vous chercher ici ? Du travail ?

Vigg et moi étions paralysés, incapables de soutenir leurs regards, et incapables de répondre à leur question.

– Mince, Ness ! a repris le premier. Tu les terrorises tellement, ces jeunes tourtereaux, qu'ils en perdent la parole !

– C'est ta faute, Malakie ! s'est amusé le deuxième. Tu as mis ta tête des mauvais jours !

Ils ont commencé à rire pendant que je réprimais de mon mieux une violente nausée. Et en même temps qu'ils riaient, et malgré ma nausée, je me suis souvenue de leurs noms. Des années plus tôt, je les avais entendus au milieu des disputes de mes parents ! J'avais même entendu mon père les prononcer dans son sommeil, un matin qu'il dormait sous la véranda !

J'ai pris une grande inspiration.

– Ness et Malakie ? ai-je dit avec prudence. Comme… à l'époque du castor ?

Les deux hommes aux visages fondus ont échangé un regard. Sous la lave qui figeait leurs traits, j'ai deviné un rictus de surprise.

– Tu connais le *Castor* ? m'a demandé l'un.

– Impossible ! a tranché l'autre. Elle est trop jeune. Elle ne devait même pas être née quand la Tsarine a fermé.

La Tsarine ! Mon cœur s'est mis à battre la chamade. J'ai cherché la main de Vigg, il me l'a offerte, et sans savoir le risque que je prenais, j'ai dit :

– Je suis Tsell. Je suis la fille de Bo et Hama.

Ness et Malakie ont lâché leurs fusils.

Par les trous informes de leurs yeux, j'ai senti leurs regards affolés qui se posaient sur moi, puis sur Vigg, et encore sur moi.

La pluie continuait de marteler le bitume du pont. Elle dégoulinait sur nos têtes et à travers nos vêtements, mais ça n'avait plus aucune importance. En nous voyant devant eux, moi dans mon manteau sombre, et Vigg dans cet anorak rouge qui avait appartenu à mon père, Ness et Malakie venaient subitement d'être ramenés vingt ans en arrière. À l'époque où le souffle chimique de l'Usine n'avait pas encore brûlé la peau de leurs visages. À l'époque où mes parents, libres et tête nue, couraient sur la Grand-Place, et où Bo, debout sur la statue du général, criait son amour pour Hama dans les bourrasques.

– Nom d'un chien ! Ce vieux fou de Melkior avait raison ! s'est exclamé Ness.

Et Malakie a murmuré :

– Le passé et l'avenir. L'un révèle l'autre…

Trop émus pour parler davantage, les deux hommes nous ont ouvert le chemin, et c'est ainsi que je suis entrée dans cette ville dont mes parents avaient été chassés peu avant ma naissance.

Ness et Malakie nous ont conduits en silence à travers les ruelles étroites. Il y avait des barricades partout, des monceaux de pneus, des gravats, des armoires éventrées, des bidets arrachés à leurs socles et des baignoires à l'envers. L'eau de pluie courait en rigoles sales le long des trottoirs, et les façades des maisons dominaient de leurs yeux clos les vitrines fracassées des anciennes boutiques ; à part le général sur son cheval, personne ne nous a vus passer sur la Grand-Place.

Nous avons traversé un boulevard bordé de platanes et tourné au coin d'une rue pavée. Là, nos guides se sont arrêtés devant une porte. Des planches et de lourdes chaînes pendaient en travers.

J'ai levé les yeux. Au-dessus de la porte, il y avait des fenêtres en ogives et une enseigne. On pouvait y lire : *Au Castor Blagueur*, cabaret fantaisiste. Et sur le côté, un petit écriteau à demi effacé signalait : ouvert tous les soirs de dix-neuf heures jusqu'à l'aube – thé dansant le dimanche après-midi.

L'endroit paraissait désaffecté depuis des années.

– Eh ! Eh oh ! a crié Ness en tambourinant sur les planches.

– Titine ! a fait Malakie entre ses mains. C'est nous ! Ouvre !

Ils ont appelé et frappé pendant de longues minutes, sans qu'il se passe rien.

Enfin, au moment où je n'y croyais plus, nous avons entendu du bruit derrière les planches. Les lourdes chaînes, en se déverrouillant, sont tombées sur les pavés, et l'une des planches qui barraient la porte s'est soudain escamotée pour nous laisser un passage.

Entre des tentures de velours râpé suspendues derrière, j'ai aperçu les mains d'un vieil homme. Il a disparu dans l'obscurité sitôt la planche retirée.

– Venez, nous a dit Ness. Ici, vous serez à l'abri.

Sous son masque de cire fondue, il a grimacé quelque chose qui ressemblait à un sourire.

La Tsarine était allongée au fond de la salle, sur un vieux sofa aussi déglingué qu'elle.

Dans la lumière intermittente d'un générateur, elle clignotait, impériale, au milieu d'un bataillon de chats maigres qui perdaient leurs poils en se frottant contre les armatures de ses jambes.

Quand elle nous a vus, Vigg et moi, elle s'est redressée comme sous l'effet d'un choc. Nous dégoulinions sur le plancher de la salle de danse, j'avais les cheveux collés sur mon front poisseux, mais j'avais (paraît-il) le même regard droit que ma mère, la même démarche nonchalante que mon père. Sans que j'aie besoin de prononcer mon nom, la Tsarine a su qui j'étais.

– Oh, mes cocos chéris…, a-t-elle dit, des larmes plein les yeux. Soyez les bienvenus chez vous.

Vigg et moi nous sommes enroulés dans des couvertures, puis nous nous sommes assis près d'elle, sur des coussins miteux.

Ness et Malakie nous ont rejoints, tandis que le vieux Melkior nous apportait des tasses de thé brûlant.

– Le passé et l'avenir, a souri la Tsarine en nous regardant.

Pendant que nous réchauffions nos mains autour des tasses, elle a contemplé le plafond écaillé.

– Autrefois, a-t-elle commencé, il y avait un beau lustre accroché là. Il est tombé le jour où l'Usine a explosé. Depuis, personne n'a jamais songé à le remplacer.

Cela faisait longtemps que plus personne ne dansait, le dimanche après-midi, sur le parquet gondolé du *Castor*. Plus de ukulélé, plus de tours de cartes, et plus de contorsionniste jonglant sur la scène avec des verres en cristal. Pourtant, le cabaret avait résisté tant bien que mal à la destruction.

Depuis que l'hôpital avait été bombardé, on y soignait les blessés avec les moyens du bord. On y distribuait des vêtements chauds, des couvertures, et des bidons d'essence de contrebande. On y faisait cuire d'étranges soupes à base de céleri-rave et de je-ne-sais-quoi qui tenait toute la journée au ventre. On y organisait des actions, on y rédigeait des journaux clandestins, et on diffusait même des messages codés depuis une radio amateur bricolée derrière le bar.

– Si on m'avait dit qu'un jour le *Castor* deviendrait un

camp retranché, a soupiré la Tsarine. Une trapéziste impotente comme chef de guerre… Quelle drôle d'idée !

C'était pourtant bien ce qu'elle était devenue.

Après le soir terrible où la milice avait détruit le théâtre de mon père, la population s'était scindée, une fois pour toutes, en deux groupes ennemis. Ceux qui, autrefois, se chamaillaient dans les cafés de la Grand-Place, ceux qui s'affrontaient autour d'une simple partie de fléchettes, en étaient venus aux mains, aux coups de barre à mine, aux armes à feu.

Plus tard, lorsque la menace d'un conflit s'était précisée aux frontières du pays, le ministère de la Guerre avait ordonné la construction d'une nouvelle usine d'armement sur l'emplacement de la première.

– Les fumiers ! a dit Malakie. Ils voulaient piétiner nos morts ! Ils voulaient anéantir notre mémoire !

Par le trou de sa bouche sans lèvres, il a essayé de cracher.

– On ne s'est pas laissé faire, a repris Ness. C'est comme ça qu'on a bloqué le pont et tout le quartier. Pour empêcher les bétonneuses de passer.

– C'était une guerre dans la guerre, a résumé Malakie.

– Tes parents ont bien fait de partir d'ici, a ajouté Ness. S'ils étaient restés, ils seraient sans doute morts.

– Ils le sont peut-être, ai-je répondu d'une voix sourde, en m'endormant sur les coussins.

Mais dans le rêve que j'ai fait ce soir-là, roulée en boule contre Vigg, il y avait Bo et Hama. Bien vivants.

Je les ai vus sur la promenade au bord du fleuve, à l'endroit où autrefois, il y avait des loueurs de barques.

Sous le ciel lessivé par les pluies, ils marchaient main dans la main, elle toute petite contre son épaule.

Un chien errant, couleur charbon, leur avait emboîté le pas. Ils riaient.

À leurs gestes, on devinait sans peine qu'ils avaient passé la nuit dans le même lit, et à leurs yeux, qu'ils n'y avaient pas beaucoup dormi.

Comme une vague qui se retire, la guerre a reflué vers le nord, laissant derrière elle un champ de ruines d'où émergeaient des rescapés hagards.

Jour après jour, Ness et Malakie les voyaient arriver sur le pont, de plus en plus nombreux. Après un interrogatoire précis, ceux qui n'avaient pas rebroussé chemin en découvrant leurs visages fondus, franchissaient les barricades, et venaient grossir les rangs de notre communauté renaissante. Ils apportaient avec eux des nouvelles du reste du monde. J'attendais le jour où l'un d'eux parlerait d'un cargo, de Bo ou de Hama.

La pluie a continué de marteler le bitume de nos rues pendant de longues semaines.

Durant tout ce temps, Vigg et moi sommes restés au sec, dans le camp retranché du *Castor* et c'est là que j'ai fini d'apprendre ce que je devais apprendre.

– J'ai quelque chose à te montrer, m'a dit un soir le vieux Melkior.

Il m'a emmenée à l'arrière de la scène, dans les coulisses.

Parmi le fouillis des objets endormis (les balles, les quilles de jonglage, les costumes de Pan et Vlan qui moisissaient sur des cintres), il avait conservé, bien rangés au fond d'une malle, des fragments du théâtre d'ombres. Il ne restait pas grand-chose des merveilles patiemment ciselées par Bo : quelques morceaux de cadres ou de tôles tordues, des tubes, des clous en forme de fleurs, des tiges devenues roseaux, et de la grenaille transformée en flocons de neige.

– Voilà. C'est à toi, m'a dit Melkior.

J'ai contemplé les reliques qui gisaient au fond de la malle. Que pouvais-je en faire ?

– Tu trouveras, a affirmé le vieux.

Et il m'a laissée seule avec les rêves brisés de mon père.

J'étais là, immobile dans les coulisses, quand Vigg m'a appelée.

– Viens voir, Tsell ! J'ai réparé le lustre !

J'ai écarté les rideaux, et je me suis avancée sur la scène.

Au milieu de la salle de danse, perché en haut d'un escabeau, Vigg tenait à bout de bras une structure bizarre, bricolée à partir des restes de l'ancien lustre. Il y avait ajouté des trucs récupérés çà et là, et un fil électrique qu'il s'apprêtait à brancher sur le générateur.

– Prête ? m'a-t-il demandé.

– Prête !

Quand la lumière a jailli, la salle du cabaret s'est illuminée, rendant soudain au *Castor* sa splendeur d'autrefois – jaune d'or et bleu pétant.

Depuis son sofa déglingué, la Tsarine a applaudi, et Vigg s'est penché pour saluer du haut de son escabeau.

Lorsqu'il a relevé la tête, ses traits se sont figés.

– Regardez, a-t-il dit en désignant le mur derrière moi.

Je me suis retournée.

Au fond de la scène, mon ombre projetait un incroyable décor. On y voyait des toitures de maisons enchevêtrées, avec leurs pignons et la découpe des fenêtres, des ruelles étroites où se perdaient de fragiles personnages, et au fond de la perspective, intactes et dressées vers le ciel, les cheminées de l'Usine crachaient des volutes de fumée.

– Ça alors… c'est le théâtre de Bo, a murmuré la Tsarine. Comment fais-tu ça, Tsell ?

– Je n'en sais rien, ai-je répondu. C'est le don que j'ai reçu.

J'ai failli ajouter que ce don était aussi une malédiction, mais je ne l'ai pas dit.

Je me suis concentrée pour reconstituer, l'un après l'autre, les quinze tableaux du « drame artisanal et mécanique » conçu autrefois par mon père.

Un monde en négatif ressuscitait derrière moi : la salle des machines et ses rangées de meuleuses et de laminoirs, la petite chambre où mes parents dormaient enlacés le dimanche matin, la promenade près du fleuve, les cafés de la Grand-Place, l'hôpital, l'Usine détruite par l'explosion… Tout cela s'était déposé en moi, dans une sorte de théâtre intérieur, où l'histoire de mes origines se mêlait à celle de notre communauté.

– C'est beaucoup mieux que le théâtre de Bo, a rectifié la Tsarine avec un large sourire. Celui-là est composé uniquement d'ombre et de rêve : personne ne peut le détruire.

C'est alors que j'ai compris qui j'étais. J'étais l'enfant de l'amour et de la haine, l'enfant maudite du forgeron et de la femme sans mains, mais aussi l'enfant perdue dont la communauté avait attendu le retour. J'étais une part vivante de sa mémoire. Et à présent que j'étais revenue, je savais ce que je voulais faire.

ÉPILOGUE

Il arrive toujours un moment où nos guerres, comme nos histoires, s'achèvent.

Le jour où, enfin, la pluie a cessé, je suis sortie du *Castor* avec Vigg.

C'était le début de l'automne, mais le vent était doux, et nous sommes partis au hasard, en marchant dans les flaques, à travers le dédale des ruelles.

Notre ville ressemblait à un navire échoué sur le flanc ; comme après une tempête, elle séchait sous les rayons d'un soleil timide.

Profitant de l'éclaircie, les habitants quittaient les caves où ils étaient restés terrés pendant les longues années de la guerre. Certains commençaient à déblayer les poutres, les gravats accumulés devant chez eux, tandis qu'aux étages des immeubles, d'autres poussaient les volets. Leurs yeux clignaient dans la lumière retrouvée, et leurs visages très pâles me rappelèrent ceux de Quatre et de Douze.

Quand nous sommes parvenus sur la Grand-Place, les rideaux de fer des anciens cafés venaient d'être relevés. En bras de chemise et munis de serpillières, d'anciens ouvriers de l'Usine nettoyaient les arrière-salles à grande eau. Ils riaient.

Je me suis approchée de la statue du général.

Arrimée à son socle, elle avait traversé ces années de tumulte sans broncher. Et le général, amputé jusqu'au coude mais bien assis sur son cheval de pierre, levait toujours son bras fantôme vers le ciel, dans un geste dérisoire.

– J'y vais ? m'a demandé Vigg.

J'ai hoché la tête.

En quelques sauts agiles, il a escaladé la statue. Quand il est arrivé en haut, il s'est dressé sur les épaules de la statue et je lui ai lancé ce que j'avais apporté : le manteau sombre de Hama et l'anorak rouge qui avait appartenu à Bo.

– Comme ça ? m'a demandé Vigg en suspendant les vêtements au bras mutilé du militaire.

Je me suis reculée et j'ai plissé les yeux pour voir l'effet que cela faisait. On aurait dit que deux larmes perlaient à l'endroit de la blessure : l'une était d'encre, et l'autre de sang. C'était bien.

Alors Vigg a mis ses mains en porte-voix autour de sa bouche, et à pleins poumons, il a crié :

– Mesdames et messieurs ! Le *Castor Blagueur*, cabaret fantaisiste, rouvrira ses portes dès ce soir ! Un spectacle d'ombres exceptionnel vous attend ! Venez nombreux !

Dans les cafés, les hommes qui nettoyaient les arrière-salles ont délaissé un instant leurs serpillières. Ils sont sortis sur le pas des portes, pour écouter Vigg qui répétait son annonce.

– Mesdames et messieurs ! Vous serez tous les bienvenus au *Castor Blagueur* ! Dès ce soir ! Un spectacle d'ombres !

Debout au pied de la statue, je l'ai longuement regardé tandis qu'une foule de plus en plus nombreuse se rassemblait sur la Grand-Place : des hommes amaigris, des femmes aux regards lourds, et des enfants si sages qu'ils n'avaient plus l'air d'être des enfants. Nous avions, eux et moi, connu bien des jours sombres. Nous avions vu s'effondrer ce que nous avions bâti, et nous avions perdu ceux que nous aimions. Pourtant, nous avions survécu, et nous étions là, prêts à remonter une à une les pierres de nos maisons.

J'étais toujours sans nouvelles de mes parents. Bo forgeait-il, quelque part, d'autres merveilles ? Hama s'était-elle, loin de nous, fabriqué des mains plus légères ? Des mains d'herbe ? Des mains de vent ?

Peut-être ne le saurai-je jamais.

Mais à cet instant, au milieu de notre ville détruite, le sourire et les vingt ans de Vigg flamboyaient. Nous étions vivants et ensemble.

Une époque nouvelle commençait.

Ceux qui sont morts ne sont jamais partis
Ils sont dans l'Ombre qui s'éclaire
Et dans l'Ombre qui s'épaissit,
Les morts ne sont pas sous la Terre
Ils sont dans l'Arbre qui frémit,
Ils sont dans le Bois qui gémit,
Ils sont dans l'Eau qui coule,
Ils sont dans l'Eau qui dort,
Ils sont dans la Case, ils sont dans la Foule
Les Morts ne sont pas morts.

Ceux qui sont morts ne sont jamais partis,
Ils sont dans le Sein de la Femme,
Ils sont dans l'Enfant qui vagit,
Et dans le Tison qui s'enflamme,
Les Morts ne sont pas sous la terre,
Ils sont dans le Feu qui s'éteint,
Ils sont dans les Herbes qui pleurent,
Ils sont dans le Rocher qui geint,
Ils sont dans la Forêt, ils sont dans la Demeure,
Les Morts ne sont pas morts.

Birago Diop
Souffles (extrait),
in *Leurres et lueurs.*

À la mémoire de Lise Dunoyer de Segonzac

TABLE

L'AUTEUR

Anne-Laure Bondoux est née dans la banlieue parisienne, en 1971. Enfant, elle aimait lire, grimper dans les arbres, et courir après des ballons. Vers l'âge de quinze ans, elle hésitait encore : devenir écrivain ou basketteuse ? Plus tard, après avoir fait deux enfants, des études de lettres et une expérience professionnelle passionnante chez Bayard Presse, elle a choisi sa voie.

Depuis une quinzaine d'années, elle compose des romans de genres variés, où il est souvent question de prendre la route, de quitter le connu pour aller vers l'inconnu.

Moins audacieuse que ses personnages, elle vit toujours en banlieue parisienne. Ses deux enfants sont désormais de jeunes adultes pleins de projets et d'énergie. Elle ne court plus après les ballons, mais elle apprend à contempler les arbres et à accompagner les transformations que propose la vie.

Anne-Laure Bondoux a notamment publié chez Bayard Jeunesse : *Le Destin de Linus Hoppe* (2001), *Les Larmes de l'assassin* (2003), *Pépites* (2005), *Le Temps des miracles* (2009), *L'Autre Moitié de moi-même* (2011) et à L'École des loisirs, *La Vie comme elle vient* (2004). Certains de ses romans sont traduits dans le monde entier et ont reçu de nombreux prix en France comme à l'étranger.

Tant que nous sommes vivants est son premier roman chez Gallimard Jeunesse.

Loi n° 49-956 du 16 juillet 1949
sur les publications destinées à la jeunesse
ISBN : 978-2-07-065379-9
N° d'édition : 288734
Premier dépôt légal : septembre 2014
Dépôt légal : avril 2015
Imprimé en Italie par Grafica Veneta